D1148880

LE JOUEUR

Paru dans Le Livre de Poche :

L'ETERNEL MARI.
LES POSSÉDÉS.
LES FRÈRES KARAMAZOV (2 tomes).
L'IDIOT (2 tomes).
CRIME ET CHÂTIMENT (2 tomes).

FEDOR DOSTOÏEVSKI

Le joueur

TRADUCTION DE C. ANDRONIKOF
ET ALEXANDRE DE COURISS

Introduction de Pierre Sipriot
Commentaires de G. Philippenko

LE LIVRE DE POCHE

INTRODUCTION

« Je mets Tolstoï très haut, écrivait Alain; c'est comme un phare qui éclaire la mer. »

On chercherait vainement chez Dostoïevski cette ampleur dans la minutie, ce panorama à la loupe. Dostoïevski condense un motif, creuse une passion, taraude un caractère. On connaît son acharnement : à partir d'une inspiration très prompte qui lui dicte presque instantanément une scène ou un mouvement d'âme, il multiplie les signes. Pendant des mois, parfois pendant un an, afin de bien la suivre et de la rendre plausible, l'idée la plus bizarre, la plus fantastique en apparence, est poussée à bout.

Cette intensité gonfle les minutes. Dostoïevski accumule des pages pour un moment du drame. A chaque épisode, l'heure est grave : il vit dedans, suit la pesanteur des événements, libère tous les états de conscience et serre la trame des émotions, des passions. Dostoïevski est de la race des grands nocturnes (Saint-Simon, Balzac, Proust). C'est sur une intuition authentifiée par le travail et l'inspiration qu'il construit ses œuvres.

« Nous sommes faits de l'étoffe de nos songes... » Instinct divinateur, imposé ensuite à la réalité au nom de la prééminence du rêve. « Vous croyez trouver dans votre songe une prophétie attendue par vous. » Dans un passage du *Journal d'un écrivain*, il rend compte d'une affaire criminelle, le procès de la Kornilova. Il noue et dénoue lui-même l'intrigue; quelques mois après, l'enquête judiciaire a jeté la pleine lumière sur le crime et il note : « J'ai presque tout deviné; une circonstance me permit d'aller voir la Kornilova. Je fus surpris de voir comme mes suppositions s'étaient trouvées presque conformes à la réalité... Le fond de mes hypothèses demeure vrai. »

De tels romanciers sont entiers. Jacques Rivière a insisté sur l'incohérence et la complexité des personnages de Dostoïevski, les opposant aux héros de Balzac. En fait, c'est parce qu'ils sont tout d'une pièce qu'ils peuvent se laisser aller provisoirement à une dérisoire agitation; sûrs de se retrouver, plus loin, dans la plénitude de leur désir.

Dostoïevski a toujours écrit le même livre : l'histoire de l'homme dévasté par une émotion intime et condamné par cette émotion à vivre selon l'absolu de son individualité. Lisant *Les Frères Karamazov,* Tolstoï remarquait : « Tous les personnages parlent la même langue... Comme tout cela manque d'art »; le dialogue est moins une communication qu'une méditation intérieure. Un personnage virtuel questionne, contredit, talonne le meneur de jeu, mais au fond, il le force à marcher droit au but. L'essentiel n'est pas dans le dialogue; il est dans une constance d'intention; plénitude qui tantôt libère le héros, trantôt le consume, mais toujours le force à s'accomplir.

Les livres de Dostoïevski ne s'achèvent jamais; chacun engrène sur le suivant. Quand Raskolnikov part pour le bagne, il accède à une ingénuité émotive qui marque l'entrée du prince Muichkine. Un personnage de *L'Adolescent* quémande « trois vies; elles ne me suffiraient pas encore... » Alixei Ivanovitch — le personnage du *Joueur* — peut bien mener une expérience désespérée, dont il mesure tout le tragique, rien ne l'entame; sa passion a la vitalité opiniâtre d'un éternel et redoutable appel. Jusqu'à la dernière page, le choc de la roulette bat en lui d'une pulsation millénaire. Ce qui n'est qu'un jeu devient avidité, davantage même : le fond de sa propre défense, sa raison d'être. Le roman se déroule comme une lente approche du tapis vert; Alixei joue d'abord pour gagner; puis, pour étonner, afin de se donner l'équivalent d'une vie brillante — revanche sur sa misère — au sein de la foule des casinos qui fait fête au joueur glorieux; enfin, il joue pour espérer, et non pas pour espérer des gains, mais pour espérer tout court; espérer en lui, rassembler le rêve épars de sa vie gâchée, arriver à une sorte de recueillement et de possession de toutes ses forces. Il n'a pas misé de l'argent, mais sa vie. Le jeu est devenu sa destinée, un rêve immortel; seul ressort de ses actions d'ici-bas.

Remarquons, ici, avec quel art Dostoïevski a lancé ses personnages sur des voies dont on ne revient jamais. Le crime dans *Crime et Châtiment*, où la faute monte et s'enchevêtre autour du coupable jusqu'à étendre à tout l'être la condamnation qu'il sent peser sur une action singulière et peut-être dérisoire de sa vie. Le jeu dans *Le Joueur* : le jeu qui est un éternel recommencement, où chaque coup abolit le précédent et ouvre une nouvelle chance. La charité dans *L'Idiot*; la charité que rien ne décourage et qui étend son amour au monde entier, sans que le monde ne puisse rien contre; même l'offense, même la méchanceté sont divins pour le charitable toujours prêt à tendre la joue gauche. Dans *L'Eternel Mari*, la jalousie, cette pourvoyeuse de déductions, où l'on n'en finit jamais de peser les incertitudes.

Dans un jugement qu'on cite souvent, Nietzsche a dit que Dostoïevski était « le seul qui lui avait appris quelque chose en psychologie ». Je serais plutôt de l'avis de Tolstoï, qui le trouvait observateur « banal ». Ses personnages n'ont pas l'esprit assez libre; ils sont livrés à leur pressentiment, soumis au caractère fatal, posé d'avance, de leur destinée. Des rêveries immenses écrasent les apparences épisodiques; elles gênent l'exercice du jugement. Indifférent à l'observation extérieure, Dostoïevski ne songe pas à décrire ses personnages au préalable. Leur entrée pose une énigme; ils ne se présentent pas d'emblée sous l'aspect le plus caractéristique. Peu soucieux de cerner de près, Dostoïevski mêle à la péripétie romanesque un élément d'incertitude; quelque chose d'insoluble. Ses personnages restent des mystères les uns pour les autres. A quoi bon raconter ces natures inflexibles ? Elles finiront toujours par s'imposer; on n'a pas à les imaginer en avant de leur action. C'est leur action qui trace leur caractère.

Cet acharnement fait de Dostoïevski un grand métaphysicien. Un métaphysicien a le temps avec lui; il est, à la fois, incertain et sûr de lui. Il laisse aller à sa foi dominante, avec tous ses incidents et ses inflexions; il porte le destin en agissant selon son ordre. Chez les personnages de Dostoïevski, la rêverie sur la vie est immense et c'est l'ampleur de vue qui leur permet de risquer des coups de tête. Qu'importe, au fond, une aventure qui tourne mal, quand on a l'éternité pour soi ? Ainsi, Raskolnikov se prend tantôt pour César, tantôt pour Napoléon, et sur cette idée qu'il est un homme supérieur, il va assassiner la vieille rentière. Dans *Le Joueur*, Alixei Ivanovitch est, lui aussi, un homme d'envergure; ses plans sont tirés sur la comète : « Il me faut gagner à tout prix, j'ai cette assurance fantastique »; et par ce pari, toute sa vie est conçue et comme expliquée. On peut bien le retenir aux manches, lui faire de la morale, il n'est plus rien que sa passion parfaite, un centre de vie infinie qui tourne rond et triomphe en son autonomie.

Ce qu'Alixei aime dans le jeu, c'est précisément une activité qui n'emprunte rien à personne. La fortune tombe du ciel, on n'a pas à la crocheter dans la poche du voisin par le lucre ou le profit. L'argent qui est la partie la plus réglée, la plus minutieuse des rapports sociaux, devient alors une manne. Le jeu nous enrichit tout en nous laissant indépendant. L'indépendance, thème cher à Dostoïevski; tous ses héros sont de terribles audacieux; l'indépendance est le signe de leur liberté : « Tout est là, se répète Raskolnikov, il suffit d'oser. Du jour où cette vérité m'est apparue, claire comme le soleil, j'ai voulu oser et j'ai tué. J'ai voulu simplement faire acte d'audace. » Délibérément, ces héros se jettent hors de la commune humanité. Et pour se prouver quoi? D'abord qu'ils existent comme des êtres à part. Leur vanité combative procède moins d'une méchanceté foncière que d'une originalité qui cherche sa loi; et aussi cherche sa rédemption, car il ne s'agit pas d'être singulier, mais d'être accueilli et compris tout en étant singulier. D'ailleurs, leur coup fait, et si tout les condamne, ils s'étonnent. Sans doute leur extravagance, leur fantaisie fait froid dans le dos, mais, en même temps, ils sentent que ce tissu d'absurdité renferme une vie réelle, quelque chose qui suffirait à racheter, à consoler la vie médiocre et routinière à laquelle ils étaient condamnés.

Comme tous les métaphysiciens, les personnages de Dostoïevski ne sont pas d'ici; ils ne sont pas nés là. Leur outrance ne peut se satisfaire d'une existence discrète, faite de courage quotidien et mesuré. La vie se propose à eux comme une transfiguration; ils aiment moins ce qui est que ce qui devrait être pour que la vie mérite d'être vécue. Ils ont surtout besoin d'être consolés, admis, réconciliés, en dépit de leurs mœurs d'enfants terribles.

On comprend alors toute l'importance, dans l'œuvre de Dostoïevski, du récit du *Joueur*. Récit qui suit, comme une ombre, la vie de son auteur durant quinze années, tantôt à Moscou, tantôt à Baden-Baden, où il jouait toujours et perdait toujours. Jouer, c'est parier que la vie doit être un Eldorado. Et si l'on perd, si le destin ne répond pas au désir de l'homme, c'est que le monde est un univers sans toit, sans protection, sans vigilance supérieure, sans dieux attentifs à la destinée de l'homme. Tous les joueurs sont superstitieux. Ils redoutent un sort juste dont ils doivent se faire protéger. C'est que la foi se mêle au jeu. Jouer c'est tenter le diable, c'est aussi tenter Dieu; un dieu « bon dieu », avec tous les miracles qu'on en attend. Chez un croyant éperdu, Dieu est le Bon Dieu, ou bien il n'est rien. Si la vie nous a été donnée, c'est pour qu'elle soit rendue très heureuse; sans cette grâce, elle ne mérite pas qu'on s'y attarde.

On se trouve là devant le problème du mal, sur quoi Dostoïevski a achoppé toute sa vie, attendant le miracle d'où sortirait la gloire de l'homme racheté : « La question principale, qui sera poursuivie dans toutes les parties de ce livre, écrit-il, dans une lettre, à l'époque des *Frères Karamazov*, est celle même dont j'ai souffert consciemment ou inconsciemment toute ma vie : l'existence de Dieu. » En somme, Dostoïevski a moins cru à la mission de l'homme qu'à sa victoire. La victoire, c'est le pardon divin, c'est l'intervention d'une grâce; et pour que cette grâce soit nécessaire, il faut que le monde aboutisse à quelque chose de bien absurde. C'est la misère de l'homme qui rend inévitable l'ingérence de Dieu. La certitude du salut est une promesse faite à notre faiblesse. La foi, chez Dostoïevski, est une foi passionnée qui vise à briser la réserve et l'opacité de Dieu par le déchaînement du mal. Pénétré de notre faiblesse, Dostoïevski a voulu risquer tout pour voir si l'on peut, néanmoins, gagner tout; il a voulu aller au fond du péché pour connaître les bienfaits de la compassion. Si les héros de Dostoïevski montrent une tranquillité incurable, opérant sans regard en arrière leur descente dans l'abîme, c'est qu'ils se sentent engagés dans un labyrinthe de fatalité, où aucun secours humain ne peut plus les atteindre. Seul, l'appel divin saura les rétablir dans leur prérogative. « Demain, demain tout cela finira » dit Alexei, aveugle sur sa vie, et pourtant illuminé d'espérance; ce « demain », c'est l'éternité, cette éternité que Aliocha dans *Les Frères Karamazov* voudrait acquérir par « petits bouts » comme un arpenteur du ciel.

P. SIPRIOT.

LE JOUEUR

CHAPITRE PREMIER

Je revins enfin, après une absence de deux semaines. Voici trois jours que notre groupe est à Roulettenbourg. Je m'imaginais qu'ils m'attendaient avec une impatience fébrile. Je me trompais. Le général, avec un complet détachement, me parla de haut et me renvoya à sa sœur. Il était évident qu'ils avaient emprunté de l'argent quelque part. Il me sembla même que le général éprouvait de la gêne à me regarder. Marie Philippovna était fort affairée, elle me parla à peine; elle n'en prit pas moins l'argent, le compta et écouta mon rapport du commencement à la fin. On attendait pour le dîner Mézentsof, le petit Français et un Anglais. Comme il se doit, du moment qu'on a de l'argent, un grand dîner est de rigueur, à la moscovite. M'ayant aperçu, Pauline Alexandrovna me demanda pourquoi mon absence avait été si longue. Sans attendre ma réponse, elle disparut; exprès, bien sûr. Pourtant, une explication s'impose. Nous avons tant de choses à nous dire.

On m'avait retenu une petite chambre au

cinquième. On sait à l'hôtel que je fais partie de « la suite du général ». Il est clair qu'ils ont déjà su se faire apprécier. Ici, tout le monde considère le général comme un richissime boyard. Dès avant le dîner, entre autres commissions, il m'avait chargé de lui changer deux billets de mille francs. J'ai fait la monnaie au bureau de l'hôtel. On nous prendra maintenant pour des millionnaires pendant au moins huit jours. J'ai voulu emmener Micha et Nadia faire une promenade. J'étais déjà dans l'escalier quand le général m'a fait appeler. Il jugeait nécessaire de savoir où nous allions. Décidément, cet homme ne peut pas me regarder droit dans les yeux. Il le voudrait bien, pourtant, mais je lui renvoie chaque fois un regard si fixe, c'est-à-dire irrespectueux, qu'il semble perdre contenance. En un discours fort emphatique, bâtissant phrase sur phrase pour finir par s'embrouiller complètement, il me fit comprendre que je ne devais pas me promener avec les enfants à proximité du casino, mais plutôt dans le parc. En conclusion, il se mit tout à fait en colère et il ajouta d'un ton abrupt : « Vous seriez capable de les emmener à la roulette. Excusez-moi, mais je sais que vous avez encore de la légèreté. Vous seriez capable d'aller jouer. Au demeurant, quoique je ne sois pas votre mentor et ne désire pas assumer ce rôle, au moins j'ai le droit de souhaiter que vous... comment dirais-je... ne me compromettiez pas... »

Je lui répondis avec calme : « Mais je n'ai

pas d'argent, et il en faut, pour pouvoir perdre au jeu.

— Vous en aurez tout de suite », répondit le général, non sans rougir; il fouilla dans son bureau, consulta son calepin : il me devait environ cent vingt roubles.

« Comment allons-nous nous arranger ? commença-t-il. Il faut les convertir en thalers. Prenez toujours cent thalers, pour faire un compte rond. Je n'oublierai pas le reste, naturellement... »

Je pris l'argent en silence.

« Je vous prie, ne vous offensez pas de mes paroles, vous êtes tellement susceptible... Si je vous ai fait une remarque, c'était simplement pour vous mettre en garde et je ne suis pas sans avoir le droit de le faire... »

En rentrant avec les enfants pour le dîner, je rencontrai toute une cavalcade. Notre groupe était allé visiter des ruines. Deux calèches mirobolantes, des chevaux superbes ! Dans l'une, mademoiselle Blanche avec Marie Philippovna et Pauline; le freluquet de Français, l'Anglais et le général étaient à cheval. Les passants s'arrêtaient pour les voir passer. L'effet était immanquable, mais le général était dans une mauvaise passe. J'avais calculé qu'en ajoutant les quatre mille francs que j'avais rapportés à la somme qu'ils avaient sans doute réussi à se procurer ils devaient avoir sept à huit mille francs; ce n'était pas suffisant pour mademoiselle Blanche.

Cette dernière est aussi descendue dans notre hôtel, avec sa mère; notre petit Français est dans les parages. Les domestiques l'appellent « Monsieur le Comte », la mère de mademoiselle Blanche se donne du « Madame la Comtesse ». Ils le sont peut-être, après tout. Je le savais : Monsieur le Comte n'allait pas me reconnaître lorsque nous nous mettrions à table. Bien entendu, le général n'aurait même pas l'idée de nous présenter ni de dire quelques mots d'introduction; Monsieur le Comte, qui a été en Russie, sait fort bien qu'un précepteur, un *outchitel,* comme ils disent du bout des lèvres, ne mérite pas la moindre considération. Au demeurant, il me connaît très bien. Mais j'avoue être venu dîner sans en avoir été prié. Le général avait probablement oublié de donner des ordres. Sans cela, il m'aurait sûrement envoyé à la table d'hôte. J'arrivai de mon propre chef, et le général me toisa sans aménité. Marie Philippovna, pleine de bonté, m'indiqua aussitôt une place; mais je connaissais Mr. Astley, cela me sauva. Bon gré mal gré, j'étais des leurs.

J'avais d'abord rencontré ce curieux Anglais en Prusse, dans le train, alors que je courais après notre groupe. Nous étions assis l'un en face de l'autre. Nous nous revîmes en arrivant en France, puis en Suisse. Cela, deux fois en quinze jours, et voici que nous nous retrouvions à Roulettenbourg. De ma vie, je n'ai rencontré un être aussi timide; sa timidité touche à la bêtise. Il le sait bien lui-même, car il n'est point sot. Il est d'ailleurs très gentil et modeste. Lors de notre première rencontre en Prusse, je m'arrangeai pour le faire parler. Il me dit qu'il avait visité, cet été, le cap Nord et qu'il aurait bien voulu se rendre à la foire de Nijni-Novgorod. Je ne sais comment il fit la connaissance du général. Il me paraît éperdument amoureux de Pauline. Quand elle est entrée, il est devenu rouge comme une pivoine. Il était très heureux de m'avoir pour voisin de table et il n'est pas impossible qu'il me considère déjà comme son ami intime. A table, le Françouzik se haussait le col à des hauteurs incroyables. A l'égard de tout le monde, il se comporte avec laisser-aller et suffisance. Et à Moscou, je m'en souviens, il faisait la roue. Il parlait finances et politique russe, d'abondance. Parfois, le général se permettait de le contredire, mais discrètement, et à seule fin de ne pas perdre définitivement la face.

Je me sentais d'une humeur bizarre. Comme de juste, vers le milieu du dîner, je me posai mon éternelle question : « Pourquoi est-ce que je traîne avec ce général, pourquoi n'ai-je pas quitté toute cette compagnie depuis longtemps ? » De temps à autre, j'observais Pauline Alexandrovna; elle m'ignorait totalement. Tout cela me fit voir rouge. Je décidai d'être mal élevé.

Cela commença de la façon suivante : sans prévenir, je sautai brusquement dans une conversation. Essentiellement, j'en avais après le Françouzik. Je me tournai vers le général et, tout à coup, à très haute voix, en articulant et je crois même en l'interrompant au milieu d'une phrase, je lui dis que, cet été, il était pour ainsi dire impossible à un Russe de dîner à la table d'hôte des hôtels. Le général fixa sur moi un regard surpris.

« Si vous avez tant soit peu d'estime pour vous-même, continuai-je, vous pouvez sûrement vous attendre à des grossièretés et vous exposer à d'extraordinaires impertinences. A Paris, dans le Pays Rhénan, en Suisse même, à la table d'hôte, il y a un tel menu fretin de Polonais et de Français sympathisants que vous n'arrivez pas à souffler mot, si vous êtes Russe. »

Je fis cette déclaration en français. Le général me regardait d'un air interloqué, ne sachant s'il devait se fâcher ou simplement s'étonner de mon incartade.

« Cela veut dire que quelque part, et de quelqu'un, vous avez reçu une bonne leçon, laissa tomber le freluquet avec dédain.

— A Paris, je me querellai d'abord avec un Polonais, répliquai-je, ensuite avec un officier français qui était de son avis. Par la suite, quelques Français se rangèrent de mon côté lorsque je leur racontai comment j'avais voulu cracher dans le café d'un *monsignor*.

— Cracher ? » s'enquit le général avec un étonnement plein de gravité, en se tournant même vers l'assistance. Le Françouzik m'examinait d'un œil méfiant.

« Parfaitement, répondis-je. Ayant cru pendant deux jours pleins qu'il me faudrait passer quelques instants à Rome pour notre affaire, je me rendis à la chancellerie de l'Ambassade du Saint-Siège à Paris, pour faire viser mon passeport. J'y fus reçu par un petit abbé d'une cinquantaine d'années; il était glacial et on frissonnait rien qu'à voir sa tête. Il écouta poliment ma requête, mais me pria fort sèchement d'attendre. J'étais pressé, mais je n'eus pas d'autre ressource, naturellement, que de m'asseoir et d'attendre; je sortis donc de ma poche *L'Opinion Nationale* et je me mis à lire d'effroyables insultes contre la Russie. Ce faisant, j'entendis que quelqu'un était introduit chez *monsignor* par la pièce voisine. Je vis mon abbé faire des courbettes. Je lui renouvelai ma demande; il me pria encore plus sèchement d'attendre. Un peu plus tard, un inconnu entra pour affaires, c'était un Autrichien. L'abbé l'écouta et le fit monter sans délai. Là, je perdis patience; je me levai, m'approchai de l'abbé et lui signifiai nettement que, du moment que *monsignor* recevait, il pouvait parfaitement expédier aussi mon affaire. L'abbé recula, sidéré. Il n'arrivait pas à comprendre qu'un Russe de rien du tout pût se permettre de s'élever au même niveau que les hôtes de *monsignor*. D'un ton insolent à l'extrême, visiblement heureux de pouvoir m'offenser, il me toisa des pieds à la tête et s'écria : « Alliez-vous donc croire que *monsignor* laisserait là son café à cause de vous ? » Alors je m'écriai, mais plus fort que lui : « Sachez donc que je crache dans le café de votre *monsignor* ! Si vous n'en finissez pas avec mon passeport immédiatement, j'irai le trouver moi-même. »

« Comment ? Quand le cardinal est auprès de lui ! » glapit le petit abbé en s'écartant de moi avec effroi; il se jeta contre la porte et mit ses bras en croix, prêt à mourir plutôt qu'à me laisser passer. Alors, je lui déclarai que j'étais « hérétique et barbare [1] » et que tous ces archevêques, cardinaux et autres *monsignors* ne me faisaient ni chaud ni froid. Bref, je fis celui qui ne reculerait à aucun prix. L'abbé me contempla avec une infinie méchanceté, arracha le passeport de mes mains et grimpa les escaliers. Une minute plus tard, j'avais mon visa. Le voici. Voulez-vous le voir ? »

Je sortis mon passeport et j'exhibai le visa romain.

« Tout de même, vous..., commença le général.

— C'est le fait d'avoir déclaré que vous étiez « barbare et hérétique » qui vous a sauvé, remarqua le Français en ricanant. Cela n'était pas si bête[1].

— Alors quoi ? Faut-il faire comme nos Russes ? Regardez-les, installés à l'étranger ! Ils n'osent piper, ils sont tout prêts à renier leur nationalité ! Au moins dans mon hôtel, à Paris, l'on eut pour moi beaucoup plus de considération lorsque j'eus raconté ma querelle avec l'abbé.

1. En français dans le texte.

Le gros et noble Polonais, le plus monté contre moi à la table d'hôte, passa au second plan. Les Français encaissèrent même l'histoire que je leur racontai d'un homme que je rencontrai voici deux ans et sur lequel un militaire français du régiment des Chasseurs avait tiré en 1812, à seule fin de décharger son fusil. A l'époque, cet homme était un enfant de dix ans et sa famille n'avait pas eu le temps de quitter Moscou.

— C'est absolument impossible, s'emporta le freluquet. Un soldat français ne va pas tirer sur un enfant !

— Et pourtant, c'est la pure vérité, répondis-je. C'est un honorable capitaine en retraite qui me l'a raconté. J'ai vu, de mes propres yeux, la cicatrice de la balle sur sa joue. »

Le Français se mit à parler beaucoup et vite. Le général entreprit de soutenir sa cause, mais je lui conseillai de relire ne fût-ce que des extraits des *Notes Mémoires* du général Pérovsky, prisonnier des Français en 1812. Finalement, Marie Philippovna changea de conversation. Le général était très mécontent : ma discussion avec le Français avait presque dégénéré en vocifération. Par contre, j'eus l'impression que cette dispute avait été au goût de Mr. Astley; en se levant de table, il me proposa de boire un verre avec lui.

Après le dîner, comme il se devait, je réussis à avoir un entretien d'un quart d'heure avec Pauline Alexandrovna. Ce fut pendant la promenade. Tout le monde s'était dirigé vers le casino, par le parc. Pauline s'assit sur un banc, face au jet d'eau, et elle laissa la petite Nadine jouer non loin de là avec des enfants. J'autorisai aussi Michel à les rejoindre et nous demeurâmes enfin seuls.

Nous parlâmes d'abord affaires, inévitablement. Pauline fut très contrariée quand je ne lui remis que sept cents florins. Elle était persuadée qu'en engageant ses diamants au mont-de-piété de Paris je lui rapporterais au moins deux mille florins et même plus.

« J'ai besoin d'argent coûte que coûte, il faut en trouver, sinon je suis perdue », dit-elle.

Je lui demandai ce qui s'était passé en mon absence.

« Deux nouvelles de Saint-Pétersbourg, rien de plus : d'abord, que grand-mère était au plus mal; ensuite, deux jours plus tard, qu'elle devait déjà être morte. Nous le tenons de Timothée Pétrovitch, il est connu pour son exactitude, ajouta Pauline. Nous attendons confirmation.

— Donc, tout le monde attend ?

— Bien sûr, il n'y a que cela que l'on attende et que l'on espère depuis six mois.

— Et vous aussi, vous espérez ? demandai-je.

— Mais je n'ai avec elle aucun lien de parenté, je ne suis que la belle-fille du général. Je n'en suis pas moins sûre qu'elle ne m'oubliera pas dans son testament.

— Je crois que vous entrerez en possession d'une somme très importante, lui dis-je avec assurance.

— Oui, elle avait de l'affection pour moi. Mais pourquoi est-ce que *vous*, vous le croyez ? »

En guise de réponse, je lui posai une question :

« Mais, dites-moi, notre marquis n'est-il pas lui aussi au courant de tous ces secrets de famille ?

— Et vous-même, quelle est la raison de votre intérêt ? » rétorqua Pauline. Son regard était sévère et froid.

« Sauf erreur, le général a déjà réussi à le taper.

— Vous avez le don de la divination.

— Alors, aurait-il avancé de l'argent s'il n'était pas au courant de la situation de cette chère grand-maman ? Avez-vous remarqué, pendant le dîner : trois fois, il l'a appelée « baboulinka »; « la baboulinka » ! Quelles relations intimes et amicales !

— Oui, vous avez raison. Dès qu'il apprendra que j'hérite, moi aussi, il demandera ma main. C'est ce que vous vouliez savoir ?

— Il demandera votre main ? Et moi qui croyais que c'était chose faite depuis longtemps.

— Vous savez parfaitement qu'il n'en est rien ! s'emporta Pauline. Où avez-vous rencontré cet Anglais ? ajouta-t-elle après un silence.

— J'étais sûr que vous alliez me questionner à son sujet. »

Je lui racontai mes précédentes rencontres avec Mr. Astley pendant mon voyage.

« Il est timide, il a le cœur sensible; et, bien entendu, il est amoureux de vous.

— Oui, il est amoureux de moi, dit Pauline.

— Et, certainement, il est dix fois plus riche que le Français. Croyez-vous vraiment que le Français ait de la fortune ? N'y a-t-il pas là un sujet de doute ?

— Il n'y a aucun doute. Il possède un château. Le général me l'a réaffirmé, hier encore. Cela vous suffit ?

— A votre place, je n'hésiterais pas à épouser l'Anglais.

— Pourquoi ? demanda Pauline.

— Le Français est plus joli garçon, répondis-je brutalement, mais il est moins honnête. L'Anglais, en outre, est dix fois plus riche.

— Oui, mais le Français est marquis, — et plus intelligent, répondit-elle le plus tranquillement du monde.

— Est-ce bien vrai ?

— Tout ce qu'il y a de plus vrai. »

Mes questions dérangeaient visiblement Pauline et je sentais qu'elle voulait me blesser par le ton et l'étrangeté de sa réponse; je le lui dis aussitôt.

« En effet, cela m'amuse de vous voir enrager. Et pour ce seul fait que je vous autorise à me poser de telles questions et à vous livrer à de telles considérations, vous aurez à payer.

— J'estime en fait avoir le droit de vous poser n'importe quelle question, répondis-je sans sourciller, précisément parce que je suis prêt à payer n'importe quel prix; ma vie, maintenant, ne compte pas. »

Pauline éclata de rire :

« La dernière fois, quand nous étions au Schlangenberg, vous m'avez dit que vous étiez prêt, à mon moindre signe, à vous jeter dans le vide la tête la première; et c'est, je crois, une chute d'un millier de pieds. Un jour viendra où je vous ferai ce signe, rien que pour voir comment vous saurez payer. Et, soyez-en certain, je ne flancherai pas. Vous m'êtes odieux, justement parce que je vous ai tout permis; vous me l'êtes davantage encore, parce que j'ai si besoin de vous. Pour l'instant, vous m'êtes utile, je dois donc vous ménager. »

Elle se leva. Sa voix était irritée. Depuis quelque temps, elle avait pris l'habitude de mettre fin à nos entretiens avec exaspération, avec animosité, une véritable animosité.

Je ne voulais pas la laisser partir sans une explication.

« Permettez-moi de vous poser une question : qu'est-ce que représente mademoiselle Blanche ?

— Vous savez parfaitement ce que c'est que mademoiselle Blanche. Aucun fait nouveau ne s'est produit dernièrement. Elle sera certainement Madame la générale... au cas, bien entendu, où la mort de grand-mère serait confirmée. Car tant mademoiselle Blanche que sa mère et son cousin le marquis savent très bien que nous sommes ruinés.

— Et le général est fou d'elle ?

— Il ne s'agit pas de cela maintenant. Ecoutez-moi bien : prenez ces sept cents florins et allez au jeu. Gagnez-moi à la roulette le plus d'argent possible. J'en ai besoin, coûte que coûte, et tout de suite. »

Là-dessus, elle appela Nadine et se dirigea vers le casino où elle rejoignit les autres. Quant à moi, je pris le premier sentier à ma gauche, pensif et interloqué. Son ordre d'aller jouer à la roulette m'avait produit l'effet d'un coup sur la tête. Chose étrange : j'avais assez matière à réflexion et pourtant je m'absorbai entièrement dans l'analyse de mes sentiments envers Pauline. En vérité, durant ces deux semaines d'absence, j'avais eu le cœur plus léger qu'aujourd'hui, à mon retour, quoique pendant ce voyage j'eusse été éperdu de tristesse et agité comme un forcené. Je la voyais constamment dans mes rêves. Une fois même (c'était en Suisse), m'étant endormi dans le train, je crois avoir commencé une conversation à haute voix avec Pauline, ce qui fit rire tout le compartiment. Et maintenant, une fois de plus, je me posai la question : est-ce que je l'aime ? Et, une fois de plus, je ne pus y répondre; ou plutôt, pour la centième fois, je me dis que je la détestais. Oui, je la détestais. Par moment, je sentais que j'aurais donné la moitié de ma vie pour l'étrangler (cela, à la fin de toutes nos conversations). Si la possibilité m'était donnée de lui enfoncer lentement un couteau dans la poitrine, je jure que je l'aurais empoigné, ce couteau, avec une satisfaction intense. Et pourtant, je le jure par tout ce qui est sacré, si sur le Schlangenberg, cette montagne à la mode, elle m'avait dit pour de bon : « Sautez ! », je l'aurais fait immédiatement, et même avec volupté, j'en étais sûr. D'une façon ou d'une autre, il fallait en finir. Tout cela, elle le comprend fort bien. Elle sait que j'ai parfaitement conscience de toute la distance infranchissable qui nous sépare, de l'impossibilité où je suis de réaliser mes rêves, et savoir cela lui procure, j'en suis certain, un plaisir extrême. Sinon, prudente et intelligente comme elle l'est, pourrait-elle faire preuve envers moi d'une si grande familiarité et d'une si grande franchise ? J'ai l'impression qu'elle m'a jusqu'à présent regardé comme cette impératrice de l'Antiquité qui se déshabillait devant son esclave, car elle ne le considérait pas comme un homme. Oui, bien souvent, je n'ai pas été un homme à ses yeux...

Elle m'a, néanmoins, chargé d'une mission : gagner coûte que coûte à la roulette. Je n'avais pas le temps de me demander pourquoi et dans quel délai je devais gagner, ni quelles nouvelles idées avaient germé dans cet esprit toujours actif. Il était clair, en outre, que quantité de faits nouveaux s'étaient accumulés durant ces quinze jours, faits dont je n'avais encore aucune idée. Tout cela devait être élucidé, analysé, et au plus vite. Mais ce n'était pas le moment : je devais aller au jeu.

CHAPITRE II

L'AVOUERAIS-JE, cela m'était désagréable. Bien que fermement décidé à jouer, mon intention n'était pas de commencer à jouer pour autrui. Cela me déroutait un peu. C'est avec un sentiment d'appréhension que je fis mon entrée dans les salles de jeu.

Tout m'y déplut de prime abord. Je déteste cette servilité dont témoignent les feuilletons du monde entier et surtout les journaux russes. Nos folliculaires y décrivent, presque chaque printemps, deux choses : d'abord, le luxe extraordinaire des salles de roulette dans les villes de Rhénanie; ensuite, les montagnes d'or y recouvraient les tables. On ne les paie pas pour ce faire, ils le racontent simplement par complaisance désintéressée. Il n'y a aucune splendeur dans ces sales petits établissements; quant à l'or, non seulement il ne fait pas crouler les tables, mais on ne l'aperçoit qu'à peine. Sans doute, pendant la saison, quelque original fait-il son apparition, de loin en loin, un Anglais, ou encore un Asiatique ou un Turc quelconque comme cet été; et le voilà qui perd ou qui gagne beaucoup d'argent. Les autres joueurs ne risquent que de modestes thalers et, en moyenne, il n'y a que de très petites sommes sur le tapis vert.

Lorsque j'entrai au casino (c'était la première fois de ma vie), je ne me décidai pas tout de suite à miser. En outre, la foule me pressait. D'ailleurs, même seul, j'aurais été, je pense, tenté de partir plutôt que de jouer. Je l'avoue, mon cœur battait à tout rompre, je manquais de sang-froid. Je savais que je ne quitterais pas Roulettenbourg comme ça, sans rien faire, et j'en avais pris la décision depuis longtemps. Quelque chose de radical, de définitif devait se produire dans ma destinée. C'était fatal, il devait en être ainsi. Si ridicule que puisse paraître cette grande espérance que je mettais en la roulette, le lieu commun, selon lequel il est stupide d'attendre quelque chose du jeu, l'est encore plus, à mon sens. En quoi le jeu serait-il pire que tel autre moyen de gagner de l'argent, que le commerce, par exemple ? Il est vrai que, sur cent joueurs, un seul gagne. Mais que m'importe ?

En tout cas, j'avais résolu d'observer d'abord et de ne rien entreprendre de sérieux ce soir-là. Et, si quelque chose devait arriver, ce serait par hasard, sans prêter à conséquence, je l'avais décidé ainsi. De plus, il me fallait apprendre les règles du jeu; car, malgré les innombrables descriptions de la roulette que j'avais toujours lues avec un intérêt passionné, je ne comprenais encore rien à son mécanisme jusqu'au moment où je le vis de mes propres yeux.

D'abord, tout me parut très sale. Malsain et sale moralement, pour ainsi dire. Et je ne parle pas de ces visages anxieux et avides qui par dizaines, par centaines, assiègent les tables de jeu. Je ne tiens absolument pas pour malsain l'envie de gagner vite, de gagner gros; j'ai toujours trouvé très bête la pensée du moraliste bien nourri et bien renté qui, à l'argument qu'on « jouait petit jeu », avait répondu : « C'est pire, car c'est de la petite cupidité ». En effet, la petite et la grosse cupidité, ce n'est pas la même chose. Tout cela est relatif, mesquin pour un Rothschild, mais fort riche pour moi. En matière de lucre et de gain, ce n'est pas seulement à la roulette que les gens s'évertuent à gagner, à extorquer quelque chose aux autres, c'est partout; et on ne fait que cela.

Quant à savoir si le lucre et le bénéfice en général sont vils, c'est une autre question. Je ne vais pas la trancher ici. Comme j'étais moi-même en proie au désir de gagner, toute cette cupidité, toute cette boue d'avidité, si vous voulez, m'étaient plus proches, plus familières quand j'entrai dans la salle. Qu'y a-t-il de plus agréable que de ne pas se gêner, d'agir ouvertement, à la bonne franquette ? D'ailleurs, à quoi cela sert-il de se leurrer consciemment ? C'est perdre son temps, et sans aucune compensation.

Le plus laid, dans cette racaille collée au tapis vert, c'était le sérieux, le respect, voire la déférence avec lesquels elle grouillait autour des tables. D'où le départ rigoureux entre le jeu « mauvais genre » et celui que peut se permettre un homme comme il faut.

Il y a deux sortes de jeu : celui du gentleman et celui du tout-venant, plèbe, cupide. Ici la démarcation est nette et, au fond, combien vile ! Un gentleman, par exemple, peut miser cinq ou dix louis d'or, rarement davantage; il ira jusqu'à mille francs s'il est très riche. Il ne le fait que par amour du jeu, pour s'amuser, essentiellement pour voir comment l'on gagne ou comment l'on perd. Il ne doit pas être intéressé par le gain en soi. S'il gagne, il rira, par exemple, ou il fera une remarque à un voisin; il jouera encore, il doublera sa mise; mais uniquement par curiosité, pour observer la chance, la supputer; mais il ne sera pas mû par le désir vulgaire de gagner. Bref, un gentleman ne doit voir dans le jeu, roulette ou trente-et-quarante, qu'un divertissement organisé pour son plaisir. Il ne doit même pas soupçonner la soif du gain et les pièges sur lesquels la banque est fondée. Il serait même assez élégant de sa part de faire comme si tous les autres joueurs, ce *vulgum pecus* qui tremble pour un florin, étaient, comme lui, de riches gentlemen qui ne jouent que pour se distraire. Cette ignorance complète de la réalité, cette candeur devant les êtres seraient, naturellement, des plus aristocratiques. J'ai vu bien des mamans pousser vers le tapis des demoiselles innocentes et gracieuses, de quinze ou seize ans, leurs filles, et leur remettre quelques pièces d'or pour leur apprendre à jouer. La jeune personne gagnait ou perdait et se retirait enchantée.

Notre général s'était approché de la table avec importance et sérieux. Un laquais se précipita pour lui approcher une chaise, mais il n'y fit pas attention. Avec lenteur, il sortit son porte-monnaie, il en retira avec la même lenteur trois cents francs-or. Il les plaça sur le *noir* et gagna. Il ne ramassa pas son argent, il le laissa sur la table. *Noir* sortit de nouveau; il laissa. Ce fut *rouge* qui sortit : il perdit d'un coup douze cents francs. Il s'éloigna, le sourire aux lèvres. Il avait tenu le coup. Je suis persuadé qu'il avait la mort dans l'âme. Si sa mise avait été deux ou trois fois plus forte, il aurait bronché.

D'ailleurs, je vis un Français gagner, puis perdre une trentaine de mille francs sans sourciller. Le vrai gentleman ne doit pas s'émouvoir, même en perdant toute sa fortune. Il doit être tellement au-dessus de l'argent qu'il n'a pour ainsi dire pas à s'en préoccuper. Certes, ce serait d'un aristocratique fou de ne pas même remarquer le caractère immonde de toute cette ambiance. Pourtant, l'attitude inverse n'est parfois pas moins distinguée : elle consiste à remarquer, c'est-à-dire à observer, voire à lorgner, la canaille. Il s'agit toutefois de considérer tout ce côté sordide comme une sorte de divertissement, comme un spectacle destiné à amuser les gentlemen. On peut se frotter à la foule, mais à condition d'être absolument convaincu que l'on est observateur et que l'on n'appartient nullement à ce milieu. D'ailleurs, il ne convient pas non plus d'observer de trop près, cela ne serait pas moins indigne d'un gentleman, parce que de toute façon le spectacle n'a pas beaucoup d'intérêt.

En général, il n'y a guère de spectacles qui soient dignes de l'attention soutenue d'un gentleman.

Néanmoins, il me semblait, à moi, que tout cela méritait bien l'attention, surtout pour celui qui n'était pas venu seulement pour observer, mais qui se considérait en son âme et conscience comme faisant partie de toute cette racaille. Quant à mes convictions morales les plus intimes, elles ne pourraient, naturellement, trouver place ici. Tant pis, je le dis par acquit de conscience. Mais je tiens à faire remarquer ceci : ces derniers temps, j'éprouvais la plus vive répugnance à chercher un critère moral quelconque pour mes pensées et pour mes actes. Autre chose m'inspirait...

La canaille joue, en effet, d'une façon sordide. Je suis même porté à croire qu'on vole tout simplement, et beaucoup, au jeu. Les croupiers, assis aux bouts des tables, qui surveillent les mises et règlent les comptes, ont fort à faire. Encore de belles fripouilles, la plupart sont Français. D'ailleurs, si j'observe et je note tout ce que je vois ici, ce n'est pas pour décrire la roulette. Je me mets au fait pour savoir comment me comporter plus tard. J'ai remarqué notamment que rien n'est plus courant que de voir une main se tendre et ramasser ce que vous avez gagné. Une altercation commence souvent, on se met à crier; et allez donc prouver que la mise était la vôtre et trouver des témoins !

Au début, c'était pour moi de l'abracadabra. Je devinai confusément que l'on misait sur des numéros, sur *pair, impair* et sur les couleurs. Je décidai de risquer ce soir-là cent florins de l'argent de Pauline Alexandrovna. L'idée que ce n'était pas pour moi que je me mettais à jouer me désorientait. C'était une sensation très désagréable. Je voulus m'en débarrasser au plus tôt. Il me semblait sans cesse qu'en commençant à jouer pour Pauline je compromettais ma chance. N'est-il donc pas possible de toucher à une table de jeu sans tomber dans la superstition ?

Je commençai par prendre cinq frédérics, c'est-à-dire cinquante florins, et je les plaçai sur *pair*. La roue tourna, le treize sortit : j'avais perdu. Avec une sorte de sentiment fébrile, rien que pour en finir et m'en aller, je mis de nouveau cinq frédérics sur le rouge. Il sortit.

Je laissai les dix frédérics, le rouge sortit encore. Je remis le tout : rouge de nouveau. Je reçus quarante frédérics. J'en plaçai vingt sur la douzaine du milieu, sans savoir. On me donna trois fois ma mise. Ainsi les dix frédérics du début étaient tout à coup devenus quatre-vingts. J'éprouvai une sensation étrange, insupportable, je décidai de partir. Il me semblait que je n'aurais pas du tout joué comme cela si ç'avait été pour moi-même. Je n'en plaçai pas moins toute la somme sur pair. On me versa encore quatre-vingts frédérics. Je m'emparai de la pile de cent soixante frédérics et je m'en allai retrouver Pauline Alexandrovna.

Toute la compagnie était encore dans le parc, je ne pus voir Pauline qu'au dîner. Cette fois, le Français était absent et le général se sentait à l'aise. Il jugea bon, entre autres, de me signifier à nouveau qu'il ne désirait pas me voir à la roulette. A l'entendre, il serait fort compromis si je perdais trop gros. « Et même si vous gagnez beaucoup, je ne serais pas moins compromis, ajouta-t-il d'un air entendu. Sans doute, je n'ai pas le droit de disposer de vos faits et gestes, mais convenez-en vous-même... » Et, à son habitude, il laissa sa phrase en suspens.

Je lui répondis sèchement que j'avais fort peu d'argent et que je ne pouvais donc pas me faire remarquer par mes pertes, même si je me mettais à jouer. Avant de monter dans ma chambre, je pus remettre à Pauline son gain et lui déclarer que, dorénavant, je ne jouerai plus pour elle.

« Mais pourquoi cela ? demanda-t-elle anxieusement.

— Parce que je veux jouer pour moi-même. Et cela me gêne, dis-je, en observant avec étonnement son expression.

— Ainsi, vous persistez à croire que la roulette est votre seule planche de salut ? » s'enquit-elle d'un ton railleur.

Je lui répondis très sérieusement qu'il en était ainsi; quant à ma certitude de gagner, je convins qu'elle pouvait paraître ridicule. « Mais qu'on me laisse tranquille ! »

Pauline Alexandrovna insista pour partager avec moi le gain de cette journée et voulut me remettre quatre-vingts frédérics, en me proposant de continuer à jouer à cette condition. Je refusai catégoriquement et déclarai que si je ne pouvais pas jouer pour les autres, c'était non par mauvaise volonté, mais parce que j'étais sûr de perdre.

« Et pourtant, si ridicule que cela puisse paraître, mon seul espoir, ou presque, est la roulette, dit-elle, pensive. Aussi faut-il absolument que vous continuiez à jouer, moitié-moitié avec moi, et vous le ferez, bien sûr. »

Sur ce, elle me quitta sans écouter mes objections.

CHAPITRE III

HIER, pourtant, elle n'a pas parlé roulette de toute la journée. Du reste, elle a évité de m'adresser la parole. Son attitude envers moi n'a pas changé. Quand nous nous rencontrons c'est toujours la même indifférence, voire un certain mépris ou de la haine. D'une façon générale, elle ne cherche pas à cacher le dégoût que je lui inspire; je le vois bien. Malgré cela, elle ne me cache pas non plus qu'elle a besoin de moi pour quelque chose et qu'elle me ménage à cette fin. Des relations assez bizarres se sont établies entre nous; elles me restent assez obscures, étant donné son orgueil et son arrogance envers tout le monde.

Par exemple, elle sait fort bien que je l'aime à la folie, elle me permet de lui parler de ma passion; certes, rien n'exprime mieux son mépris que de me laisser ainsi l'entretenir sans réserve de mon amour.

« Je me moque tellement de vos sentiments, voyez-vous, quoi que vous me disiez, quoi que vous éprouviez à mon égard, cela m'est complètement égal. »

Déjà auparavant, elle me parlait beaucoup de ses affaires privées, mais jamais avec une entière franchise. En outre, il entrait dans son dédain pour moi des raffinements de ce genre : elle sait, par exemple, que je suis au courant de telle circonstance de sa vie ou de l'anxiété qui la ronge : elle me racontera elle-même un aspect de tout cela, si elle peut m'utiliser d'une façon ou d'une autre, comme un esclave, pour faire des commissions. Mais elle ne dira pas un mot de plus qu'il n'en faut savoir à un homme que l'on envoie faire des courses. Si je ne connais pas encore la suite des événements, si elle constate elle-même que je suis troublé par ce qui la trouble, tourmenté par ses propres tourments, jamais elle ne me fera l'aumône de m'apaiser par une franchise amicale, alors que j'estime qu'elle me devait cette franchise puisqu'elle m'employait souvent à des missions non seulement délicates, mais dangereuses. Mais allait-elle s'inquiéter de mes sentiments, de mes angoisses à moi, peut-être dix fois plus intenses que ses propres soucis et revers qui en étaient la cause ?

Je connaissais depuis trois semaines son intention de jouer à la roulette. Elle m'avait même prévenu que je devrais jouer à sa place; le faire elle-même aurait été inconvenant. J'avais remarqué à son ton qu'il s'agissait d'une préoccupation grave et non pas simplement de l'appât du gain. L'argent en soi lui importait peu ! Il y a là-dessous un but caché, des faits que je puis deviner, mais que je ne connais pas encore. Bien entendu, l'humiliation et l'esclavage dans lesquels elle me tient pourraient me permettre, et me permettent souvent, de l'interroger brutalement. Puisqu'elle me tient pour son serf, puisque je ne suis rien à ses yeux, qu'elle n'aille pas se vexer de ma curiosité grossière. Seulement voilà; elle me permet de lui poser des questions, elle n'y répond pas. Parfois, elle ne les remarque même pas. C'est comme cela entre nous !

Hier, on a beaucoup parlé du télégramme envoyé à Pétersbourg quatre jours auparavant et demeuré sans réponse. Visiblement, le général s'inquiète, il est distrait. Il s'agit évidemment de la grand-mère. Le Français aussi s'agite. Hier, par exemple, ils ont eu une conversation longue et sérieuse après déjeuner. Le Français affecte avec nous tous un ton extraordinairement hautain et dédaigneux. Comme dit le proverbe : « Asseyez le cochon, il vous mettra les quatre pieds sur la table. » Même avec Pauline, il est sans-gêne à en être mal élevé. Il ne s'en promène pas moins volontiers avec eux au casino, il fait partie des cavalcades et excursions. Je connais depuis longtemps quelques-unes des circonstances qui ont uni le Français au général; en Russie, ils projetaient de monter une usine. J'ignore si le projet est à l'eau ou s'ils en parlent encore. En outre, j'ai appris, par hasard, une partie d'un secret de famille : le Français a effectivement tiré d'embarras le général l'année dernière en lui avançant trente mille roubles pour compléter les deniers de la caisse que le général devait rendre quand il avait laissé son poste. Naturellement, il est entre ses griffes. Mais, en ce moment-ci, c'est tout de même mademoiselle Blanche qui tient le rôle principal. Je suis sûr et certain que là encore je ne me trompe pas.

Qui est mademoiselle Blanche ? On dit ici que c'est une Française distinguée avec mère et fortune colossale. On sait aussi qu'elle est une parente de notre marquis, mais très éloignée, une cousine à la mode de Bretagne. Il paraît qu'avant mon voyage à Paris les rapports entre le Français et mademoiselle Blanche étaient beaucoup plus cérémonieux, plus réservés, plus délicats. A présent, leur parenté et leur amitié paraissent moins raffinées, plus intimes. Nos affaires leur semblent peut-être si désastreuses qu'ils estiment inutile de faire des façons et de dissimuler. J'ai remarqué avant-hier que Mr. Astley dévisageait mademoiselle Blanche et sa mère. J'ai l'impression qu'il les connaît. Et même que notre Français l'a déjà rencontré. D'ailleurs, Mr. Astley est tellement timide, pudique, muet, qu'on peut presque avoir confiance : il n'étalera pas le linge sale. En tout cas, le Français le salue à peine et ne fait pour ainsi dire pas attention à lui; il ne le craint donc pas. Cela se comprend encore; mais pourquoi mademoiselle Blanche l'ignore-t-elle aussi presque totalement ? D'autant plus qu'hier le marquis a laissé percer le bout de l'oreille; il a dit au milieu d'une conversation, je ne me rappelle plus à quel propos, que Mr. Astley était immensément riche; il le savait. Voilà une belle occasion pour mademoiselle Blanche de tourner ses regards vers Mr. Astley. Au demeurant, le général est dans l'agitation. On comprend ce que signifie pour lui, à l'heure actuelle, le télégramme qui annoncerait la mort de sa tante !

Il me paraît certain que Pauline évite de me parler, comme si elle avait un but. Mais j'adopte moi-même une attitude froide et indifférente. Je ne cesse de croire qu'elle viendra vers moi d'un moment à l'autre.

Hier et aujourd'hui, par contre, je concentrai mon attention surtout sur mademoiselle Blanche. Le pauvre général, le voilà définitivement perdu. S'amouracher, à cinquante-cinq ans, et avec une telle passion, c'est évidemment fâcheux. Ajoutez-y son veuvage, ses enfants, sa propriété complètement délabrée, ses dettes; enfin, cette femme dont il fallait qu'il tombe amoureux ! Mademoiselle Blanche est belle. Mais me comprendra-t-on si j'affirme que son visage est un de ceux dont on peut avoir peur ? Pour ma part, j'ai toujours craint ce genre de femme. Elle doit avoir dans les vingt-cinq ans. Elle est grande, les épaules larges et tombantes, le cou et la gorge splendides; elle a le teint mat, le cheveu d'un noir d'ébène, très abondant; il y en aurait pour deux coiffures. L'œil est noir, la cornée jaunâtre; le regard, toujours effronté; les dents sont éclatantes; les lèvres toujours pommadées; elle sent le musc. Elle s'habille somptueusement, avec chic et beaucoup de goût. Les bras et les jambes sont admirables. Sa voix est un contralto rauque. Parfois, elle éclate de rire, en montrant toutes ses dents. Mais, le plus souvent, elle se tait et prend un air impertinent. Il en est toujours ainsi en présence de Pauline ou de Marie Philippovna. (Un curieux bruit : Marie Philippovna retournerait en Russie.) Il me semble que mademoiselle Blanche n'a aucune éducation, peut-être manque-t-elle même d'intelligence; par contre, elle est soupçonneuse et rusée. Je suppose que les aventures n'ont pas manqué dans sa vie. Au fond, il est fort possible que le marquis ne soit nullement son cousin ni maman, sa mère. On disait pourtant à Berlin, où nous nous sommes rencontrés, qu'elle et sa mère avaient dans leur entourage quelques personnes fort distinguées. Quant au marquis, bien que je me demande encore s'il a droit à ce titre, le fait qu'il appartienne à la bonne société ne semble pas faire l'ombre d'un doute, à Moscou, par exemple, et en Allemagne. Qu'est-il exactement en France ? Je ne sais. On dit qu'il possède un château.

Je pensais que pendant ces quinze jours beaucoup d'eau coulerait sous les ponts. Or je ne sais toujours pas si quelque chose de décisif a été prononcé entre mademoiselle Blanche et le général. Autrement dit, le général pourra-t-il leur montrer beaucoup d'argent ? Si nous apprenions, par exemple, que la grand-mère n'était pas morte, je suis persuadé que mademoiselle Blanche disparaîtrait sans tarder. Je m'étonne (et j'en ris moi-même) de constater à quel point je suis devenu cancanier. Oh, comme tout cela me dégoûte ! Avec quelle joie les aurais-je tous quittés et aurais-je tout jeté par-dessus bord ! Mais est-ce que je peux m'éloigner de Pauline et ne pas espionner autour d'elle ? Espionner est certes bas, mais que m'importe ?

Hier et aujourd'hui, Mr. Astley a aussi excité ma curiosité. Oui, je suis persuadé qu'il est amoureux de Pauline. Il est intéressant et comique d'observer tout ce que peuvent exprimer les yeux d'un être pudique et maladivement chaste lorsqu'il est touché par l'amour, et juste au moment où il rentrerait sous terre plutôt que de laisser d'un regard ou d'un mot percer l'aveu. Nous rencontrons très souvent Mr. Astley au cours de nos promenades. Il se découvre et passe, mourant d'envie, bien entendu, de se joindre à nous. Et, quand on l'invite, il s'empresse de refuser. Aux lieux de repos, au casino, au concert ou près du jet d'eau, il ne manque jamais de s'arrêter non loin de notre banc; où que nous nous trouvions, dans le parc, dans la forêt ou sur le Schlangenberg, il suffit de jeter un coup d'œil alentour : quelque part, sur le sentier voisin ou derrière un buisson, on aperçoit tout ou partie de Mr. Astley. Je crois qu'il cherche à me voir en particulier. Nous nous sommes croisés ce matin et nous avons échangé quelques mots. Sa parole est parfois fort saccadée. Avant même de dire bonjour, il déclara :

« Ah ! mademoiselle Blanche... J'ai rencontré pas mal de femmes comme elle ! »

Il se tut et me regarda d'un air significatif. J'ignore ce qu'il entendait par là, car lorsque je lui demandai ce que cela voulait dire il hocha la tête avec un sourire malicieux et ajouta : « C'est comme ça. »

« A propos, mademoiselle Pauline aime-t-elle beaucoup les fleurs ?

— Je n'en sais vraiment rien, lui répondis-je.

— Comment, vous ignorez même cela ? s'écria-t-il, stupéfait.

— Je n'y ai jamais fait attention, dis-je en riant.

— Hum, cela me donne une idée. »

Il hocha la tête et s'éloigna, l'air satisfait, d'ailleurs. Nos conversations se déroulent en un français détestable.

CHAPITRE IV

La journée fut ridicule, affreuse, incohérente. Il est onze heures du soir. Je rassemble mes souvenirs dans ma petite chambre. Dès le matin, bon gré mal gré, je fus dans l'obligation d'aller jouer à la roulette pour Pauline Alexandrovna. Je pris ses cent soixante frédérics, mais à deux conditions : la première, que je refusais de jouer moitié-moitié avec elle; autrement dit, si je gagnais, je ne prendrais rien pour moi; la deuxième, que Pauline devrait me dire dès ce soir la raison pour laquelle elle avait tellement besoin d'argent et de combien. Je me refuse à croire que c'est uniquement pour avoir de l'argent. Mais il est évident qu'il lui en faut et au plus vite, et ce pour une raison déterminée. Elle me promit une explication et je partis.

On s'écrasait dans les salles de jeu. Ils sont tous si impudents, si avides ! Je me faufilai vers la table centrale et me plaçai à côté du croupier. Je me mis à tâter la roulette, timidement, en ne risquant que deux ou trois pièces à la fois. Entre-temps, j'observais et notais. A mon sens, les calculs ne signifient pas grand-chose et n'ont guère l'importance que leur attribuent un grand nombre de joueurs. Ils sont là, avec des bouts de papier barbouillés de chiffres, ils notent chaque coup, comptent, supputent les chances, évaluent; enfin ils misent... et ils perdent exactement comme nous, simples mortels, qui jouons au petit bonheur. Par contre, j'ai fait une observation qui me paraît juste : dans la succession des chances fortuites, il existe sinon un système, du moins un certain ordre, et c'est très étrange. Il arrive, par exemple, qu'à la douzaine du milieu succède la dernière; admettons que la dernière douzaine sorte deux fois et cède son tour à la première. La première douzaine étant sortie, c'est au tour de celle du milieu; elle sort trois ou quatre fois de suite; puis c'est la dernière douzaine, deux fois; ensuite, la première, et de nouveau celle du milieu trois fois de suite. Il en est ainsi pendant une heure et demie ou deux heures. Un, trois, deux; un, trois, deux. C'est vraiment curieux. Tel jour, il arrive, par exemple, que *rouge* alterne avec *noir* à chaque instant, sans régularité, de telle sorte que *rouge* ou *noir* ne sortent pas plus de deux, trois fois de suite. Mais le lendemain matin, ou le soir même, *rouge* sort sans discontinuer, jusqu'à vingt-deux fois de suite; et ainsi pendant un certain temps, voire toute une journée. A ce sujet, je reçus bon nombre d'éclaircissements de Mr. Artley, qui est resté une matinée entière près des tables, mais sans jouer.

Quant à moi, je perdis tout très rapidement. J'avais d'emblée misé vingt frédérics sur pair, je gagnai; je les remis et gagnai encore; il en fut ainsi deux ou trois fois. Je crois qu'en cinq minutes j'eus environ quatre cents frédérics. J'aurais dû m'en tenir là. Mais une sensation bizarre m'envahit, je jetai un défi au sort, j'eus envie de lui donner une chiquenaude, de lui tirer la langue. Je misai le maximum autorisé, quatre mille florins; et je perdis. Dans mon exaltation, je sortis tout ce qui me restait et misai sur la même combinaison : je perdis de nouveau. Je m'éloignai de la table, abasourdi. Je ne comprenais même pas ce qui s'était passé en moi. Je n'avouai ma perte à Pauline que juste avant le déjeuner, après avoir erré dans le parc. Au déjeuner, je fus de nouveau dans mon état d'excitation de l'avant-veille. Le Français et mademoiselle Blanche étaient aussi des nôtres. J'appris que cette dernière s'était rendue ce matin au casino et qu'elle avait été témoin de mes prouesses. Cette fois-ci, me sembla-t-il, elle me parla avec plus d'attention. Le Français n'y alla pas par quatre chemins, il me demanda tout bonnement si j'avais perdu mon propre argent. Je crois qu'il soupçonne Pauline. Bref, c'est louche. Je mentis aussitôt et affirmai que c'était le mien.

Le général était stupéfait : d'où avais-je tant d'argent ? Je lui expliquai que j'avais commencé avec dix frédérics et qu'en doublant ma mise j'étais parvenu à gagner cinq à six mille florins en six ou sept coups et qu'ensuite j'avais perdu le tout en deux fois.

Evidemment, c'était plausible. En donnant ces explications, je jetai un coup d'œil à Pauline, mais son expression était impénétrable. Elle me laissa pourtant donner le change, sans me reprendre; j'en conclus que j'avais eu raison de mentir et que je ne devais pas révéler que j'avais joué pour son compte. En tout cas, me disais-je, elle me devait une explication, elle me l'avait promise ce matin même.

Je croyais que le général me ferait des observations, mais il se tut : je remarquai néanmoins qu'il avait l'air troublé. En raison de la situation tragique dans laquelle il se trouvait, peut-être lui était-il pénible de s'imaginer qu'une telle quantité d'or avait été gagnée, puis perdue, en un quart d'heure, par un imbécile comme moi, pour rien.

Il est possible qu'il ait eu hier soir un accrochage sérieux avec le Français. Ils s'étaient enfermés pour discuter longuement avec animation. Le Français était parti, la mine contrariée. Tôt ce matin, il était revenu chez le général, sûrement pour continuer la conversation de la veille.

Après avoir écouté le récit de ma débâcle, il me fit observer d'un ton mordant et même méchant que j'aurais dû être plus raisonnable.

Et il ajouta, je ne sais pourquoi, que bien qu'il y eût beaucoup de Russes parmi les joueurs ils ne paraissaient même pas capables de jouer.

« Et moi, répliquai-je, j'estime que la roulette a été inventée spécialement pour les Russes. »

En le voyant sourire dédaigneusement, je lui fis remarquer que j'avais indéniablement raison, car en parlant des Russes en tant que joueurs j'étais beaucoup plus enclin à les critiquer qu'à les louer et donc qu'on devait croire le bien-fondé de mes paroles.

« Et sur quoi repose votre opinion ? demanda le Français.

— Sur le fait que la faculté d'acquérir des capitaux constitue historiquement le point essentiel, à peu de chose près, du catéchisme des vertus et des qualités de la civilisation occidentale. Tandis que le Russe est non seulement incapable d'accumuler un capital, mais encore il le gaspille pour rien, que c'en est indécent.

« Cependant, nous autres Russes, nous avons aussi besoin d'argent, ajoutai-je; et, par conséquent, nous sommes ravis d'avoir recours à des moyens tels que la roulette qui permet de devenir riche tout à coup, en deux heures, sans aucun effort. Cela nous séduit beaucoup. Et comme nous jouons comme ça, sans labeur, nous perdons !

— Vous n'avez pas tout à fait tort, remarqua le Français avec suffisance.

— Non, c'est injuste et vous devriez avoir honte de parler ainsi de votre pays ! intervint le général d'un air sévère et imposant.

— Permettez ! rétorquai-je, on ne sait vraiment pas, tout compte fait, ce qui est plus dégoûtant, de la conduite scandaleuse des Russes, ou du procédé allemand d'enrichissement besogneux !

— Quelle idée insensée ! s'exclama le général.

— Quelle idée russe ! » s'exclama le Français.

Je riais, j'avais une folle envie de les aiguillonner.

« Personnellement, m'écriai-je, j'aimerais mieux passer toute ma vie comme un nomade sous une tente kirghize plutôt que d'adorer l'idole allemande.

— Quelle idole ? s'écria le général, qui commençait à se fâcher sérieusement.

— La manière allemande d'amasser des biens. Il n'y a pas longtemps que je suis ici et pourtant ce qu'il m'a déjà été donné d'observer et de vérifier révolte ma nature tatare. Que diable ! De telles vertus, je n'en veux pas. Hier, j'ai déjà parcouru une dizaine de verstes dans les environs. Eh bien, c'est absolument comme dans les petits livres allemands, moraux et illustrés. Partout, chez eux, on voit le *Vater*, ce bon papa effroyablement vertueux et d'une honnêteté inouïe. Il est tellement vertueux qu'on a peur de l'approcher. Je déteste les honnêtes gens qu'on craint d'aborder. Chacun de ces bons *Vater* a une famille et, le soir, on lit à haute voix des ouvrages édifiants. Autour de la maison murmurent ormes et châtaigniers. Le soleil se couche, il y a sur le toit une cigogne, tout est poétique et touchant à l'extrême... Ne vous fâchez pas, mon général, laissez-moi vous raconter ces choses émouvantes. Je me rappelle moi-même feu mon père qui nous lisait aussi, à ma mère et à moi, des livres de ce genre, sous les tilleuls du jardin, le soir venu. Je puis être bon juge en la matière. Eh bien, toutes ces braves familles d'ici sont complètement soumises et asservies au *Vater*. Tous, ils travaillent comme des bœufs et épargnent l'argent comme des Juifs. Admettons que le *Vater* a déjà amassé tant de florins et il compte sur son fils aîné, pour lui transmettre son métier ou son lopin de terre. A cette fin, on ne dote pas la fille, qui restera vieille fille. Toujours pour la même raison, on vend le cadet en servitude ou à l'armée et cet argent va alimenter la caisse patriarcale. Cela se fait, je vous assure; je me suis renseigné. Et tout cela par honnêteté uniquement, une honnêteté forcenée; à tel point que le cadet est persuadé que c'est au nom seul de cette honnêteté qu'il a été vendu. Et ça, c'est déjà un idéal, quand la victime elle-même se réjouit qu'on s'en aille l'immoler ! Et après ? Après, c'est que l'aîné ne s'en trouve pas mieux : il y a dans sa vie une Gretchen, l'élue de son cœur; mais pas question de l'épouser, parce que l'on n'a pas encore accumulé tant de florins. L'on continue donc à attendre vertueusement, avec conviction, et l'on va au sacrifice avec le sourire. Les joues de la Gretchen se creusent, elle se dessèche. Enfin, au bout d'une vingtaine d'années, le magot a grossi. Les florins ont été amassés avec honnêteté et vertu. Le *Vater* bénit son aîné qui a quarante ans et la Gretchen qui en a trente-cinq et dont la poitrine est plate et le nez rouge... A cette occasion, il fond en larmes, prononce un sermon et trépasse. L'aîné devient lui-même un *Vater* vertueux et la même histoire recommence. Quelque cinquante ou soixante-dix ans plus tard, le petit-fils du premier *Vater* se trouve déjà à la tête d'un capital considérable. Il le lègue à son fils, celui-ci en fait autant, et cætera et ainsi de suite; au bout de cinq ou six générations, cela donne le baron de Rothschild ou Hoppe et Cie ou Dieu sait qui. Alors, n'est-ce pas un spectacle grandiose ? Un labeur héréditaire d'un siècle ou deux, de la patience, de la persévérance, de l'ingéniosité, de l'honnêteté, du caractère, de la ténacité, du calcul et une cigogne sur le toit ! Que vous faut-il encore ? C'est une apothéose, et de ce sommet ils se mettent eux-mêmes à juger l'univers; et les coupables, c'est-à-dire ceux qui ne leur ressemblent pas tout à fait, ils les exécutent sur-le-champ. Alors voilà : j'aime quand même mieux faire la foire à la russe ou me débaucher à la roulette. Je ne veux pas, moi, être Hoppe et Cie au bout de cinq générations. J'ai besoin d'argent pour moi-même et je ne considère nullement ma personne comme quelque chose d'utile et d'accessoire au capital. Je sais bien que je vous casse terriblement les oreilles, mais tant pis. Telles sont mes convictions.

— J'ignore s'il y a du vrai dans vos paroles, dit le général, songeur, mais je sais pour sûr que dès qu'on vous lâche un peu la bride vous commencez à exagérer d'une façon insupportable... »

Suivant son habitude, il laissa sa phrase en suspens. Quand notre général abordait un sujet un tant soit peu plus sérieux qu'une conversation ordinaire, il ne terminait jamais ses phrases. Le Français, d'une oreille distraite, écoutait, les yeux légèrement écarquillés. Il n'avait presque rien compris de ce que j'avais dit. Pauline avait un air d'indifférence hautaine. Il semblait qu'elle n'avait entendu ni mes paroles ni aucun des propos qu'on avait tenus à table.

CHAPITRE V

PAULINE était étrangement pensive, mais dès que nous fûmes sortis de table elle m'enjoignit de la suivre à la promenade. Nous emmenâmes les enfants et nous nous dirigeâmes vers le jet d'eau du parc.

Comme j'étais surexcité, je lâchai à brûle-pourpoint une question stupide :

« Pourquoi notre marquis Des Grieux, le Françouzik, non seulement ne vous accompagne-t-il pas quand vous sortez, mais encore, des jours entiers, ne vous adresse-t-il pas la parole ?

— Parce que c'est un vil personnage », fut la curieuse réponse. Jamais je ne l'avais entendue parler ainsi de Des Grieux et, craignant de comprendre la raison de son irritation, je changeai de sujet.

« Avez-vous remarqué que le général et lui ne s'entendaient guère aujourd'hui ?

— Vous voulez savoir ce qu'il en est, répondit-elle sur un ton sec et agacé. Vous savez bien que le général est entièrement entre ses mains, tout le domaine est à lui; si grand-maman ne meurt pas, le Français entrera immédiatement en possession de tout ce que couvre son hypothèque.

— Alors, c'est donc vrai que tout a été hypothéqué ? Je l'ai entendu dire, mais je ne savais pas que c'était le domaine dans sa totalité.

— Bien sûr !

— Alors, adieu mademoiselle Blanche ! Elle ne sera pas Madame la générale ! Eh bien, je crois que le général en est tellement amoureux qu'il se tirera une balle dans la tête si elle le quitte. A son âge, une telle passion est dangereuse.

— Je crois aussi qu'il va lui arriver quelque chose, dit-elle, songeuse.

— C'est admirable ! m'écriai-je. On ne saurait mieux prouver qu'elle ne consentait au mariage que pour l'argent ! On n'a même pas observé les convenances, on n'a fait aucune cérémonie, c'est inouï ! Quant à la grand-mère, quoi de plus comique et de plus ignoble que d'envoyer télégramme sur télégramme pour demander : « Est-elle morte, est-elle morte ? » Hein ? Qu'est-ce que vous en dites, Pauline Alexandrovna ?

— Ne soyez pas ridicule ! m'interrompit-elle avec dégoût. Ce qui m'étonne, moi, c'est que vous soyez de si belle humeur. Qu'est-ce qui vous réjouit tant ? Serait-ce d'avoir perdu mon argent ?

— Pourquoi me l'avez-vous donné à perdre ?

Ne vous ai-je pas prévenue que je ne pouvais pas jouer pour d'autres, encore bien moins pour vous ? Je vous obéirai, quel que soit votre ordre; mais le résultat ne dépend pas de moi. Je vous l'ai dit, cela ne donnera rien. Dites-moi, êtes-vous consternée d'avoir perdu tant d'argent ? Pourquoi avez-vous besoin d'une telle somme ?

— A quoi bon ces questions ?

— Mais vous m'aviez promis vous-même de m'expliquer... Ecoutez, je suis tout à fait persuadé que lorsque je me mettrai à jouer pour mon compte (et j'ai douze frédérics) je gagnerai. Alors vous prendrez ce qu'il vous faut. »

Elle me lança un regard dédaigneux.

« Ne vous fâchez pas de ce que je vous propose, continuai-je. Je suis tellement pénétré du sentiment de n'être rien devant vous, c'est-à-dire à vos yeux, que de moi vous pouvez accepter même de l'argent. Venant de moi, un cadeau ne peut vous offenser. D'autant plus que j'ai perdu votre argent. »

Elle me lança un coup d'œil et, constatant de l'agacement et du sarcasme dans mes paroles, elle m'interrompit.

« Il n'y a rien d'intéressant pour vous dans mes affaires. Si vous voulez le savoir, j'ai simplement des dettes. J'ai emprunté de l'argent et je tiens à le rendre. J'avais l'idée baroque et folle de gagner ici, au jeu, à coup sûr. Je ne comprends pas comment cette idée est entrée dans ma tête, mais j'y croyais fermement. Qui sait, j'y croyais peut-être parce que je n'avais plus le choix.

— Ou parce qu'il vous était *plus que nécessaire* de gagner. C'est tout à fait comme celui qui se noie et qui s'accroche à un fétu. Avouez que si l'on n'était pas en train de perdre pied on ne prendrait pas un fétu de paille pour un tronc d'arbre. »

Pauline parut fort étonnée.

« Mais voyons, votre espoir à vous n'est-il pas le même ? Ne m'avez-vous pas expliqué, il y a quinze jours, avec force détails, que vous étiez absolument sûr de gagner ici, à la roulette ? Vous m'avez instamment demandé de ne pas vous prendre pour un fou. Ou bien plaisantiez-vous ? Je me rappelle que vous parliez avec un tel sérieux qu'il ne pouvait s'agir d'une plaisanterie.

— C'est vrai, répondis-je rêveur, et je suis toujours convaincu que je gagnerai. Je vous avoue même que vous me faites réfléchir à une question : comment se fait-il que ma perte de ce matin, idiote et honteuse, n'ait pas ébranlé cette conviction ? Je suis absolument sûr de gagner dès que je commencerai à jouer pour mon propre compte.

— Pourquoi en êtes-vous si sûr ?

— Au fond, je n'en sais rien. Mais je sais que je dois gagner, c'est aussi ma seule planche de salut. Voilà peut-être pourquoi j'ai l'impression que je ne peux pas perdre.

— Si vous y croyez si fanatiquement, c'est

donc que, pour vous aussi, il est *plus que nécessaire* de gagner.

— Je parie que vous doutez que je puisse éprouver une vraie nécessité.

— Cela m'est égal, répondit tranquillement Pauline. Au fond oui, je doute que quelque chose puisse vous tourmenter sérieusement. Vous pouvez ressentir des tourments, mais pas sérieux. Vous êtes quelqu'un de désordonné, vous manquez d'équilibre. Pourquoi avez-vous besoin d'argent ? De toutes les raisons que vous avez alors invoquées, aucune ne tient debout.

— A propos, interrompis-je, vous m'avez dit que vous aviez une dette à acquitter. Ce doit être une somme rondelette ! Est-ce au Français que vous devez de l'argent ?

— En voilà des questions ! Vous êtes particulièrement insolent aujourd'hui. Auriez-vous bu ?

— Vous savez que je me permets de vous parler ouvertement et que mes questions sont parfois très franches. Je le répète, je suis votre esclave; on n'a jamais honte devant un esclave; et il ne saurait offenser.

— Tout cela est idiot. Elle m'énerve, votre théorie de l'esclave !

— Comprenez-moi bien : si je parle de mon esclavage, ce n'est pas que je voudrais être votre esclave, j'en parle uniquement comme d'un fait indépendant de ma volonté.

— Soyez franc ! Pourquoi avez-vous besoin d'argent ?

— Et pourquoi voulez-vous le savoir ?

— A votre aise, répondit-elle avec un fier mouvement de tête.

— Vous ne souffrez pas ma théorie de l'esclavage, mais vous exigez l'esclave : « Répondre sans discuter. » Soit ! Pourquoi ai-je besoin d'argent ? Comment pourquoi ? L'argent, c'est tout !

— Je comprends, mais ce n'est quand même pas la peine de tomber dans une telle démence ! Vous aussi, vous en arrivez jusqu'à la frénésie, jusqu'au fatalisme. Il y a quelque chose là-dessous, un but caché. Parlez sans ambages, je le veux. »

Elle commençait à se fâcher, semblait-il, et son ardeur à me questionner me plaisait infiniment.

« Mais, naturellement, il y a un but, dis-je, mais je ne saurais vous expliquer lequel. C'est tout simplement qu'avec de l'argent je deviendrai pour vous aussi un autre homme et je ne serai plus esclave.

— Comment cela ? Comment y arriverez-vous ?

— Comment ? Alors vous ne comprenez même pas que je puisse parvenir à ce que vous me considériez autrement que comme un esclave ! Eh bien, j'en ai assez de ces surprises et de ces questions !

— Vous aviez dit que cet esclavage était un plaisir pour vous. Je le croyais aussi.

— Ah ! vous le croyiez, m'écriai-je avec une

satisfaction étrange. Qu'une telle naïveté est charmante ! Eh bien oui, oui, être votre esclave est une jouissance. Oui, il y a une jouissance à être humilié au dernier degré, à n'être rien, continuai-je à délirer. Que diable ! peut-être y en a-t-il une aussi dans le fouet, quand il vous lacère le dos et qu'il vous déchire la chair. Mais je veux peut-être expérimenter aussi d'autres genres de jouissances. Vous étiez témoin tout à l'heure lorsque le général me faisait la morale à sept cents roubles par an, et que je ne toucherai jamais, peut-être. Le marquis Des Grieux me dévisage, les sourcils levés, et en même temps il ne fait pas attention à moi. Et peut-être que je meurs d'envie de tirer le Des Grieux par le nez en votre présence ?

— Blanc-bec ! On peut montrer sa diginité dans toutes les situations. Et quand il y a lutte, eh bien, cette lutte ennoblit, elle n'abaisse pas.

— Vous parlez comme un livre ! Mais supposez que je ne sois pas capable d'affirmer ma dignité ! C'est-à-dire que je crois avoir de la dignité, mais je ne sais pas me conduire avec dignité. Comprenez-vous qu'il puisse en être ainsi ? Tous les Russes sont ainsi faits. Et savez-vous pourquoi ? Parce qu'ils ont des dons trop riches, trop divers, pour trouver aisément une forme qui leur convienne. C'est une question de forme. La plupart du temps, nous autres Russes, nous sommes si doués que pour trouver la forme convenable il faudrait du génie. Et, le plus souvent, le génie manque, car c'est en général une chose fort rare. C'est seulement chez les Français, et peut-être chez quelques autres Européens, que la forme est si bien définie qu'ils peuvent avoir l'air le plus digne du monde tout en étant parfaitement indignes. Voilà la raison pour laquelle la forme a chez eux tant d'importance. Un Français supportera sans sourciller une vraie offense, morale et profonde; mais il ne souffrira pour rien au monde qu'on lui donne une chiquenaude sur le nez : c'est une infraction à la forme traditionnelle et séculaire des convenances. Voilà pourquoi les Français ont-ils un si grand succès auprès de nos demoiselles : ils y mettent les formes. Au fond, je crois qu'il n'y a là aucune espèce de forme, il n'y a que le coq, le fameux coq gaulois[1]. Du reste, je n'y comprends rien, je ne suis pas une femme. Peut-être les coqs ont-ils du bon.

« Après tout, je divague, et vous ne m'arrêtez pas. Arrêtez-moi plus souvent quand je vous parle, j'ai envie de vous dire tout, tout, tout. Je perds toute forme. J'avoue même que je manque non seulement de forme mais encore de mérites, quels qu'ils soient... Je vous le déclare. Je ne m'en soucie même pas. En ce moment, tout s'est arrêté en moi. Vous savez bien pourquoi. Ma tête est vide, je n'ai pas une idée humaine. Depuis longtemps, je ne sais plus ce qui se passe dans le monde, en

1. En français dans le texte.

Russie, ni même ici. J'ai traversé Dresde, et je ne me rappelle plus comment est Dresde. Vous savez bien ce qui m'a dévoré. Puisque je n'ai pas d'espoir, puisque à vos yeux je ne suis rien, je vous le déclare franchement : je ne vois que vous, partout. Le reste m'est parfaitement égal. Je ne sais pourquoi ni comment je vous aime. Peut-être n'êtes-vous même pas belle ? Figurez-vous, je ne le sais pas : votre visage au moins est-il beau, ou pas ? Votre cœur n'est sûrement pas bon, et votre esprit manque de noblesse; c'est fort possible.

— C'est peut-être parce que vous ne croyez pas à ma dignité que vous comptez m'acheter, dit-elle.

— Quand donc ai-je voulu vous acheter ?

— Vous perdez pied, vous avez perdu le fil. Si ce n'est moi-même, c'est mon estime que vous pensez pouvoir acheter.

— Oh ! non, vous n'y êtes pas ! Je vous ai déjà dit qu'il m'était difficile de m'expliquer. Vous m'écrasez ! Ne vous fâchez pas de mon bavardage. Comprenez-vous pourquoi on ne peut se fâcher contre moi ? Je suis fou, tout simplement. Et, après tout, fâchez-vous si cela vous fait plaisir; ça m'est égal. Là-haut, dans ma mansarde, il me suffit de me souvenir, de m'imaginer ne serait-ce que le froissement de votre robe pour être prêt à me mordre la main. Et pourquoi vous fâchez-vous contre moi ? Parce que je me considère comme votre esclave ? Profitez, profitez de mon esclavage, utilisez-le !

Savez-vous que je vous tuerai un jour ? Non par jalousie, ni parce que j'aurais cessé de vous aimer, non; je vous tuerai comme ça, parce que j'ai parfois envie de vous dévorer ! Vous riez...

— Je ne ris pas du tout, dit-elle, furieuse. Je vous ordonne de vous taire. »

Elle s'arrêta, la colère l'étouffait. J'ignore vraiment si elle est belle, mais j'aime la contempler lorsqu'elle se tient ainsi devant moi; et j'aime provoquer souvent sa colère. Elle s'en était peut-être aperçue et se fâchait exprès. Je le lui dis.

« Quelle ignominie ! s'écria-t-elle avec dégoût.

— Peu m'importe ! poursuivis-je. Savez-vous aussi qu'il est dangereux de nous promener seuls ? J'ai souvent eu la folle envie de vous battre, de vous défigurer, de vous étrangler. Vous croyez que je n'en arriverai pas là ? Vous me rendrez fou. Aurais-je peur du scandale ? De votre colère ? Que m'importe votre colère ! J'aime avec désespoir, et je sais que plus tard je vous aimerai cent fois plus. Si je vous tue un jour, il faudra bien que je me tue aussi. Alors je me tuerai le plus tard possible, afin de ressentir cette souffrance atroce sans vous. Savez-vous ce qu'il y a d'incroyable ? Je vous aime chaque jour *davantage*, alors que c'est presque impossible. Et vous voudriez que je ne sois pas fataliste, après cela ? Au Schlangenberg, il y a trois jours, vous en souvenez-vous ? j'ai murmuré à votre oreille, vous m'aviez provoqué : « Dites un seul mot, et je saute dans le vide ! » Si vous aviez prononcé ce mot, j'aurais sauté. Est-il possible que vous ne me croyiez pas ?

— Quel stupide bavardage ! s'écria-t-elle.

— Que ce bavardage soit stupide ou intelligent, cela m'est tout à fait égal. En votre présence, j'ai besoin de parler, de parler sans cesse; alors je parle. Avec vous, je perds tout respect humain, et je m'en moque.

— A quoi bon vous obliger à sauter du Schlangenberg ? dit-elle d'un ton sec et particulièrement blessant. Cela me serait parfaitement inutile !

— C'est merveilleux ! m'écriai-je, vous avez prononcé cet admirable « inutile » exprès, pour m'écraser. Je lis vos pensées. Inutile, dites-vous ? Mais le plaisir est toujours utile, et un pouvoir despotique, illimité — ne fût-ce que sur une mouche, — c'est aussi une sorte de volupté. L'homme est un despote par nature et il aime être un bourreau. Vous aimez cela énormément. »

Je me souviens : elle m'examinait avec une sorte d'attention passionnée. Mon visage devait refléter toutes mes émotions incohérentes. Je me rappelle maintenant que notre conversation s'était bien déroulée comme je la relate ici, presque mot pour mot. Mes yeux étaient injectés de sang. J'avais de l'écume sèche au coin des lèvres. Et, en ce qui concerne l'histoire du Schlangenberg, je le jure sur l'honneur : si elle m'avait donné l'ordre de me précipiter dans le vide, je l'aurais fait. Si elle l'avait dit par pure plaisanterie, avec mépris, si elle avait craché sur moi, j'aurais sauté !

« Non, pourquoi donc ? Je vous crois », proféra-t-elle, mais sur ce ton de mépris et de malice dont elle a le secret, avec tant de hauteur, que j'aurais pu la tuer sur-le-champ. Elle courait ce risque. Je n'avais pas menti non plus en le lui disant.

« Vous n'êtes pas un lâche ? me demanda-t-elle brusquement.

— Je ne sais pas, peut-être en suis-je un. Je ne sais pas... je n'y ai pas pensé depuis longtemps.

— Si je vous disais : « Tuez cet homme », le feriez-vous ?

— Qui cela ?

— Qui je voudrais.

— Le Français ?

— Ne posez pas de questions, répondez ! Celui que je désignerais. Je veux savoir si ce que vous venez de dire est vrai. »

Elle attendait ma réponse avec un tel sérieux et une impatience si grande que j'en éprouvais un sentiment assez étrange.

« Me direz-vous enfin ce qui se passe ici ? m'écriai-je. Auriez-vous peur de moi par hasard ? Je vois bien le désordre qui règne ici. Vous êtes la belle-fille d'un homme ruiné et fou, passionnément épris d'une diablesse nommée Blanche; puis il y a ce Français et sa mystérieuse influence sur vous; et voilà que vous me posez très sérieusement... une telle question ! Que je sache au moins ce qui se passe; sinon je vais perdre la raison et je ferai n'importe quoi. A moins que vous n'ayez honte de condescendre à être franche avec moi ? Mais pouvez-vous avoir honte d'un être comme moi ?

— Il ne s'agit pas de cela. Je vous ai posé une question et j'attends la réponse.

— Naturellement, je tuerai la personne que vous me désignerez ! Seriez-vous capable... pourriez-vous vraiment me donner cet ordre ?

— J'aurais peut-être pitié de vous ? Je donnerai cet ordre, et moi-même je resterai à l'écart. En serez-vous capable ? Mais non, pas vous ! Ou alors, vous allez tuer sur mon ordre, et puis vous viendrez m'assassiner aussi parce que j'aurais osé vous le donner. »

A ces mots, je ressentis une sorte de commotion. Naturellement, même alors, je considérais sa question un peu comme une plaisanterie, comme un défi; mais il y avait trop de sérieux dans sa voix. J'étais abasourdi qu'elle eût dit cela, qu'elle eût pris un tel droit sur ma personne, qu'elle déclarât si ouvertement : « Va à ta perte, moi je reste à l'écart. » Il y avait là un tel cynisme, une telle franchise, que c'en était trop. Après cela, pour qui me prenait-elle ? Cela passait les bornes de l'esclavage et de la nullité. Quand on en arrive là, on élève son interlocuteur jusqu'à soi. Et si absurde, si incroyable que fût tout notre entretien, mon cœur tressaillit.

Tout à coup, elle éclata de rire. Nous étions assis sur un banc, face aux enfants qui jouaient, aux voitures qui s'arrêtaient pour déposer le public dans l'allée, devant le *Kursaal.*

« Vous voyez cette grosse dame ? s'écria-t-elle. C'est la baronne Wurmershelm. Elle n'est arrivée que depuis trois jours. Vous voyez son mari, ce long Prussien sec, une canne à la main. Vous rappelez-vous comme il nous a dévisagés avant-hier ? Eh bien, allez immédiatement vers eux, approchez-vous de la baronne, découvrez-vous et dites-lui quelques mots en français.

— Pourquoi ?

— Vous m'avez juré que vous vous seriez précipité du haut du Schlangenberg; vous venez de me faire le serment d'être prêt à tuer sur mon ordre. Au lieu de ces tueries et de ces tragédies, je ne voudrais que m'amuser un peu. Allez-y sans discuter ! Je veux voir comment le baron va vous frapper de sa canne...

— Vous voulez me provoquer; vous croyez que je ne le ferai pas ?

— Oui, je vous provoque; allez-y, je le veux !

— D'accord, j'y vais, bien que ce soit une fantaisie absurde. Seulement voilà : il faudrait éviter des désagréments au général, et que celui-ci ne vous en cause pas à vous-même. Honnêtement, je ne pense pas à moi, je pense à vous... Et au général. Qu'est-ce que c'est que cette idée d'aller offenser une femme ?

— Non, vous n'êtes qu'un bavard, je le vois bien, dit-elle avec mépris. Vous aviez simplement les yeux injectés de sang tout à l'heure, peut-être parce que vous avez beaucoup bu à déjeuner. Croyez-vous que je ne comprenne pas moi-même que tout cela est stupide et vulgaire et que le général va être en colère ? Mais je veux rire. Je veux, un point, c'est tout. Et pourquoi insulter cette femme ? On vous donnera du bâton. »

Je lui tournai le dos et, sans un mot, je m'en allai accomplir son ordre. Certes, c'était idiot et, bien entendu, je n'ai pas su m'en tirer. Or, en m'approchant de la baronne, je me rappelle que quelque chose me poussait; c'était de la gaminerie. De plus, j'étais dans un état d'énervement indescriptible, comme ivre.

CHAPITRE VI

DEUX jours se sont écoulés depuis cette journée stupide. Que de cris, quel tohu-bohu ! Et que tout cela est décousu, bête et vulgaire; et j'en suis la cause ! Et néanmoins, cela paraît parfois drôle, à moi du moins. Je ne puis me rendre compte exactement de ce qui m'arrive; est-ce que vraiment je délire, ou bien est-ce que je déraille et je fais tout bonnement le forcené, avant qu'on ne me passe la camisole ? A certains moments, il me semble que je perds la raison et, à d'autres, que je suis encore près de l'enfance, des bancs de l'école et que je fais grossièrement le potache.

C'est Pauline, Pauline ! Sans elle, il n'y aurait peut-être pas eu d'enfantillages. Qui sait, j'ai peut-être agi par désespoir (bien qu'il soit idiot de raisonner ainsi) ! Et je ne comprends pas, je n'arrive pas à comprendre ce qu'elle a d'attirant. Est-elle jolie ? Mais oui, elle est jolie, il me semble qu'elle l'est. N'a-t-elle pas tourné la tête à d'autres ? Grande, svelte. Mais très mince. On pourrait en faire un nœud, la plier en deux. L'empreinte de son pied est fine, allongée, troublante. Précisément troublante. Ses cheveux ont un reflet roux. Ses yeux sont de vrais yeux de chat. Et comme elle sait leur donner un air fier, altier !

Il y a quatre mois environ, lors de mon entrée en fonctions chez le général, elle eut un soir, au salon, avec Des Grieux, une conversation longue et animée. Et elle avait un tel regard... qu'en allant me coucher je m'imaginais qu'elle lui avait donné une gifle, qu'elle venait de le faire et, dressée devant lui, elle le regardait. C'est ce soir-là que je suis tombé amoureux d'elle.

Mais au fait.

Je descendis par le sentier jusqu'à l'allée, je me plantai au milieu de celle-ci et j'attendis la baronne et le baron. A cinq pas, je me découvris et saluai.

La baronne portait une robe de soie gris clair, d'une circonférence prodigieuse, à volants, crinoline et traîne. Basse de taille, elle avait un embonpoint exceptionnel et un menton affreusement gras et pendant; on ne lui voyait pas le cou. Son visage était pourpre. Ses yeux étaient petits, méchants et pleins de morgue. Et sa démarche ! Chacun de ses pas était un honneur qu'elle vous faisait. Le baron : sec, grand; selon l'habitude allemande, il avait le visage de travers, ridé, menu; lunettes, quarante-cinq ans. Les jambes lui partaient, pour ainsi dire, du thorax; signe de race. Vaniteux comme un paon, mais assez empoté. L'expression un peu moutonnière, ce qui tient lieu de profondeur d'esprit.

Je notai tout cela en quelques secondes.

Mon salut et mon chapeau à la main n'attirèrent qu'à peine leur attention, pour commencer. Le baron fronça légèrement les sourcils. La baronne voguait sur moi toutes voiles dehors.

« Madame la baronne, articulai-je à haute et intelligible voix, j'ai l'honneur d'être votre esclave[1]. »

Ensuite je la saluai, je remis mon chapeau sur la tête et passai à côté du baron en me tournant aimablement vers lui avec un sourire.

Si je m'étais découvert, c'était sur l'ordre de Pauline, mais c'est de ma propre initiative que je saluai et que je fis le gamin. Du diable si je sais ce qui m'y poussa ! J'avais la sensation d'une chute dans un précipice.

« Hein ! » cria, ou plutôt croassa le baron en me regardant avec un étonnement courroucé.

Je m'arrêtai dans une attitude d'attente respectueuse, les yeux toujours fixés sur lui et le sourire aux lèvres. Il était visiblement stupéfait et il arquait les sourcils jusqu'à la limite de ses possibilités. Son visage devenait de plus en plus sombre. La baronne se tourna aussi

1. En français dans le texte.

vers moi et me regarda avec colère et perplexité. Les passants nous dévisageaient, certains s'arrêtaient même.

« *Hein !* émit de nouveau le baron avec un redoublement de croassement et d'ire.

— *Jawohl !* entonnai-je en continuant à le regarder droit dans les yeux.

— *Sind Sie rasend*[1] *?* » cria-t-il en levant sa canne.

Je crois qu'il commençait à avoir un peu peur. Peut-être mon costume l'embarrassait-il. J'étais bien habillé, avec élégance même, comme quelqu'un du meilleur monde.

« *Jawo-o-ohl !* » m'écriai-je à tue-tête, en allongeant le *o* à la manière des Berlinois qui parsèment leur conversation de *jawohl* en accentuant plus ou moins le *o*, afin d'exprimer différentes nuances de la pensée et du sentiment.

Ils firent rapidement demi-tour et s'éloignèrent presque en courant dans leur effroi. Quelques passants firent des remarques, d'autres me regardèrent avec étonnement. D'ailleurs, mes souvenirs deviennent vagues.

Je revins d'un pas normal vers Pauline Alexandrovna. Mais, arrivé à une centaine de pas de son banc, je la vis se lever et prendre le chemin de l'hôtel en compagnie des enfants. Je la rejoignis à l'entrée.

« J'ai accompli... cette idiotie, lui dis-je.

— Et alors ? Débrouillez-vous maintenant »,

2. *Etes-vous fou ?* En allemand dans le texte.

me répondit-elle, sans même me regarder, en montant à sa chambre.

Je passai toute cette journée à errer dans le parc, puis dans une forêt; je passai même dans une autre principauté. J'avalai une omelette et je bus du vin dans une maisonnette; pour cette idylle, on m'extorqua un thaler et demi.

Ce n'est qu'à onze heures que je revins à l'hôtel.

Je fus immédiatement convoqué chez le général. Notre groupe occupait deux appartements. Ils avaient quatre chambres. La première était un salon de grande dimension avec un piano; à côté, une autre grande pièce était le cabinet du général. C'est là qu'il m'attendait, debout, dans une attitude majestueuse à l'extrême. Des Grieux était à demi étendu sur un divan.

« Monsieur, permettez-moi de vous demander ce que vous avez encore fait ? commença le général.

— Mon général, j'aimerais que vous veniez droit au fait. Vous voulez sans doute parler de ma rencontre, aujourd'hui, avec un Allemand ?

— Un Allemand ! Cet Allemand est le baron Wurmershelm, une personnalité ! Vous avez été des plus grossier envers lui et la baronne !

— Absolument pas.

— Monsieur, vous leur avez fait peur ! s'écria le général.

— Mais pas du tout. Depuis notre séjour à Berlin, j'ai été frappé par ce « jawohl » répété à tout bout de champ et qu'ils étirent d'une façon ignoble. En trouvant le baron sur mon chemin, dans l'allée, je me suis souvenu de ce « jawohl », je ne sais vraiment pas pourquoi; et voilà, ce mot a eu le don de m'énerver... de plus, c'est la troisième fois que nous nous rencontrons, la baronne et moi, et elle marche toujours droit sur moi, comme si j'étais un ver de terre que l'on peut écraser. Moi aussi, je puis avoir de l'amour-propre, n'est-ce pas ? Je me suis découvert poliment, je vous l'assure, et je lui ai dit : « Madame, j'ai l'honneur d'être votre esclave. » Lorsque le baron se retourna en hurlant : « *Hein !* », j'eus l'envie soudaine et irrésistible de vociférer à mon tour « jawohl ». Je le fis deux fois, d'abord d'une voix naturelle, mais ensuite à tue-tête, en y mettant leur accent. Voilà tout. »

J'étais, je l'avoue, enchanté de cette explication puérile. Je démangeais d'en faire toute une histoire. J'y prenais goût de plus en plus.

« Mais, dites donc, vous moqueriez-vous de moi ? » s'écria le général.

Il se tourna vers le Français et lui dit dans sa langue que je cherchais à faire un esclandre. Des Grieux eut un sourire méprisant et haussa les épaules.

« Oh, mais pas du tout, loin de là ! m'exclamai-je à mon tour. J'ai fait une mauvaise action, je vous le concède en toute franchise. On peut même la qualifier de gaminerie stupide et déplacée, sans plus. Savez-vous, mon général, que je la regrette infiniment ? Mais il y a une circonstance qui, d'après moi, me permet presque de me dispenser de la regretter. Ces derniers temps, depuis deux ou trois semaines, je ne me sens pas bien : je suis malade, nerveux, irritable, fantasque et parfois, dans certaines circonstances, il m'arrive de perdre tout contrôle sur moi-même. Vraiment, j'ai eu plusieurs fois follement envie de dire au marquis Des Grieux que... mais il est inutile que j'achève ma phrase; cela pourrait l'offenser. Bref, ce sont des symptômes de maladie. Je me demande si la baronne Wurmershelm acceptera de prendre ce fait en considération lorsque je lui présenterai mes excuses ? (Car j'ai l'intention de le faire.) Mais je crois qu'elle n'en tiendra pas compte. D'autant plus qu'à ma connaissance, dans le monde juridique, on commence ces derniers temps à en abuser : dans les affaires criminelles, les avocats se sont mis très fréquemment à justifier leurs clients assassins en alléguant que ceux-ci ne se souvenaient de rien au moment même du crime; et que ce serait là une maladie : « Il a tué », disent-ils, et « il n'a aucun souvenir. » Et imaginez-vous, mon général, que la médecine amène de l'eau à leur moulin. Elle soutient, en effet, qu'il existe une sorte d'affection, une folie passagère, où l'individu perd la mémoire sinon totalement, du moins à demi, ou au quart. Or le baron et la baronne appartiennent à la vieille génération; de plus, ce sont des junkers prussiens et des propriétaires fonciers. Sans doute, cette évolution intervenue dans le monde juridique et médical leur est encore inconnue. C'est pourquoi mes explications n'auraient aucune valeur à leurs yeux. Qu'en pensez-vous, mon général ?

— Assez, Monsieur ! proféra celui-ci d'un ton tranchant, avec une indignation contenue. Assez ! Une fois pour toutes, je vais tenter de me débarrasser de vos gamineries. Vous n'allez pas vous excuser devant le baron et la baronne ! Tous rapports avec vous, ne fût-ce que votre seule démarche pour présenter des excuses, seraient pour eux trop humiliants. Lorsque le baron eut appris que vous faisiez partie de ma maison, il s'en est expliqué avec moi, au casino, et, je vous l'avoue, il s'en est fallu de peu qu'il ne me demandât satisfaction. Comprenez-vous, Monsieur, à quoi vous m'exposiez, moi ? J'ai été, moi, obligé de faire des excuses au baron et je lui ai donné ma parole que, dès aujourd'hui, vous ne feriez plus partie de ma maison.

— Permettez, permettez, mon général ! C'est donc lui qui a exigé que je n'appartienne plus à votre maison, comme vous voulez bien vous exprimer ?

— Non pas ! J'ai moi-même estimé que j'étais obligé de lui donner cette satisfaction et, naturellement, le baron l'a acceptée. Nous nous séparons donc, Monsieur ! Je vous dois encore, à ce jour, quatre frédérics et trois florins. Les voici, et voici le compte : vous pouvez le vérifier. Adieu ! Dès à présent, nous sommes des étrangers l'un pour l'autre. Je n'ai eu de vous que des ennuis et des désagréments. Je vais appeler le valet de chambre pour lui signifier que je ne réponds plus de vos dépenses à l'hôtel à partir de demain matin. J'ai l'honneur d'être votre serviteur. »

Je pris l'argent, le papier sur lequel le décompte était inscrit au crayon, je saluai le général et je lui dis avec le plus grand sérieux :

« Mon général, cette affaire ne peut pas se terminer ainsi. Je suis désolé que vous ayez eu à subir des désagréments à cause du baron, mais — pardonnez-moi — c'est entièrement de votre faute. Comment avez-vous pu prendre sur vous de répondre au baron à ma place ? Que signifie l'expression selon laquelle j'appartiendrais à votre maison ? Je ne suis que précepteur chez vous, et rien de plus. Je ne suis pas votre fils ni votre pupille, et vous ne pouvez répondre de mes faits et gestes. Au sens juridique, je suis moi-même responsable de ma personne. J'ai vingt-cinq ans, je suis licencié de l'université, je suis d'origine noble, je vous suis parfaitement étranger. Seul mon profond respect pour vos mérites me retient de vous demander immédiatement satisfaction et de plus amples explications sur le fait que vous vous êtes arrogé le droit de répondre en mon lieu et place. »

Le général était abasourdi, il écarta les bras, puis se tourna d'un bloc vers le Français et lui dit en quelques mots hâtifs que je venais presque de le provoquer en duel. Des Grieux éclata de rire.

« Or je ne suis aucunement disposé à tenir le baron pour quitte, poursuivis-je avec un parfait sang-froid et sans me laisser émouvoir par le rire du petit monsieur. Etant donné, mon général, qu'en acceptant aujourd'hui d'écouter les doléances du baron et qu'en entrant dans ses intérêts vous vous êtes rendu pour ainsi dire partie à cette affaire, j'ai l'honneur de vous déclarer que pas plus tard que demain matin j'exigerai du baron, en mon nom personnel, une explication formelle sur les raisons qui l'ont poussé à s'adresser à un tiers et à mon insu dans une question entre lui et moi, comme si j'étais incapable ou indigne de répondre de ma propre personne. »

Je le prévoyais. Entendant cette nouvelle sottise, le général fut épouvanté.

« Comment ! Est-il possible que vous vouliez encore donner suite à cette abominable affaire ? s'écria-t-il. Dans quelle situation vous me mettez, grands dieux ! Je vous l'interdis, Monsieur, vous entendez ! Sinon, je vous jure que !... Il y a aussi des autorités ici et je... je, enfin bref, de par mon grade... et le baron de même, bref, on va vous coffrer et vous expulser entre deux gendarmes, pour esclandre et voies de fait. C'est compris ? »

Il étouffait de colère, mais il avait la frousse.

« Mon général, répondis-je avec un flegme qui devait le mettre à cran, on n'arrête pas un individu pour voies de fait avant qu'il n'en commette. Je n'ai pas encore amorcé mes explications avec le baron, et vous ignorez encore complètement dans quelles conditions je compte entreprendre cette démarche. Je voudrais simplement faire une mise au point à propos d'une supposition, blessante pour moi, à savoir que je me trouve sous la tutelle d'une personne qui aurait autorité sur mon libre arbitre. Vous avez tort de vous alarmer et de vous faire tant de soucis.

— Au nom du ciel, au nom du ciel ! Alexis Ivanovitch, abandonnez ce projet qui n'a ni queue ni tête ! » bredouilla le général.

Il était soudain passé de la colère à la supplication, il m'avait même pris par les mains.

« Voyons, représentez-vous donc ce qui en résulterait ? Encore des ennuis ! Vous devez en convenir, je dois maintenir ici une attitude particulière, surtout en ce moment ! Oui, surtout en ce moment ! Oh, vous ignorez, oui, vous ignorez les circonstances dans lesquelles je me débats !... Je serai prêt à vous reprendre dès que nous aurons quitté ces lieux... Maintenant, ce n'est que pour la forme ! Bref, je suis sûr que vous comprenez mes raisons ! cria-t-il avec désespoir... Alexis Ivanovitch, Alexis Ivanovitch !... »

En faisant demi-tour pour gagner la porte,

je le priai instamment de ne pas s'inquiéter, l'assurai que tout se passerait dans l'honneur et la dignité; et je me hâtai de sortir.

Il arrive souvent que les Russes à l'étranger soient trop timorés, qu'ils craignent exagérément le qu'en-dira-t-on, qu'ils s'interrogent : comment va-t-on considérer ceci, et cela est-il comme il faut ? Bref, ils se conduisent comme s'ils portaient un corset, surtout ceux qui ont des prétentions à l'importance. Ils adorent s'ajuster quelque forme préconçue à laquelle ils se tiennent servilement, partout, que ce soit à l'hôtel, à la promenade, dans les cercles, en voyage... Mais le général s'était découvert : il lui fallait assumer « une attitude particulière », par suite de circonstances spéciales. Voilà pourquoi il avait lâchement pris peur et changé soudain de ton. J'en pris acte. Il était clair qu'il était capable, par bêtise, d'alerter quelque autorité dès le lendemain. Je devais effectivement me tenir sur mes gardes.

Au fond, je n'avais eu aucune intention de mettre justement le général en colère. Mais je voulais maintenant m'en prendre à Pauline. Elle m'avait traité d'une manière si cruelle, elle m'avait poussé dans une voie si absurde, que je désirais vivement l'amener à me demander elle-même de m'arrêter. Mes incartades de potache pouvaient en fin de compte la compromettre, elle aussi. Et d'autres sentiments, d'autres désirs naissaient en moi : si, par exemple, de mon propre gré, je m'annihilais devant elle, cela ne signifiait nullement que j'étais une poule mouillée devant tout le monde; et ce n'était certes pas au baron de me « donner des coups de canne ». J'eus envie de me moquer de tous ces gens et de garder le beau rôle. Ils allaient voir de quel bois je me chauffais. Alors elle prendrait peur du scandale et elle me rappellerait. Et si elle ne le faisait pas, elle verrait quand même que je n'étais pas une poule mouillée...

Nouvelle surprenante : je viens d'apprendre de la *niania*, notre bonne d'enfants, que j'ai croisée dans l'escalier, que Marie Philippovna était partie toute seule pour Carlsbad par le train du soir, pour y retrouver sa cousine. Qu'est-ce que cela veut dire ? A en croire la bonne, elle se préparait depuis longtemps à ce départ; mais comment se fait-il que personne n'était au courant ? Après tout, j'étais peut-être seul à ne pas le savoir. La bonne m'a révélé aussi qu'il y a deux jours Marie Philippovna a eu une discussion orageuse avec le général. C'est clair. Il s'agit sûrement de mademoiselle Blanche. Oui, quelque chose de décisif va se produire.

CHAPITRE VII

Le lendemain matin, je fis venir le valet de chambre et je lui dis que dorénavant mon compte devait se faire à part. Le prix de ma chambre n'était pas élevé au point de me rendre inquiet et de m'obliger à quitter l'hôtel. J'étais en possession de seize frédérics et là-bas... là-bas, c'était peut-être la richesse ! Comme c'est drôle : avant même d'avoir gagné au jeu, j'agis, je sens, je pense comme un riche, et je ne me vois pas autrement.

Malgré l'heure matinale, je me préparais à aller chez Mr. Astley à l'*Hôtel d'Angleterre,* voisin du nôtre, lorsque Des Grieux fit son entrée dans ma chambre. C'était bien la première fois. Tous ces derniers temps, mes rapports avec ce personnage étaient des plus froids et des plus tendus. Loin de dissimuler son dédain à mon égard, il l'affichait; quant à moi, j'avais mes raisons pour n'éprouver envers lui aucune tendresse. En fait, je le haïssais. Son intrusion m'étonna fort. Je compris tout de suite qu'il y avait anguille sous roche.

Il fut aimable et me fit des compliments sur ma chambre. Me voyant le chapeau à la main, il s'étonna de me voir prêt à sortir dès potron-minet. Lorsque je lui eus dit que j'allais de ce pas chez Mr. Astley pour affaires, il réfléchit, considéra, et son visage prit une expression extrêmement soucieuse.

Des Grieux, comme tous les Français, était gai, aimable, quand il avait besoin de l'être; et à pleurer d'ennui, quand la gaieté et l'amabilité n'étaient plus nécessaires. Il est rare que le Français soit aimable naturellement, il l'est comme sur commande, par calcul. Quand, par exemple, il croit nécessaire de se montrer extravagant, original, de sortir de l'ordinaire, alors ses fantaisies les plus absurdes, les moins naturelles, prennent des formes reçues et des plus rebattues. Le Français au naturel est du positivisme le plus bourgeois, le plus mesquin, le plus commun; en un mot, c'est l'être le plus ennuyeux du monde. D'après moi, il n'y a que les novices et surtout les demoiselles russes qui soient séduits par les Français. Toute personne de bon sens discerne aussitôt cette insupportable routine, ces lieux communs de désinvolture et de fausse gaieté.

« Je viens chez vous pour affaires, commença-t-il d'un air très dégagé, d'ailleurs courtois. Et je ne vous cacherai pas que c'est en qualité d'envoyé du général, ou plutôt de médiateur. Ne comprenant pas bien le russe, je n'ai presque rien saisi de votre conversation d'hier soir, mais le général me l'a relatée en détail, et j'avoue...

— Ecoutez-moi, monsieur Des Grieux, l'interrompis-je, voilà que, dans cette affaire aussi, vous assumez le rôle d'intermédiaire. Je ne suis, certes, qu'un « outchitel », et je n'ai jamais prétendu avoir l'honneur d'être un intime de la maison ni d'avoir des relations particulièrement étroites avec elle; c'est la raison pour laquelle je ne suis pas au courant de certaines choses. Mais dites-moi : feriez-vous tout à fait partie de la famille, maintenant ? Parce qu'enfin vous prenez une telle part à tout ce qui se passe, vous faites aussitôt le médiateur en toute circonstance... »

Ma question ne fut pas à son goût. Elle était trop transparente, il ne voulait pas montrer son jeu.

« Nous sommes liés, le général et moi, en partie par des affaires, en partie par des *circonstances particulières*, dit-il sèchement. Le général m'a envoyé chez vous pour vous prier d'abandonner les projets dont vous avez parlé hier. Ce que vous avez imaginé est très spirituel, bien sûr; mais je suis chargé de vous dire que ces projets sont voués à un échec certain. Ce n'est pas tout : le baron refusera de vous recevoir. Enfin, vous comprenez bien qu'il a tous les moyens à sa disposition pour vous mettre dans l'impossibilité de lui causer d'autres ennuis ? Vous devez le reconnaître. Alors, pourquoi vous entêter ? De son côté, le général s'engage à vous reprendre à son service dès que les circonstances deviendront favorables et à vous garantir vos appointements jusqu'à ce moment-là. C'est assez avantageux, n'est-ce pas ?

Je le détrompai avec calme : il n'était pas certain que le baron me fît chasser, peut-être écouterait-il ce que j'aurais à lui dire. Là-dessus, je priai Des Grieux de m'avouer qu'il était venu me voir justement pour me tirer les vers du nez : comment allais-je m'y prendre ?

« Mais, mon Dieu, puisque le général s'intéresse tellement à cette histoire, il est évident qu'il serait heureux de connaître ce que vous entendez faire et comment vous agirez ! C'est bien naturel ! »

Je me mis en devoir de lui exposer, tandis qu'il m'écoutait, à demi étendu, la tête légèrement penchée vers moi, sans chercher à dissimuler son ironie. Il affectait un air des plus hautains. Je fis tout pour lui faire croire que j'envisageais cette affaire avec le plus grand sérieux. Je lui expliquai : s'étant plaint de moi comme si j'étais un domestique du général, le baron m'avait, premièrement, fait perdre ma place; et, deuxièmement, il m'avait traité en individu incapable de répondre de ses faits et gestes et auquel il était superflu d'adresser la parole. Certes, je me sentais offensé, et à juste titre. Néanmoins, prenant en considération la différence d'âge, de position sociale, etc. (et je faillis pouffer de rire), je ne voulais pas agir de nouveau à la légère, c'est-à-dire exiger, voire même suggérer que le baron me donnât satisfaction. Toutefois, je m'estimais parfaitement en droit de présenter des excuses au baron, et surtout à la baronne; d'autant plus que, ces derniers temps, je ne me sentais pas bien, j'étais déprimé, en proie à des sortes d'extravagances, etc. Or, par sa démarche hier auprès du général, démarche qui constituait pour moi une insulte, par le fait que le baron avait exigé du général mon renvoi, il m'avait mis dans l'impossibilité de lui présenter des excuses ainsi qu'à la baronne, parce qu'eux-mêmes et tout le monde seraient alors persuadés que j'étais venu le faire par crainte de ne pas retrouver ma place. Il en résultait que je me trouvais forcé de demander au baron qu'il s'excusât d'abord, dans les termes les plus mesurés, en me disant par exemple qu'il n'avait jamais eu l'intention de me blesser. Et une fois que le baron me l'aurait déclaré, j'aurais les mains libres pour lui présenter mes excuses les plus sincères. En conclusion, je ne demandais qu'une chose, c'était que le baron me déliât les mains.

« Oh ! là, là, vous êtes bien susceptible, et que de subtilités ! Quel besoin avez-vous de vous excuser ? Voyons, Monsieur, Monsieur, avouez que vous machinez tout cela exprès pour faire une pique au général... ou peut-être poursuivez-vous des fins particulières, mon cher Monsieur... pardon j'ai oublié votre nom, monsieur Alexis, n'est-ce pas[1] ?

1. En français dans le texte.

— Mais permettez, mon cher marquis[1], de quoi vous mêlez-vous ?

— Mais le général[1]...

— Eh quoi, le général ? Il a vaguement dit hier qu'il devait se tenir sur un certain pied... il a montré une grande agitation... je n'y ai rien compris.

— C'est là, précisément là, que se trouve une circonstance particulière, intervint Des Grieux d'un ton plutôt pressant où le dépit perçait de plus en plus. Vous connaissez mademoiselle de Cominges ?...

— Vous voulez dire mademoiselle Blanche ?

— Mais oui, mademoiselle Blanche de Cominges... et madame sa Mère[1]... Comprenez-moi bien, le général..., bref, le général est amoureux et même... même un mariage se fera-t-il peut-être ici. Alors, imaginez un scandale, des histoires, dans ces conditions...

— En ce qui concerne le mariage, je ne vois là ni scandale ni histoires.

— Mais le baron est si irascible, un caractère prussien, vous savez, enfin, il fera une querelle d'Allemand[1].

— Mais ce sera à moi qu'il la fera, et pas à vous, du moment que je n'appartiens plus à la maison... »

Je cherchais à paraître le plus incohérent possible.

« Mais permettez ! Ce mariage du général

1. En français dans le texte.

avec mademoiselle Blanche, est-ce chose décidée ? Si oui, pourquoi attendre ? Je veux dire, à quoi bon le cacher, à nous du moins, qui sommes de la maison ?

— Je ne puis vous... d'ailleurs, ce n'est pas chose faite... Cependant... vous savez qu'on attend des nouvelles de Russie; il faut que le général puisse arranger ses affaires.

— Ah oui ! la petite grand-mère ! »

Des Grieux me lança un regard haineux.

« Bref, coupa-t-il, je compte sur votre amabilité naturelle, sur votre intelligence, sur votre tact... Vous le ferez à coup sûr pour la famille qui vous a accueilli à bras ouverts, qui vous a aimé, respecté...

— Vous en avez de bonnes ! On m'a mis à la porte ! Vous avez beau affirmer maintenant que c'est pour la forme, mais si l'on venait vous dire : « Je ne veux certainement pas te tirer les oreilles, « mais laisse-toi faire pour la forme », convenez-en, cela reviendrait à peu près au même !

— S'il en est ainsi, si vous restez sourd à toutes les prières, reprit-il avec une sévérité insolente, je me permettrai de vous assurer que nous prendrons toutes les mesures nécessaires. Il y a des autorités ici, vous serez expulsé aujourd'hui même. Que diable ! un blanc-bec comme vous[1] voudrait provoquer en duel une personnalité telle que le baron ! Croyez-vous qu'on vous laisse faire ? Soyez-en sûr, personne

1. En français dans le texte.

n'a peur de vous ici ! Si je suis, venu vous voir, c'était plutôt de ma propre initiative, car le général était inquiet. Pouvez-vous penser un seul instant que le baron ne vous fasse pas simplement mettre à la porte par un laquais ?

— Vous faites erreur, monsieur Des Grieux, dis-je froidement, je n'irai pas moi-même. Les convenances seront bien mieux observées que vous ne le supposez. Je m'en vais de ce pas chez Mr. Astley pour le prier d'être mon intermédiaire, ou plutôt mon second. Il a de l'affection pour moi et je suis certain qu'il ne me refusera pas ce service. C'est lui qui se rendra chez le baron et le baron le recevra. Si je suis un « outchitel », et puis paraître une sorte de subalterne[1], en fin de compte sans défense, Mr. Astley est le neveu d'un lord, d'un vrai, tout le monde le sait, le neveu de Lord Peabrook, qui se trouve ici même. Ne doutez pas une seconde que le baron sera poli envers Mr. Astley et qu'il l'écoutera. Mais s'il refuse, Mr. Astley le prendra pour une offense personnelle (vous n'ignorez pas comme les Anglais savent insister). Il enverra chez le baron un de ses amis, et il en a d'excellents. Veuillez considérer que l'affaire prendrait alors une tout autre tournure. »

Le Français n'en menait pas large, c'était visible. Tout cela était très plausible, il apparaissait dès lors que j'avais les moyens de provoquer un branle-bas.

1. En français dans le texte.

« Laissez donc tout cela, je vous en prie ! dit-il d'une voix tout à fait suppliante. On dirait que vous êtes heureux à l'idée d'un scandale ! Ce n'est pas une réparation que vous cherchez, mais un esclandre ! Je vous ai déjà dit que tout cela pouvait être drôle, spirituel même, c'est peut-être le but auquel vous tendez... Mais, conclut-il en voyant que je me levais et que je prenais mon chapeau, je suis venu vous remettre ce mot de la part d'une certaine personne; lisez, on m'a prié d'attendre la réponse. »

Cela dit, il sortit de sa poche un petit billet plié et cacheté, qu'il me remit.

Pauline m'écrivait :

Vous avez l'intention, m'a-t-il semblé, de donner suite à cette affaire. Vous vous êtes fâché et vous commencez à vous conduire comme un gamin. Mais il y a là des circonstances particulières et je vous les expliquerai, peut-être, plus tard. Quant à vous, cessez ce jeu et reprenez vos esprits. Que tout cela est donc bête ! Vous m'êtes nécessaire, vous avez promis d'obéir. Souvenez-vous du Schlangenberg. Je vous demande d'être obéissant et, s'il le faut, je vous en donne l'ordre. — Votre P...

P.-S. — *Si vous m'en voulez pour ce qui s'est passé hier, pardonnez-moi.*

Je crus que le monde basculait devant mes yeux, mes lèvres blêmirent, je me mis à trembler.

Ce maudit Français, avec une discrétion affectée, détournait les yeux comme pour ne pas remarquer mon désarroi. J'aurais préféré un éclat de rire.

« Très bien ! proférai-je. Dites à Mademoiselle qu'elle ne s'inquiète pas. Tout de même, ajoutai-je en haussant la voix, permettez-moi de vous demander pourquoi vous avez mis si longtemps à me donner cette lettre ? Il me semble qu'au lieu de vous livrer à tout ce bavardage vous auriez dû commencer par là... si c'est bien pour cela que vous êtes venu.

— Oh ! je voulais seulement... tout cela sort tellement de l'ordinaire que je vous prierai d'excuser une impatience naturelle. Je désirais connaître au plus tôt vos plans, de vous-même. Du reste, j'ignore le contenu de ce billet. Je pensais qu'il serait toujours temps de vous le remettre.

— Je comprends, on vous a tout simplement dit de ne me le remettre qu'*in extremis* et de n'en rien faire si vos paroles avaient suffi ! C'est bien cela ? Monsieur Des Grieux, parlez sans détour !

— Peut-être », dit-il en affectant une réserve extrême et en me lançant un drôle de regard.

Je pris mon chapeau; il fit un salut de la tête et sortit. Je crus discerner un sourire railleur sur ses lèvres. Mais pouvait-il en être autrement ?

« Nous réglerons nos comptes un jour, Francillon, ce n'est pas fini ! » murmurai-je en descendant l'escalier.

J'étais encore incapable de rassembler mes idées, j'avais l'impression d'avoir reçu un coup sur la tête. L'air frais du dehors me fit du bien.

Quelques minutes plus tard, dès que j'y vis un peu plus clair, j'eus nettement conscience de deux choses : premièrement, qu'une inquiétude *générale* était née hier de bagatelles, de menaces improbables, proférées en l'air par un gamin ! Deuxièmement, que le Français avait une énorme influence sur Pauline ! Sur un mot de lui, elle fait tout ce qui lui est nécessaire, elle m'écrit et même elle me « demande » ! Oui, dès le début, depuis que je les connaissais, leurs rapports avaient été une énigme pour moi; cependant, j'avais remarqué chez elle, ces derniers jours, une profonde aversion et même du mépris à son égard. Quant à lui, il lui battait froid, il lui arrivait même d'être mal élevé avec elle. Je l'ai constaté. Pauline elle-même m'a parlé de cette aversion; des aveux significatifs lui avaient déjà échappé... Donc, elle est entre ses mains, il l'a de quelque manière enchaînée...

CHAPITRE VIII

C'EST à la « promenade », comme on désigne ici l'allée des marronniers, que je rencontrai mon Anglais.

« Oh, oh ! dit-il en m'abordant, j'allais chez vous et vous voilà ! Alors, vous avez déjà quitté les vôtres ?

— Dites-moi d'abord, demandai-je étonné, comment se fait-il que vous soyez déjà au courant. Tout le monde sait déjà tout ?

— Non, pas tout le monde; inutile qu'on le sache, d'ailleurs. Personne n'en parle.

— Mais alors, vous-même...

— Mais, moi, je le sais, plutôt je l'ai appris incidemment. Où irons-nous en partant d'ici ? J'ai de la sympathie pour vous, c'est pourquoi je voulais vous voir.

— Mr. Astley, vous êtes le meilleur des hommes », dis-je. Mais j'étais stupéfait; qui donc lui avait appris la nouvelle ? « Et comme je n'ai pas encore pris mon café et que sûrement vous l'avez mal avalé, allons au café du *Kursaal*. Nous nous y installerons, nous fumerons et je vous raconterai tout... mais vous aussi, vous parlerez. »

Le café se trouvait à cent pas. On nous servit, j'allumai une cigarette; Mr. Astley ne fuma pas, il avait les yeux fixés sur moi et s'apprêtait à écouter.

« Je ne pars pas, je reste ici, commençai-je.

— J'en étais sûr », approuva Mr. Astley.

En me rendant chez lui, je n'avais aucune intention de lui parler de ma passion pour Pauline; je voulais même l'éviter à tout prix. Tous ces jours-ci, je ne lui en avais presque pas soufflé mot. Comme je l'ai déjà dit, il était très timide. Dès leur première rencontre, j'avais remarqué que Pauline produisait sur lui l'impression la plus vive, mais il ne prononçait jamais son nom. Or, curieusement, dès qu'il fut en face de moi et qu'il fixa sur moi son regard lourd et attentif, l'envie me prit, je ne sais pourquoi, de tout lui raconter, c'est-à-dire mon amour pour Pauline et toutes ses nuances. Je parlai pendant une demi-heure et j'en fus très heureux : c'était la première fois que j'en parlais ! Je constatai son trouble à certains passages particulièrement véhéments de mon récit et je redoublai de véhémence. Je ne regrette qu'une chose : j'en ai peut-être trop dit sur le Français... Mr. Astley m'écoutait, immobile, sans un mot, sans un son, les yeux dans les yeux. Mais quand je me mis à parler du Français, il m'arrêta net et me demanda sévèrement de quel droit je me permettais de mentionner ce sujet étranger à notre conversation. Les questions posées par Mr. Astley avaient toujours quelque chose de bizarre.

« Vous avez raison, je crains de ne pas en avoir le droit, répondis-je.

— A part de simples suppositions, avez-vous quelque chose de précis à dire sur le marquis et Miss Pauline ? »

Encore une fois, je fus frappé par une question aussi catégorique de la part d'un garçon aussi timide.

« Non, rien de précis, répondis-je. Rien, bien sûr.

— S'il en est ainsi, vous avez commis une mauvaise action, non seulement en me parlant de cela, mais encore en y ayant pensé.

— Bon, bon ! Je l'admets. Mais maintenant, il ne s'agit pas de cela », interrompis-je, fort surpris. Je lui racontai dans tous ses détails l'aventure de la veille : l'incartade de Pauline, mon incident avec le baron, mon renvoi, l'incroyable couardise du général; enfin, par le menu, la récente visite de Des Grieux; pour conclure, je lui montrai la lettre.

« Qu'en déduisez-vous ? demandai-je. Je suis venu exprès pour connaître votre opinion. Quant à moi, j'aurais pu tuer ce freluquet; et je le ferai peut-être.

— Moi aussi, fit Mr. Astley. Mais en ce qui concerne Miss Pauline... vous savez, il nous arrive, en cas de besoin, d'entrer en rapport avec des gens que nous détestons. Il se peut qu'il y ait là des relations dont vous ne savez rien et qui dépendent de circonstances extérieures. Je crois que vous pouvez vous tranquilliser, jusqu'à un certain point, s'entend. Mais, quant à sa conduite d'hier, elle est certes étrange. Non pas parce qu'elle voulait se débarrasser de vous en vous envoyant affronter la canne du baron (je ne comprends pas pourquoi il ne s'en est pas servi, du moment qu'il la tenait à la main), mais parce qu'une action de ce genre, de la part d'une telle... d'une Miss aussi incomparable, est parfaitement inconvenante. Evidemment, elle ne pouvait pas deviner que vous alliez exécuter son désir moqueur à la lettre...

— Mais savez-vous, m'écriai-je en scrutant son regard, j'ai l'impression que vous avez été mis au courant de tout cela, savez-vous par qui ? Par Miss Pauline elle-même ! »

Mr. Astley fut surpris.

« Vos yeux jettent des éclairs, j'y vois de la suspicion, dit-il en reprenant aussitôt son flegme. Vous n'avez pas le moindre droit de manifester vos soupçons. Je ne vous le reconnais pas et je refuse catégoriquement de répondre à votre question.

— Bon, n'en parlons plus ! » m'écriai-je avec une curieuse agitation, sans comprendre comment cette idée m'était venue. Quand et comment Mr. Astley était-il devenu le confident de Pauline ? Il est vrai que dernièrement j'avais un peu perdu de vue Mr. Astley;

et Pauline avait toujours été pour moi une énigme. A tel point que maintenant, par exemple, que je m'étais embarqué dans toute l'histoire de mon amour, j'étais frappé par le fait que je n'avais presque rien pu dire de précis ni de positif sur mes rapports avec elle. Bien au contraire, tout paraissait fantastique, invraisemblable, incohérent; cela ne ressemblait à rien.

« Bon, bon, continuai-je, haletant presque, je m'y perds et, même à présent, il y a des tas de choses que je ne saisis pas encore... Mais vous êtes quelqu'un de bien... Il s'agit maintenant d'autre chose. Et je vous demande un avis, sinon un conseil. »

Je mis un moment avant de reprendre :

« Pourquoi le général a-t-il eu si peur ? Qu'en pensez-vous ? Pourquoi ont-ils tous fait une telle histoire de ma sortie idiote de garnement ? Une telle histoire que Des Grieux lui-même s'est cru obligé d'intervenir (et il intervient seulement dans les cas gravissimes); il s'est dérangé (hein !) pour venir chez moi, pour me prier, me supplier. Des Grieux en personne, me supplier ! Enfin, notez-le bien, il est venu sur le coup de neuf heures, un peu avant même, et il était déjà en possession de la lettre de Miss Pauline. Je me pose la question : quand donc la lettre a-t-elle été écrite ? Peut-être aura-t-on réveillé pour cela Miss Pauline ! Outre que je puis en conclure que Miss Pauline est en son pouvoir (puisqu'elle va jusqu'à me demander pardon !); outre cela, qu'a-t-elle personnellement à voir dans tout cela ? Pourquoi s'y intéresse-t-elle tellement ? Pourquoi ont-ils peur d'un quelconque baron ? Et qu'est-ce que ça peut faire que le général épouse mademoiselle Blanche de Cominges ? Il déclare qu'il doit, en raison de cette circonstance, assumer une attitude particulière. Avouez que c'est là quelque chose de vraiment spécial ! Qu'en pensez-vous ? Je lis dans vos yeux que là-dessus aussi vous en savez plus que moi ! »

Mr. Astley sourit et hocha la tête.

« En effet, je crois en savoir beaucoup plus que vous, dit-il. Le point central de toute cette affaire, c'est une certaine mademoiselle Blanche, j'en suis absolument sûr.

— Eh quoi, mademoiselle Blanche ? » m'écriai-je avec impatience. J'avais eu à ce moment-là l'espoir soudain d'une révélation au sujet de Pauline.

« Il me semble qu'il est actuellement d'un intérêt particulier pour mademoiselle Blanche d'éviter toute rencontre avec le baron et la baronne et surtout une rencontre fâcheuse, pis même — scandaleuse.

— Allons, allons !

— Mademoiselle Blanche était déjà ici, à Roulettenbourg, il y a deux ans, pendant la saison. Je m'y trouvaïs aussi. A cette époque, elle ne s'appelait pas mademoiselle de Cominges, et sa mère, madame veuve Cominges, n'existait pas. Il n'en fut du moins jamais question.

Des Grieux ? Il n'y avait pas non plus de Des Grieux. Je suis persuadé qu'aucun lien de famille ne les unit et même qu'ils ne se connaissent que depuis fort peu de temps. Des Grieux s'est fait marquis tout récemment, une certaine chose me permet de l'affirmer. Il ne s'appelle même pas Des Grieux depuis bien longtemps, selon toute vraisemblance. Je connais ici quelqu'un qui l'a rencontré sous un autre nom.

— Mais il a des relations réellement solides ?

— Oh, ce n'est pas impossible ! Même mademoiselle Blanche peut en avoir. Mais il y a deux ans, sur la plainte de cette même baronne, la police locale avait invité mademoiselle Blanche à quitter la ville; ce qu'elle a fait.

— Comment ça ?

— Elle apparut d'abord ici avec un Italien, un prince au nom historique, Barberini, ou quelque chose dans ce genre-là. Il était constellé de bagues et de diamants; du reste, ce n'étaient pas des faux. Ils se faisaient véhiculer dans un équipage sensationnel. Mademoiselle Blanche jouait au trente-et-quarante; au début, la chance lui souriait, puis elle la trahit. Je la vois encore perdre en un soir une somme énorme. Bien pis : un beau matin[1], son prince disparut sans laisser de traces; adieu chevaux, équipage ! Sa note d'hôtel était monumentale.

1. En français dans le texte.

Mademoiselle Zelma (de Barberini, elle s'était subitement métamorphosée en Zelma) était au dernier degré du désespoir. Ses clameurs et glapissements remplissaient l'hôtel, elle mit sa robe en lambeaux. Un comte polonais s'était arrêté à l'hôtel (tout voyageur polonais est comte), et mademoiselle Zelma, qui déchirait ses robes et qui, comme une chatte, se griffait le visage de ses belles mains parfumées, fit sur lui un certain effet. Ils eurent un entretien et, à dîner, on la trouva consolée. Le soir, elle fit son entrée au casino au bras du Polonais. Mademoiselle Zelma riait aux éclats, comme elle faisait d'habitude, très fort, et elle montrait plus de désinvolture dans ses allures. Elle entra immédiatement dans cette catégorie de dames qui, jouant à la roulette, s'approchent de la table en bousculant leurs voisins d'un grand coup d'épaule pour avoir le champ libre. Chez elles, c'est un chic particulier. Vous les avez, sans doute, remarquées ?

— Mais oui.

— Elles n'en valent pas la peine. Quel que soit l'agacement des gens comme il faut, on ne s'en débarrasse pas, du moins de celles qui, chaque jour, changent des billets de mille francs. Il suffit d'ailleurs qu'elles cessent de le faire pour être discrètement éloignées. Donc, mademoiselle Zelma continuait à changer de gros billets, mais la chance lui tournait décidément le dos. Notez bien que cette sorte de dames a très souvent de la chance au jeu; elles possèdent une maîtrise étonnante. Mais j'en arrive à la fin de mon récit. Un beau jour, tout comme le prince, le comte disparut. Mademoiselle Zelma s'en fut seule au casino, personne ne vint lui offrir le bras. En deux jours, elle fut complètement à sec. Après avoir perdu son dernier louis d'or, elle regarda autour d'elle et vit un monsieur qui l'observait avec une attention indignée; c'était le baron Wurmershelm. Mais mademoiselle Zelma ne sut pas lire l'indignation et, se tournant vers le baron avec un certain sourire, elle lui demanda de mettre pour elle dix louis d'or sur *rouge*. A la suite de quoi, sur plainte de la baronne, elle fut priée le soir même de ne plus remettre les pieds au casino. Ne vous étonnez pas si je suis au courant de ces détails mesquins et scandaleux; je les tiens par le menu d'un mien parent, Mr. Feeder. Il emmena ce même soir mademoiselle Zelma de Roulettenbourg à Spa dans sa voiture.

« Vous comprendrez maintenant pourquoi mademoiselle Zelma voudrait devenir Madame la générale : c'est probablement pour éviter à l'avenir de recevoir de la police du casino des notifications du genre de celle d'il y a deux ans. Maintenant, elle ne joue plus; c'est, selon toute apparence, qu'elle possède à l'heure actuelle un capital et qu'elle prête de l'argent aux joueurs contre intérêts. C'est une combinaison beaucoup plus sûre. Je soupçonne même que le malheureux général lui doit de l'argent. Peut-être Des Grieux est-il dans le même cas; peut-être même est-il son associé. Il est logique de penser qu'elle n'ait aucune envie d'attirer l'attention de la baronne et du baron avant son mariage. Bref, dans sa position actuelle, elle doit éviter un scandale à tout prix. Attaché à leur maison comme vous l'êtes, vos actes pouvaient provoquer ce scandale, d'autant plus qu'on la voit chaque jour en public au bras du général ou avec Miss Pauline. Comprenez-vous à présent ?

— Non, je ne comprends pas, m'écriai-je avec une sorte d'exaltation et je frappai si fort sur la table que le garçon, effaré, accourut. Dites-moi donc, Mr. Astley, puisque vous étiez au courant de toute cette histoire, et que vous avez percé à jour ce que représente mademoiselle Blanche de Cominges, comment se fait-il que vous n'ayez prévenu ni moi ni le général ni, surtout, ah ! surtout, Miss Pauline qui s'est montrée en public, au casino, bras dessus bras dessous avec elle ? Comment avez-vous pu garder le silence ?

— Il était inutile de vous prévenir, car vous ne pouviez rien faire, répondit calmement Mr. Astley. Et, au fond, vous prévenir de quoi ? Il se peut que le général en sache beaucoup plus que moi sur mademoiselle Blanche, ce qui ne l'empêche pas de se promener avec elle et avec Miss Pauline. Le général est un malheureux homme. Je l'ai vu hier; il galopait sur un alezan loin derrière mademoiselle Blanche, elle-même sur un superbe animal, avec Des Grieux et ce petit prince russe. Le matin, il s'est plaint de douleurs dans les jambes, et pourtant il avait une belle tenue à cheval. C'est à ce moment que je compris qu'il était irrémédiablement perdu. Au demeurant, tout cela ne me regarde pas et je n'ai eu l'honneur de connaître Miss Pauline que depuis peu. D'ailleurs (Mr. Astley se reprit tout à coup), je vous ai déjà dit que je ne puis admettre votre droit de poser certaines questions, bien que j'aie pour vous une amitié sincère...

— Assez ! dis-je en me levant, il est clair comme le jour que Miss Pauline, elle aussi, sait tout sur mademoiselle Blanche, mais qu'elle ne peut pas se séparer de son Français; aussi consent-elle à se promener avec elle ! N'en doutez pas ! Aucune autre influence ne l'aurait forcée à sortir avec mademoiselle Blanche et à me supplier dans sa lettre de ne pas toucher au baron. Oui, il y a bien là cette influence irrésistible ! Pourtant, c'est elle qui m'a lâché sur le baron ! Grands dieux ! je n'y comprends rien !

— N'oubliez pas, d'abord, que mademoiselle de Cominges est la fiancée du général; ensuite que Miss Pauline, belle-fille du général, a un petit frère et une petite sœur qui sont les enfants légitimes de celui-ci, complètement délaissés par cet insensé et même, semble-t-il, détroussés.

— Oui, oui ! C'est bien cela ! Quitter les

enfants, ce serait les abandonner tout à fait. Tandis que, si elle reste, elle peut défendre leurs intérêts et, qui sait, peut-être sauver des miettes du patrimoine. Oui, oui ! C'est bien cela ! Pourtant, pourtant ! Oh, je comprends maintenant pourquoi ils s'intéressent tellement à la « baboulinka » !

— A qui ça ?

— A cette vieille sorcière qui est à Moscou et qui ne veut pas mourir, alors qu'on attend le télégramme.

— Eh oui, naturellement, tout l'intérêt se concentre sur elle. Tout dépend de la succession ! Une fois celle-ci ouverte, le général se marie, Miss Pauline a les mains libres, quant à Des Grieux...

— Eh bien, Des Grieux ?

— Des Grieux rentre dans son argent; il n'attend que ça.

— Que ça ? Vous croyez qu'il n'attend rien d'autre ?

— Je n'en sais pas davantage, s'entêta Mr. Astley.

— Mais moi, je sais, je sais ! répétai-je avec fureur. Lui aussi, il attend cette succession, car alors Pauline touchera sa dot et se jettera immédiatement à son cou. Toutes les femmes sont pareilles ! Les plus fières deviennent les plus plates esclaves ! Pauline n'est capable que de passion, et rien de plus ! Voilà ce que je pense d'elle ! Observez-la donc, surtout lorsqu'elle est seule, dans un coin, toute à ses pensées :

il y a en elle quelque chose de prédestiné, de condamné, de maudit ! Elle peut se lancer dans tous les tourments horribles de la vie et de la passion... elle... elle... Mais qui est-ce qui m'appelle ? m'exclamai-je. Qui est-ce qui crie ? J'ai entendu quelqu'un crier : « Alexeï Ivanovitch ! » en russe. Une voix de femme, vous entendez, vous entendez ! »

Depuis un certain temps, presque sans le remarquer, nous avions quitté le café et nous approchions de l'hôtel.

« J'ai bien entendu une femme appeler, dit Mr. Astley, mais je ne saisis pas qui elle appelle, c'est en russe. Maintenant, je vois d'où ça vient, c'est cette femme assise dans un grand fauteuil, qui vient d'être transportée vers l'entrée de l'hôtel par une nuée de domestiques. Derrière elle, on porte des valises, c'est donc que le train vient d'arriver.

— Mais pourquoi est-ce moi qu'elle appelle ? La voilà qui crie de nouveau. Regardez, elle nous fait des signes !

— Je vois bien qu'elle nous fait des signes, dit Mr. Astley.

— Alexeï Ivanovitch ! Alexeï Ivanovitch ! Mon Dieu, quel lourdaud ! » Ces appels perçants partaient du perron.

Nous nous précipitâmes. Je montai sur la terrasse et là... la stupéfaction me changea en statue.

CHAPITRE IX

SUR le palier supérieur du vaste perron où on l'avait transportée de marche en marche dans son fauteuil, environnée de grooms, de femmes de chambre et de la multiple et obséquieuse valetaille de l'hôtel, en présence de l'*Oberkellner* en personne accouru pour accueillir l'arrivée fracassante de cet hôte de marque, entourée de ses gens et d'une montagne de valises et de malles, trônait... la grand-mère ! Elle-même, la terrible, la richissime Antonida Vassilievna Tarassévitch, propriétaire foncière et grande dame moscovite, « la baboulinka » de soixante-quinze ans au sujet de laquelle on échangeait télégramme sur télégramme, agonisante mais non décédée, qui nous tombait dessus en chair et en os, comme le tonnerre. Elle était là, bien que paralysée des deux jambes, portée, comme depuis cinq ans, dans un fauteuil, mais aussi alerte, provocante et satisfaite qu'à l'ordinaire, le buste droit, le verbe haut, impérieux, gourmandant tout le monde; exactement telle que j'avais eu l'honneur de la voir deux ou trois fois depuis que j'étais précepteur chez le général. Naturellement, j'en restais cloué sur place. Son œil de lynx m'avait distingué à cent pas d'ici pendant qu'on la montait sur la terrasse; elle m'avait aussitôt reconnu et appelé (elle avait aussi une mémoire des noms définitive). « Et voilà la personne, pensai-je en un éclair, dont on attendait la mort, l'enterrement et l'héritage ! C'est elle qui nous enterrera tous, tant que nous sommes ! Mais, grand Dieu, que va-t-il advenir des nôtres, du général ? Elle va maintenant mettre tout l'hôtel sens dessus dessous ! »

« Alors, mon ami, tu vas rester longtemps planté devant moi, les yeux hors de la tête ? continuait à m'apostropher la grand-mère, tu ne sais plus saluer ni dire bonjour ? Tu es devenu fier, tu ne veux pas ? Ou bien tu ne m'as pas reconnue ? Potapytch, tu entends ! » Elle s'adressait à un petit vieux grisonnant, en habit et cravate blanche, à la calvitie rose, qui n'était autre que son majordome. « Tu entends, il ne me reconnaît pas ! Ils m'ont portée en terre ! Ils envoyaient télégramme sur télégramme : morte ou pas morte ? Va, je sais tout ! Tu vois, je suis gaillarde !

— De grâce, Antonida Vassilievna, ce n'est certes pas moi qui vous voudrais du mal ! » répondis-je gaiement après m'être ressaisi, « j'étais simplement surpris... Et comment ne le serais-je pas : votre arrivée inattendue...

— Et qu'est-ce qui t'étonne ? Je suis partie

et me voilà. On est tranquille en wagon, pas de cahots. Alors, on est allé se promener ?

— Oui, j'ai fait un tour près du casino.

— On est bien ici, dit la grand-mère en regardant autour d'elle, il fait bon chaud, les arbres sont magnifiques. J'aime cela ! Les nôtres sont à l'hôtel ? Le général ?

— Oh, oui ! A cette heure, ils sont sûrement tous chez eux.

— Alors, ici aussi, ils ont remonté leurs pendules et ils font des cérémonies ? Pour faire bien ! Ils ont même un équipage, les seigneurs russes[1], à ce que j'ai appris ! On claque son argent et on file à l'étranger ! Et Prascovie est avec eux ?

— Pauline Alexandrovna est ici.

— Le petit Français aussi ? Enfin, je vais tous les voir. Montre-moi le chemin, Alexeï Ivanovitch, allons droit chez le général. Et toi-même, tu es bien ici ?

— Comme ci comme ça, Antonida Vassilievna.

— Toi, Potapytch, dis à ce lourdaud de directeur que je veux un bon appartement, confortable, pas trop haut. Fais-y porter mes affaires. Qu'est-ce que c'est que cette foule pour me transporter ? Qu'ont-ils tous à se pousser, bande d'esclaves ! Qui est avec toi ? me demanda-t-elle.

— C'est Mr. Astley, répondis-je.

1. En français dans le texte.

— Qui ça, Mr. Astley ?

— Un voyageur, et un de mes bons amis, il connaît aussi le général.

— Un Anglais ! C'est pour cela qu'il m'observe sans desserrer les dents. J'aime d'ailleurs les Anglais. Allons, montez-moi directement chez le général, où loge-t-il ? »

On souleva la grand-mère. J'ouvris la marche le long du grand escalier de l'hôtel. Le cortège que nous formions faisait sensation. Les gens que nous croisions ouvraient de grands yeux. Notre hôtel passe pour être le meilleur, le plus cher, le plus aristocratique de cette ville d'eaux. Dans l'escalier, dans le couloir, on rencontre toujours des dames très distinguées, des Anglais imposants. En bas, on questionnait l'*Oberkellner*, qui lui-même était fort impressionné. Il répondait à tout le monde que c'était une étrangère de marque, une Russe, une comtesse, une grande dame[1], et qu'elle allait occuper la même suite que la grande-duchesse de N. [1], la semaine dernière. L'air impérieux de la grand-mère que l'on élevait dans son fauteuil était la cause principale de l'effet produit. Elle toisait avec curiosité toutes les personnes que nous croisions et me posait sur elles des questions à haute voix.

La grand-mère était puissamment bâtie et, bien qu'elle ne quittât pas son fauteuil, on la devinait de très haute taille. Son dos, droit

1. En français dans le texte.

comme une planche, ne s'appuyait pas contre le dossier. Elle portait haut sa grande tête grise, ses traits étaient fortement marqués. Il y avait en elle une sorte d'arrogance, de défi; et l'on voyait que son regard et que ses gestes étaient parfaitement naturels. Malgré ses soixante-quinze ans, son visage était encore frais et ses dents n'avaient pas trop souffert. Elle portait une robe de soie noire et un bonnet blanc.

« Elle m'intéresse au plus haut point », chuchota Mr. Astley qui montait avec moi. « Elle a eu vent des télégrammes, me dis-je, elle est au courant de Des Grieux, mais il me semble qu'elle ne sait pas encore grand-chose de mademoiselle Blanche. » Je communiquai aussitôt cette réflexion à Mr. Astley.

Oh ! pécheur que je suis ! A peine remis de ma surprise initiale, je me réjouissais fort de l'effet foudroyant qu'allait produire dans quelques instants notre arrivée chez le général. J'étais aiguillonné et j'avançais, tout content, en tête du cortège.

Les nôtres logeaient au troisième étage. Sans prévenir, sans frapper, j'ouvris toute grande la porte, et la grand-mère fit une entrée triomphale. Comme un fait exprès, ils étaient au complet dans le cabinet du général. Il était midi, et on projetait probablement une excursion, qui en voiture, qui à cheval; il y avait en plus des invités. Outre le général, Pauline, les enfants et leur bonne, il y avait là Des Grieux, mademoiselle Blanche, de nouveau en amazone, sa mère, madame veuve Cominges, le petit prince russe et un savant voyageur, un Allemand, que je voyais chez eux pour la première fois. Le fauteuil de la grand-mère fut déposé au milieu de la pièce, à trois pas du général. Grands dieux, jamais je n'oublierai ce spectacle ! Avant notre entrée, le général était en train de raconter quelque chose et Des Grieux le reprenait. Il est à noter que, depuis deux ou trois jours, mademoiselle Blanche et Des Grieux faisaient, je ne sais pourquoi, la cour au petit prince, à la barbe du pauvre général[1] et, bien qu'artificiel peut-être, le ton de la compagnie était des plus gais, cordiaux et intimes.

A la vue de la grand-mère, le général fut littéralement pétrifié. Il resta bouche bée au beau milieu d'une phrase. Il la contemplait, les yeux ronds, comme hypnotisé par le regard du sphinx. La grand-mère l'observait aussi sans mot dire, immobile; mais quel regard de triomphe, de défi, que d'ironie pétillait dans ses yeux ! Ils restèrent là, à se regarder, pendant dix bonnes secondes, dans le silence profond de tous les assistants. Des Grieux fut d'abord médusé, mais bien vite son visage refléta une inquiétude extrême. Mademoiselle Blanche leva les sourcils, ouvrit la bouche et fixa sur la grand-mère des yeux complètement

1. En français dans le texte.

effarés. Le prince et le savant contemplaient la scène avec une incompréhension totale. Le regard de Pauline exprima d'abord l'étonnement et la perplexité, puis elle devint livide; l'instant d'après, le sang lui afflua au visage et empourpra ses joues. C'était bien une catastrophe pour tout le monde ! Je ne cessai de promener mes regards de l'un à l'autre. Mr. Astley, comme d'habitude, se tenait à l'écart avec calme et dignité.

« Eh bien, me voilà ! En lieu et place de télégramme ! se déchaîna enfin la grand-mère. Hein, vous ne m'attendiez pas !

— Antonida Vassilievna... ma tante... Comment est-ce possible ? » balbutia l'infortuné général. Si le silence avait duré une seconde de plus, il aurait eu une attaque.

« Comment, comment ? J'ai pris le train. A quoi ça sert, les chemins de fer ? Et vous pensiez tous que j'avais trépassé en vous laissant l'héritage ! Je les connais, tes télégrammes ! Que d'argent ils ont dû te coûter ! Ce n'est pas bon marché d'ici ! Et moi, fouette cocher, me voilà ! Et celui-ci, c'est le Français ? Monsieur Des Grieux, n'est-ce pas ?

— Oui, Madame, s'empressa Des Grieux, et croyez, je suis si enchanté... votre santé... c'est un miracle, vous voir ici... une surprise charmante[1]...

— Charmante, c'est ça ! Je te connais, poli-

1. En français dans le texte.

chinelle; je ne te crois pas plus que cela, — et elle lui montra son petit doigt. Et là, qui est-ce ? » demanda-t-elle en désignant mademoiselle Blanche. La belle Française en amazone, la cravache à la main, l'avait manifestement impressionnée. « Est-elle d'ici ?

— C'est mademoiselle Blanche de Cominges, et voici sa mère, madame de Cominges; elles habitent l'hôtel, expliquai-je.

— La fille est mariée ? demanda crûment la grand-mère.

— Elle est demoiselle, répondis-je le plus respectueusement possible et exprès à mi-voix.

— Elle est joyeuse ? »

Je ne compris pas la question.

« On ne s'ennuie pas avec elle ? Comprend-elle le russe ? A Moscou, Des Grieux s'est mis à en baragouiner deux ou trois mots. »

Je lui dis que mademoiselle de Cominges n'avait jamais été en Russie.

« Bonjour[1] ! s'adressa-t-elle brusquement à mademoiselle Blanche.

— Bonjour, Madame[1] », répondit celle-ci cérémonieusement en faisant une gracieuse révérence. Sous le couvert d'une modestie et d'une amabilité extrêmes, elle voulait que son visage et toute sa figure montrassent sa stupeur devant une question et une attitude aussi baroques.

« Oh ! elle baisse les yeux, elle fait des

1. En français dans le texte.

manières, elle se donne des airs ! On voit tout de suite ce que c'est : nous avons affaire à une actrice. Je suis à l'hôtel, en bas, dit-elle brusquement au général, je serai ta voisine. Es-tu content ?

— Oh, ma tante ! Croyez à mes sentiments sincères... à ma joie », enchaîna le général. Il s'était presque complètement ressaisi. A l'occasion, il savait bien tourner ses phrases et parler d'importance, avec prétention à l'effet; il se mit donc à discourir. « Les nouvelles qui nous parvenaient de votre état de santé nous causaient une émotion, une anxiété profondes... Nous recevions des télégrammes si désespérés, et subitement...

— Allons, allons, à d'autres ! coupa aussitôt la grand-mère.

— Mais comment se fait-il ? interrompit à son tour le général en élevant la voix et en s'efforçant d'ignorer le « à d'autres »; comment se fait-il, tout de même, que vous vous soyez décidée à un tel voyage ? Convenez qu'à votre âge et vu l'état de votre santé... après tout, c'est tellement inattendu que notre surprise est bien explicable. Mais je suis si heureux... et nous tous (il se mit à sourire avec attendrissement et enthousiasme), nous nous emploierons par tous les moyens à vous faire de la saison ici un séjour des plus délicieux...

— En voilà assez; tout ça, c'est du bavardage ! Comme toujours, tu parles pour ne rien dire. Je saurai très bien me débrouiller moi-même.

Mais je n'essaierai pas de vous éviter : je ne suis pas rancunière. Tu demandes : « Com-« ment se fait-il ? » Mais il n'y a pas de quoi s'étonner. Cela s'est fait de la façon la plus simple. Pourquoi s'étonner ? Bonjour, Prascovie ! Et toi, que fais-tu ici ?

— Bonjour, grand-mère, dit Pauline en se rapprochant d'elle; depuis quand êtes-vous en route ?

— En voilà une au moins qui pose une question plus intelligente. Jusqu'à présent, ce n'étaient que des « oh » et des « ah » ! Vois-tu, je gardais le lit depuis une éternité, on me soignait depuis non moins longtemps, alors j'ai envoyé promener les docteurs et j'ai appelé le sacristain de Saint-Nicolas. Il avait guéri de la même maladie une paysanne, avec du foin. Et voilà, il m'a soulagée aussi : le troisième jour, j'eus une bonne suée et je me levai. Puis mes Allemands se réunirent de nouveau, mirent leurs lunettes et tinrent conciliabule : « Si « maintenant, déclarèrent-ils, vous alliez aux « eaux, à l'étranger, faire une cure, vos conges-« tions disparaîtraient complètement. » Pourquoi pas, me dis-je ? Les familiers idiots de la maison poussèrent les hauts cris : « Vous « n'y pensez pas, un voyage ! » Et puis quoi encore ? En vingt-quatre heures, tout était prêt; et vendredi dernier je pris avec moi une femme de chambre, Potapytch, mon valet Fedor; mais ce Fedor, je l'ai renvoyé de Berlin, je n'en avais aucun besoin, je serais très bien arrivée à destination toute seule... J'avais retenu un wagon spécial. Il y a des porteurs à toutes les gares; pour vingt kopecks, ils vous transportent n'importe où. Dis donc, tu es bien logé ! conclut-elle en regardant autour d'elle. Et avec quel argent, s'il vous plaît ? Tout ton avoir est hypothéqué. Quand je pense à ce que tu dois, ne serait-ce qu'à ce Françouzik ! Je sais tout, va, tout !

— Mais, ma tante..., commença le général avec le plus grand embarras. Vous m'étonnez, ma tante... Je crois pouvoir me passer du contrôle de quiconque. Du reste, mes dépenses ne sont pas au-dessus de mes moyens et nous sommes ici...

— Pas au-dessus de tes moyens ! Tu en as de bonnes ! Tu as, sans doute, dépouillé tes enfants de leur dernier kopeck, tuteur !

— Après cela, après de telles paroles, répliqua le général furibond, je ne sais vraiment pas...

— Tout est là : tu ne sais pas ! Tu ne quittes pas la roulette, probablement ? Tu y as tout laissé, sans doute ? »

Le général fut tellement ahuri que l'afflux de son émotion faillit l'étrangler.

« A la roulette, moi ? Dans ma position... Mais vous n'y pensez pas, ma tante; vous devez être encore malade...

— Tu m'en diras tant ! Je parie qu'on ne peut pas t'en arracher. Ne raconte donc pas d'histoires ! Je m'en vais voir ce que c'est que cette roulette, dès aujourd'hui. Et toi, Prascovie, tu vas m'indiquer ce qui vaut la peine d'être vu; et Alexeï Ivanovitch me le montrera aussi. Quant à toi, Potapytch, note bien ce qu'il faut voir. Qu'est-ce qu'il y a à visiter ? demanda-t-elle à Pauline.

— Il y a les ruines d'un château non loin d'ici, et le Schlangenberg.

— Qu'est-ce que c'est que ce Schlangenberg ? Un bois ?

— Non, c'est une montagne, il y a une pointe.

— Comment ça, une pointe ?

— C'est au sommet de la montagne, un belvédère. La vue est incomparable.

— Alors, il faudrait traîner mon fauteuil là-haut ? Est-ce faisable ?

— Oh ! oui, on peut facilement trouver des porteurs », répondis-je.

A ce moment, Fédossia, la vieille *niania*, s'approcha de la grand-mère pour la saluer et lui amener les enfants du général.

« Surtout pas d'embrassades ! Je n'aime pas quand les enfants m'embrassent : ils ont toujours la goutte au nez. Et alors, Fédossia, ça te plaît d'être ici ?

— Grandement, grandement, Antonida Vassilievna, répondit la bonne. Mais vous-même, comment vous portez-vous ? Nous nous en sommes fait du mauvais sang pour vous !

— Je sais, tu es une âme simple, toi. Et qui sont ces personnes, des invités ? demanda-t-elle à Pauline. Qui est ce gringalet à lunettes ?

— C'est le prince Nilsky, grand-mère, chuchota Pauline.

— Ah, c'est un Russe ? Moi qui croyais qu'il ne comprenait pas ! Peut-être n'aura-t-il pas entendu. J'ai déjà vu Mr. Astley. Mais le voici de nouveau, dit la grand-mère en l'apercevant. Bonjour ! »

Mr. Astley la salua en silence.

« Eh bien, qu'avez-vous de bon à me dire ? Dites-moi quelque chose ! Traduis-lui cela, Pauline. »

Pauline s'exécuta.

« Je puis vous dire que c'est un grand plaisir de vous voir et que je suis heureux de vous savoir en bonne santé », répondit Mr. Astley sérieusement et avec beaucoup d'amabilité. Ces paroles, traduites à la grand-mère, lui firent visiblement plaisir.

« Les Anglais ont le don de savoir toujours répondre avec à-propos. Je ne sais trop pour quelle raison, mais j'ai toujours aimé les Anglais, si différents de ces petits Français ! Venez me voir, dit-elle à Mr. Astley. Je tâcherai de ne pas trop vous importuner. Traduis-lui ça, Pauline, et dis-lui que je loge là, en bas. Là, en bas, en bas, comprenez-vous, en bas ! »

Elle répétait ces mots à Mr. Astley en les accompagnant du geste.

Mr. Astley fut enchanté de l'invitation.

D'un regard attentif et satisfait, la grand-mère inspecta Pauline des pieds à la tête.

« J'aurais pu t'aimer, Pauline, dit-elle brusquement, tu es une brave fille, tu es meilleure que tous les autres, mais tu as un caractère ! Oh, là, là ! Moi aussi, d'ailleurs. Tourne-toi un peu; ce ne sont pas de faux cheveux que tu portes là ?

— Non, grand-mère, ce sont les miens.

— Tant mieux. Je n'aime pas cette mode stupide. Tu es vraiment ravissante. Si j'étais homme, je serais amoureux de toi. Pourquoi ne te maries-tu pas ? Mais... il est temps que je m'en aille. Je veux faire une bonne promenade. J'en ai par-dessus la tête du train... Et toi, toujours fâché ? s'adressa-t-elle au général.

— De grâce, ma tante, n'en parlons plus ! s'empressa le général, réjoui. Je comprends qu'à votre âge...

— Cette vieille est tombée en enfance[1], murmura Des Grieux à mon oreille.

— Je suis décidée à tout voir ici. Est-ce que tu me laisses Alexeï Ivanovitch ? demanda la grand-mère au général.

— Mais tant que vous voudrez ! D'ailleurs, moi-même, Pauline, monsieur Des Grieux... nous serons tous très heureux de vous accompagner...

— Mais, Madame, cela sera un plaisir[1], intervint Des Grieux avec un sourire charmeur.

— Parbleu, plaisir[1]. Tu es comique, mon bonhomme. »

Elle se tourna vers le général et lui dit brusquement :

1. En français dans le texte.

« Mais je ne te donnerai pas d'argent ! Et maintenant, allons à mon appartement : je dois l'inspecter. Ensuite, nous irons tout voir. Allez, portez-moi ! »

On souleva la grand-mère, et tout le monde la suivit en procession dans l'escalier. Le général descendait les marches hébété, comme s'il avait reçu un coup de massue sur le crâne. Des Grieux méditait. Mademoiselle Blanche avait fait mine de rester, mais elle se décida, je ne sais pourquoi, à nous suivre. Le petit prince lui emboîta le pas. L'Allemand et madame veuve Cominges restèrent seuls dans l'appartement du général.

CHAPITRE X

DANS les villes d'eaux et, semble-t-il, dans toute l'Europe, lorsqu'un directeur d'hôtel donne une *suite* à un client, il s'inspire moins du désir et des besoins de celui-ci que de l'opinion qu'il se fait de lui; il faut remarquer qu'il se trompe rarement. Mais, Dieu sait pourquoi, l'appartement choisi pour la grand-mère était exagérément luxueux : quatre pièces somptueusement meublées, avec bain, chambres pour domestiques, petite chambre à part pour la camériste, etc. Il était exact que c'était dans cette suite qu'une grande-duchesse s'était arrêtée une semaine auparavant, ce dont on informait aussitôt les nouveaux venus pour faire monter le prix. On transporta, ou plutôt l'on roula, la grand-mère à travers toutes les chambres qu'elle examina avec la plus grande attention. L'*Oberkellner*, un homme d'un certain âge et chauve, l'accompagnait respectueusement pendant cette première inspection des lieux.

J'ignore pour qui l'on prenait la grand-mère à l'hôtel, mais sans doute pour une très haute personnalité et, principalement, fort riche. Dans le registre de la réception, on inscrivit : Madame la générale, princesse de Tarassévitchéva [1], bien que la grand-mère n'eût jamais été princesse. Ses domestiques, le compartiment spécial, la montagne de colis inutiles, de valises et même de malles, étaient probablement à l'origine de son prestige. Le fauteuil, la voix et le ton de commandement, les questions excentriques posées avec un sans-gêne despotique, bref, sa personnalité tout d'une pièce, brusque, autoritaire, achevèrent de lui gagner l'estime générale. Pendant l'inspection, la grand-mère donnait parfois l'ordre d'arrêter son fauteuil, elle désignait quelque objet de l'ameublement et demandait des explications inattendues à l'*Oberkellner*, dont le sourire restait déférent, mais dont l'inquiétude naissait. Les questions étaient posées en français, langue que la grand-mère parlait assez mal d'ailleurs, de sorte que je traduisais le plus souvent. Presque toutes les réponses de l'*Oberkellner* ne lui plaisaient pas et ne lui paraissaient pas satisfaisantes. Il est vrai que les questions étaient plutôt décousues et ressemblaient à des coq-à-l'âne. Par exemple, elle se faisait arrêter devant un tableau assez médiocre, copie d'un original bien connu représentant une scène mythologique.

« Qui est sur ce portrait ? »

1. En français dans le texte.

L'*Oberkellner* répondait que ce devait être celui d'une comtesse.

« Comment se fait-il que tu ne le saches pas ? Tu habites ici, et tu ne le sais pas ? Que fait ce portrait ici ? Pourquoi les yeux louchent-ils ? »

L'*Oberkellner,* dans l'impossibilité de répondre à des questions de ce genre, en restait les bras ballants.

« En voilà un crétin ! » déclara-t-elle en russe.

On la roula plus loin. Ce fut la même histoire devant une statuette de Saxe; elle l'examina sous tous les angles et la fit enlever sans commentaire. Finalement, elle voulut *mordicus* connaître le prix des tapis de la chambre à coucher et l'endroit où ils avaient été tissés. L'*Oberkellner* lui promit de s'en informer.

« En voilà des ânes ! grommela la grand-mère en portant toute son attention sur le lit. Quel pompeux baldaquin ! Défaites le lit. »

On s'exécuta.

« Non, non, défaites-le complètement ! Enlevez les oreillers, les taies, ôtez l'édredon. »

Tout fut mis sens dessus dessous; la grand-mère examina chaque chose en détail.

« Heureusement qu'ils n'ont pas de punaises. Qu'on emporte tout ça ! Qu'on refasse mon lit avec mes draps et mes oreillers. C'est trop somptueux ! Tout de même, une vieille femme comme moi, un tel appartement ! Je vais m'y ennuyer, toute seule. Alexeï Ivanovitch, viens me voir plus souvent, dès que tu en auras fini avec les leçons des enfants.

— Depuis hier, je ne suis plus au service du général, répondis-je; je suis à l'hôtel tout à fait par moi-même.

— Qu'est-ce que tu me racontes là ?

— Un distingué baron allemand et la baronne, sa digne épouse, sont arrivés dernièrement de Berlin. Hier, à la promenade, je lui ai adressé la parole en allemand, mais avec l'accent berlinois.

— Et alors ?

— Il a trouvé cela impertinent et s'en est plaint au général; et, dès hier, le général m'a congédié.

— L'aurais-tu injurié, ton baron ? Il n'y aurait pas grand mal à cela, d'ailleurs !

— Non pas ! Bien au contraire, c'est lui qui m'a menacé de sa canne.

— Et toi, poule mouillée dit-elle brusquement au général, tu as laissé traiter ainsi le précepteur de tes enfants ! Et avec ça, tu l'as congédié ! Vous êtes des mauviettes, tous tant que vous êtes, à ce que je vois !

— Ne vous en faites pas, ma tante, répliqua le général avec une sorte de familiarité hautaine; je sais comment m'occuper de mes propres affaires. J'ajouterai que l'explication donnée par Alexeï Ivanovitch n'est pas tout à fait exacte.

— Et toi, tu t'es laissé faire ? me demanda-t-elle.

— Je voulais provoquer le baron en duel, répondis-je du ton le plus calme et plus modeste possible, mais le général s'y est opposé.

— Et pourquoi cela ? interrogea-t-elle le général. Toi, tu peux disposer, dit-elle à l'adresse de l'*Oberkellner*; tu viendras quand on t'appellera. Inutile de rester là, bouche bée. Décidément, je n'aime pas cette trogne nurembourgeoise ! »

L'autre salua et sortit; le sens de ce dernier compliment lui avait certes échappé.

« Mais de grâce, ma tante, peut-on se battre en duel ? répondit le général avec un sourire ironique.

— Et pourquoi pas ? Tous les hommes sont des coqs, alors allez-y, battez-vous ! Mais vous n'êtes que des mauviettes, vous êtes incapables de soutenir votre patrie. Allons, levez-moi ! Potapytch, arrange-toi pour que j'aie toujours deux porteurs, engage-les et conviens du prix. Inutile d'en avoir plus de deux. Dis-leur bien que ce n'est que dans l'escalier qu'il faut me porter; à plat, dans les rues, il n'y a qu'à me rouler; et paie-les d'avance, ils seront plus respectueux. Toi-même, tu te tiendras toujours à mes côtés. Quant à toi, Alexeï Ivanovitch, tu me montreras ce baron à la promenade : je veux voir de quoi il a l'air, ce von-baron. Allons, où est la roulette ? »

J'expliquai que les roulettes se trouvaient au *Kursaal* dans des salles de jeu. Une pluie de questions s'ensuivit : Y en avait-il beaucoup ?

Y avait-il beaucoup de joueurs ? Pouvait-on jouer toute la journée ? Comment les roulettes étaient-elles organisées ? Je répondis simplement qu'il serait plus facile de s'en rendre compte par soi-même, car il était assez difficile de décrire tout cela oralement.

« Alors, qu'on m'y transporte sur-le-champ ! Va devant, Alexeï Ivanovitch !

— Comment, ma tante ! vous ne voulez même pas vous reposer après le voyage ? » s'enquit le général avec sollicitude.

Il paraissait quelque peu agité. Du reste, ils avaient tous un air embarrassé et ils échangeaient des coups d'œil. Ils éprouvaient sans doute une certaine gêne et même de la honte à accompagner la grand-mère droit au casino où elle pouvait, évidemment, se livrer à des excentricités, mais cette fois en public. Néanmoins, ne s'étaient-ils pas proposés eux-mêmes pour l'accompagner ?

« Me reposer, et pourquoi ? Je ne suis pas fatiguée; je suis restée assise pendant cinq jours. Et après nous visiterons les sources, les eaux thermales, nous verrons où elles se trouvent. Et puis... Comment est-ce déjà ? Comment l'as-tu nommée, Prascovie, la *pointe* ?

— Oui, grand-mère.

— Va pour la pointe. Et qu'y a-t-il encore à voir ?

— Bien des choses, grand-mère, dit Pauline, indécise.

— Tu n'en sais rien toi-même ! Marthe, tu

m'accompagnes aussi, dit-elle à sa camériste.

— Mais, ma tante, pourquoi Marthe ? s'inquiéta soudain le général. Et, du reste, c'est impossible; il est même douteux que Potapytch soit autorisé à entrer au casino.

— Mais c'est ridicule ! C'est une domestique, alors il faut l'abandonner ? Elle est aussi un être humain. Cela fait huit jours que nous courons par monts et par vaux, il est tout naturel qu'elle ait envie de voir quelque chose. Qui donc le lui montrerait, sinon moi ? Si on la laissait seule, elle n'oserait pas mettre son nez dehors.

— Mais, grand-mère...

— Aurais-tu honte de moi, par hasard ? Alors reste ici, on ne te demande rien. Et ça s'appelle un général. Je suis moi-même générale. Et pourquoi traîner tous derrière moi, comme une queue ? Je verrai tout ce que je veux avec Alexeï Ivanovitch... »

Mais Des Grieux insista énergiquement pour que tout le monde la suivît, et il se lança dans les phrases les plus aimables sur le plaisir de lui tenir compagnie, etc... La procession s'ébranla.

« Elle est tombée en enfance[1], répéta Des Grieux au général; seule, elle fera des bêtises[1]... »

Je n'en entendis pas davantage, mais il préparait quelque chose, cela était certain; peut-

1. En français dans le texte.

être même des espérances lui étaient-elles revenues.

Il n'y avait qu'une demi-verste à faire. Nous suivîmes l'allée de marronniers jusqu'au square que nous contournâmes pour entrer au *Kursaal.* Le général se rasséréna un peu; bien qu'assez peu banal, notre cortège était fort digne. Il n'y avait d'ailleurs pas à s'étonner, dans une ville d'eaux, d'une infirme aux jambes paralysées. Mais le général redoutait évidemment le casino : qu'allait faire au jeu une paralytique, et fort âgée ?

Pauline et mademoiselle Blanche avançaient de chaque côté du fauteuil roulant. Mademoiselle Blanche riait, se montrait gaie avec modestie et faisait même des grâces à la grand-mère, si bien que celle-ci finit par la complimenter. Pauline, d'autre part, devait répondre à une avalanche de questions, telles que : « Qui est cette personne qui vient de passer ? Et celle-ci, là-bas, en voiture ? La ville est-elle grande ? Et le jardin public ? Quels sont ces arbres ? Ces montagnes ? Y a-t-il des aigles dans ces parages ? Quel drôle de toit là-bas ! » Mr. Astley, qui marchait à côté de moi, me dit tout bas qu'il s'attendait, ce matin, à des événements importants. Potapytch et Marthe se trouvaient immédiatement derrière le fauteuil, lui en habit, cravate blanche, mais une casquette sur la tête; elle, quarante ans, le teint coloré, vieille fille à peine grisonnante, avec un bonnet sur les cheveux et une robe de coton imprimé, ses bottines de chevreau craquant à chaque pas. La grand-mère se tournait fréquemment vers eux et leur parlait. Des Grieux et le général s'étaient laissés distancer et ils conversaient avec une animation extrême. Le général paraissait très abattu. Des Grieux parlait d'un air décidé. Peut-être essayait-il de remonter le moral du général; de toute façon, il lui donnait des conseils. Mais la grand-mère avait déjà prononcé la phrase fatale : « Je ne te donnerai pas d'argent ! » Il se peut que Des Grieux n'y croyait pas, mais le général connaissait sa tante. Je notai que Des Grieux et mademoiselle Blanche continuaient à échanger des regards. J'aperçus le principicule et l'Allemand explorateur tout au bout de l'allée; ils nous avaient suivis de loin, puis ils changèrent de direction.

Nous fîmes une entrée triomphale au casino. Le portier et les huissiers témoignèrent la même déférence que le personnel de l'hôtel. Ils nous considéraient néanmoins avec curiosité. La grand-mère voulut, avant tout, visiter les salons et les halls; certaines choses lui plurent, d'autres la laissèrent complètement indifférente; elle questionnait sans arrêt. Nous parvînmes enfin jusqu'aux salles de jeu. L'huissier, qui se tenait comme une sentinelle devant la porte close, parut saisi d'étonnement et l'ouvrit à deux battants.

L'apparition de la grand-mère fit une forte impression sur le public. Autour des roulettes et à l'autre bout de la salle, à la table du trente-et-quarante, cent cinquante à deux cents joueurs se tenaient en rangs pressés. Ceux qui avaient réussi à se faufiler jusqu'au tapis s'y accrochaient comme d'habitude et ne cédaient leur place qu'en cas de perte totale. Il n'est pas permis, en effet, de rester là en simple spectateur et d'occuper une place pour rien. Bien qu'il y ait des sièges autour des tables, rares sont les joueurs assis, surtout quand la foule est dense, pour la simple raison qu'en restant debout on est moins encombrant, on gagne une place et l'on mise plus adroitement. Le deuxième et le troisième rang se pressent derrière le premier, attendant et guettant leur tour. Mais, dans leur impatience, le bras de certains fend la presse pour placer un enjeu. Il arrive même qu'on trouve moyen de le faire du troisième rang. Aussi, immanquablement, toutes les cinq ou dix minutes, une contestation s'élève-t-elle à l'une des tables au sujet d'une mise. La police du casino est d'ailleurs assez bien faite. La cohue est, naturellement, inévitable, mais le casino y gagne. Huit croupiers entourent chaque table et ne perdent pas de vue les enjeux; ils font le compte des gains et, s'il y a contestation, ils tranchent. Dans les cas extrêmes, on fait appel à la police et l'affaire est liquidée en moins de rien. Les policiers sont toujours dans les salles, mêlés à la foule; ils sont en civil, de sorte qu'on ne peut pas les reconnaître. Ils surveillent tout particulièrement les voleurs et les spécialistes qui pullulent toujours dans les casinos, car ce genre d'industrie est extrêmement simple et facile. En effet, partout ailleurs, les voleurs sont obligés de faire les poches ou de forcer les serrures; ces procédés-là, en cas d'échec, attirent de graves ennuis. Mais ici il suffit tout bonnement de s'approcher d'une table, de se mettre à jouer et, au su et au vu de tout le monde, de ramasser et d'empocher le gain d'autrui. S'il y a dispute, le filou proclame haut et fort que c'était bien sa mise. Quand l'affaire est adroitement menée et quand les témoins ne sont pas d'accord, le voleur réussit le plus souvent, si la somme n'est pas trop importante, évidemment; sinon, les croupiers ou un joueur l'aurait remarquée. Mais, s'il s'agit d'une somme modeste, il arrive que son véritable ayant droit renonce à poursuivre la discussion pour éviter une histoire et qu'il s'éloigne de la table. Par contre, lorsque le coup est découvert, on expulse immédiatement le professionnel avec scandale.

La grand-mère observait tout cela de loin avec une curiosité avide. Elle était enchantée qu'on expulsât les filous. Le trente-et-quarante ne l'intéressa que médiocrement, elle préféra la roulette avec la petite bille qui roule. Finalement, elle voulut voir de plus près. Je ne sais comment, mais les valets et quelques autres agents empressés (des Polonais décavés, pour la plupart, qui imposent leurs services aux joueurs chanceux et à tous les étrangers) réussirent aussitôt à lui faire une place malgré la cohue, au beau milieu de la table, à côté du croupier principal. Une foule de personnes qui ne jouaient pas, mais qui suivaient la partie à distance (surtout des Anglais et leurs familles), s'approchèrent immédiatement, afin de voir la grand-mère par-dessus les épaules des joueurs. De nombreuses lorgnettes se braquèrent dans sa direction. Les croupiers furent remplis d'espoir : une joueuse aussi excentrique promettait quelque chose de pas ordinaire. Une septuagénaire impotente qui voulait tenter sa chance au jeu était une aubaine. Je me frayai un chemin et m'installai à côté d'elle. Potapytch et Marthe demeurèrent mêlés à la foule. Le général, Pauline, Des Grieux et mademoiselle Blanche se tenaient aussi à l'écart, parmi les spectateurs.

D'abord, la grand-mère se mit à observer les joueurs. Elle me lançait à mi-voix des questions hachées : « Qui est-ce ? Et celle-là ? » Elle s'intéressa particulièrement à un très jeune homme, en bout de table, qui jouait gros et jetait des milliers de francs à chaque coup; on chuchotait qu'il avait déjà gagné près de quarante mille francs, amoncelés devant lui en pièces d'or et en billets. Il était pâle, ses yeux brillaient, ses mains tremblaient. Il en était à miser au hasard, par poignées. Et il continuait à gagner et à ramasser, à gagner et à ramasser. A ses côtés, les valets s'affairaient, lui avançaient un fauteuil, faisaient place nette autour de lui, pour qu'il fût plus à son aise, pour qu'on ne le pressât point, tout cela dans l'attente d'un gros pourboire. Certains joueurs en veine, dans la joie du gain, leur donnent de l'argent sans compter, aussi par poignées. Il y avait déjà auprès de lui un petit Polonais qui se démenait comme un beau diable et qui lui soufflait à l'oreille, avec respect mais sans cesse, des conseils pour la bonne marche du jeu, naturellement dans l'espoir d'une manne subséquente. Mais le jeune homme l'ignorait à peu près complètement; il misait au petit bonheur et ramassait toujours. Visiblement, il perdait la tête.

La grand-mère l'observa pendant quelques minutes. Tout à coup, elle me poussa du coude et me dit, très agitée :

« Dis-lui de cesser de jouer ! Qu'il ramasse son argent au plus vite et qu'il parte ! Il va perdre, il va tout perdre dans un instant ! »

Elle était haletante d'émotion.

« Où est Potapytch ? Qu'on lui envoie Potapytch ! Mais dis-lui donc toi-même, dis-le-lui ! »

Elle me poussait encore du coude.

« Mais où est donc Potapytch ? »

Elle se mit à crier au jeune homme : « Sortez ! Sortez[1] ! »

Je me penchai vers elle et lui dis à voix basse, mais résolument, qu'il était malséant de crier ainsi, qu'il n'était même pas permis de

1. En français dans le texte.

parler un peu haut, car cela empêchait de compter, et qu'on allait nous mettre à la porte.

« Quel dommage ! Il est perdu ! Enfin, il l'a voulu... je ne peux plus le regarder, cela me bouleverse. Nigaud, va ! »

Et la grand-mère détourna vite les yeux.

On pouvait voir sur la gauche, à l'autre bout de la table, une jeune femme avec un nain à ses côtés. Qui était ce nain ? Un parent, ou le prenait-elle simplement pour produire son petit effet ? Je n'en savais rien. J'avais déjà remarqué cette dame. Régulièrement, à une heure de l'après midi, elle s'installait à une table et jouait jusqu'à deux heures, très exactement; elle jouait une heure tous les jours. Elle était bien connue du casino, on lui avançait un fauteuil dès qu'elle apparaissait. Elle sortait quelques pièces d'or, des billets de mille francs et se mettait à jouer tranquillement, froidement, avec calcul; elle notait sur un bout de papier les chiffres sortants, à la recherche d'une combinaison qui découlerait des chances du moment. Elle risquait de fortes mises. Chaque jour, elle gagnait mille, deux mille, voire trois mille francs, sans jamais dépasser cette dernière somme. Cela fait, elle se retirait. La grand-mère l'observa longtemps.

« En voilà une qui ne perdra pas ! Oh ! non, celle-là ne perdra jamais ! Doù sort-elle ? Sais-tu qui elle est ?

— Une Française, d'un certain milieu, sans doute, lui dis-je à l'oreille.

— Oui, on reconnaît l'oiselle à son vol; elle doit avoir les serres coupantes ! Et maintenant, tu vas m'expliquer ce que signifie chaque tour de roulette et comment je dois miser ! »

Je lui décrivis de mon mieux les diverses combinaisons, rouge et noir, pair et impair, manque et passe; enfin, les différents systèmes de nombres. Elle m'écoutait attentivement, notait dans sa mémoire, posait maintes questions, apprenait sa leçon. Mes explications étaient immédiatement suivies d'un exemple visuel, ce qui permit à la grand-mère de retenir beaucoup de choses, très vite et avec aisance. Elle en fut enchantée.

« Et zéro, qu'est-ce que c'est ? Tu vois, ce croupier, le frisé, le principal, il vient de crier zéro ! Il a ratissé tout ce qu'il y avait sur le tapis. Tout ce tas, il se l'est approprié ! Qu'est-ce que ça veut dire ?

— Zéro, grand-mère, c'est le bénéfice de la banque. Quand la bille s'immobilise sur zéro, toutes les mises sans exception reviennent à la banque. Il est vrai qu'on donne encore un tour « de consolation », mais la banque ne paie tout de même point.

— Ça alors ! Et je ne reçois rien ?

— Non, grand-mère ! Mais, si vous aviez joué le zéro, vous auriez touché trente-cinq fois la mise.

— Comment, trente-cinq fois ! Sort-il souvent, ce zéro ? Pourquoi ces idiots ne le jouent-ils pas ?

— Parce qu'il y a trente-six chances contre, grand-mère.

— Allons donc ! Potapytch, Potapytch ! Attends un peu, je crois avoir de l'argent sur moi, voilà ! »

Elle prit dans sa poche un porte-monnaie bien bourré et en sortit un frédéric.

« Vas-y, mets-le sur zéro.

— Grand-mère, le zéro vient de gagner, il ne sortira pas de longtemps, vous allez beaucoup perdre. Atendez un peu.

— Tu radotes, mise donc !

— Bien, mais il ne sortira peut-être plus jusqu'au soir, vous aurez beau miser mille fois; ça s'est vu.

— Tu dis des bêtises ! Qui a peur du loup ne va pas au bois. Quoi ? Tu as perdu ? Recommence ! »

Le deuxième frédéric subit le sort du premier. Nous en plaçâmes un troisième. La grand-mère ne tenait plus en place. Les yeux fous, elle suivait la petite boule qui sautillait dans les alvéoles du plateau tournant. Nous perdîmes le troisième frédéric. La grand-mère était hors d'elle. Lorsque le croupier annonça trente-six au lieu du zéro escompté, elle donna même un coup de poing sur la table.

« Ah ! malheur ! sortira-t-il bientôt, ce sacré petit zéro ? Que je meure ! je ne partirai pas d'ici avant qu'il ne sorte ! C'est ce croupier frisé de malheur qui ne le fait jamais sortir ! Alexeï Ivanovitch, mets deux frédérics du coup.

Tu ne risques pas assez, voyons ! Même si le zéro sort, le jeu n'en vaut pas la chandelle.

— Grand-mère !

— Vas-y, mise, ce n'est pas ton argent ! »

Je plaçai les deux pièces d'or. La bille virevolta longtemps, puis elle sautilla sur les alvéoles. La grand-mère, immobile, concentrée, me serra fortement le bras et, tout à coup, clac !

« Zéro, annonça le croupier.

— Tu vois, tu vois ! » Et la grand-mère se tourna vers moi, radieuse. « Je te l'avais bien dit ! Le Seigneur lui-même a voulu que je mette deux pièces d'or ! Alors, combien est-ce que je gagne ? Pourquoi ne me donne-t-on rien ? Potapytch, Marthe, où sont-ils donc ? Et les nôtres ? Potapytch ! Potapytch !

— Grand-mère, une minute, dis-je doucement. Potapytch a dû rester près de la porte, on ne le laissera pas entrer ici. Regardez, grand-mère, on vous donne l'argent, prenez-le. »

On lui jeta un pesant rouleau de cinquante frédérics enveloppé dans du papier bleu et on lui en compta encore vingt. Je tirai cet or avec un râteau et le plaçai devant elle.

« Faites le jeu, Messieurs ! Faites le jeu, Messieurs ! Rien ne va plus[1] ! » Le croupier invitait les joueurs. Il se prépara à faire tourner la roue.

« Mon Dieu, il est trop tard ! La bille va être lancée ! Mise vite ! Place l'argent ! s'in-

1. En français dans le texte.

quiéta la grand-mère. Ne lambine pas, plus vite ! » Elle était hors d'elle et me poussait de toutes ses forces.

« Sur quoi, grand-mère ?

— Sur zéro ! Sur zéro ! Toujours sur zéro ! Mets-y le maximum ! Combien avons-nous ? Soixante-dix frédérics ? Pas de quartier ! Place vingt frédérics à chaque coup !

— Vous n'y pensez pas, grand-mère ! Il arrive que le zéro ne sorte qu'après deux cents coups ! Je vous en supplie ! Vous allez perdre tout votre capital.

— Tais-toi donc et place ! Tu me rebats les oreilles ! Je sais ce que je fais ! » Elle se mit à trembler d'excitation.

« Le règlement ne permet pas de mettre plus de douze frédérics sur zéro à la fois, grand-mère. Voilà, ils sont en place !

— Comment ça, on ne permet pas ? Tu me racontes des histoires ! Moussié ! Moussié ! » Et elle poussa le croupier qui se trouvait à sa gauche et qui s'apprêtait à faire tourner la roulette. « Combien zéro ? douze ? douze[1] ? »

Je m'empressai de traduire la question.

« Oui, Madame, confirma-t-il poliment, de même qu'une mise individuelle ne doit pas dépasser quatre mille florins. C'est le règlement, ajouta-t-il pour plus de clarté.

— Il n'y a rien à faire. Mets-en douze !

— Le jeu est fait[1] ! » cria le croupier. La

1. En français dans le texte.

roue tourna, le treize sortit. Nous avions perdu. « Encore ! encore ! encore ! Continue ! » criait la grand-mère.

Je n'objectai plus et plaçai encore douze frédérics en haussant les épaules. La roulette tourna longtemps. La grand-mère en tremblait, fascinée. « S'imagine-t-elle vraiment pouvoir gagner sur le zéro encore une fois ? » me demandai-je en l'observant avec étonnement. Son visage rayonnait de conviction, elle s'attendait indubitablement à ce qu'on criât : zéro !

La bille sauta dans une case.

« Zéro ! cria le croupier.

— Hein ! ! ! » s'exclama la grand-mère avec la frénésie du triomphe.

A ce moment précis, je compris que j'étais un joueur. Mes mains, mes pieds tremblaient, ma tête bourdonnait. Que le zéro sortît trois fois en quelque dix coups était évidemment un fait rare, mais cela n'avait rien d'extraordinaire. J'avais vu avant-hier le zéro sortir trois fois *de suite*. Un joueur, qui notait consciencieusement chaque coup, déclara à haute voix que la veille même le zéro n'était sorti qu'une seule fois de toute la journée.

La grand-mère avait réalisé le plus gros gain de la table. Elle fut l'objet d'un respect particulier quand on lui remit son dû. Elle touchait exactement quatre cent vingt frédérics, c'est-à dire quatre mille florins et vingt frédérics; ceux-ci en or, ceux-là en billets. Elle n'appela pas Potapytch cette fois-ci, elle avait autre chose en tête. Elle ne me poussait plus, elle ne tremblait plus extérieurement. Elle avait, pour ainsi dire, un frémissement intérieur. Tout son être était tendu vers un but.

« Alexeï Ivanovitch ! Il a bien dit qu'on ne pouvait mettre que quatre mille florins d'un coup ? Tiens, prends ça, mets les quatre mille sur le rouge. »

Il était inutile de discuter. La roue fut lancée.

« Rouge ! » annonça le croupier.

Elle avait encore gagné quatre mille florins : donc, huit mille en tout.

« Donne-moi ces quatre mille et remets les autres sur le rouge », commanda la grand-mère.

Je m'exécutai.

« Rouge ! annonça le croupier.

— Douze mille au total ! Passe-les par ici ! Verse les pièces dans le porte-monnaie et mets les billets de côté ! C'en est assez maintenant, tirez mon fauteuil ! »

CHAPITRE XI

On roula la grand-mère vers la porte, à l'autre bout de la salle. Elle était aux anges. Les nôtres s'empressèrent aussitôt autour d'elle pour la féliciter. Malgré l'excentricité de sa conduite, son triomphe arrangeait beaucoup de choses; le général ne craignait plus de se compromettre publiquement par ses relations de famille avec une femme aussi extravagante. Il la congratula en souriant d'un air indulgent, avec une familiarité joviale, comme on divertit un enfant. Il n'en était pas moins frappé, de même que le public. On parlait de la grand-mère, on se la montrait. D'aucuns passaient juste devant elle pour mieux la voir. Mr. Astley et deux Anglais, qu'il connaissait, s'entretenaient d'elle à l'écart. Plusieurs dames majestueuses la dévisageaient avec un étonnement hautain, tel un phénomène. Des Grieux était tout sourire et débitait des compliments.

« Quelle victoire[1] ! disait-il.

— Mais, Madame, c'était du feu[1], renchérit mademoiselle Blanche avec un sourire engageant.

1. En français dans le texte.

— Eh bien, voilà ! J'ai gagné douze mille florins. Que dis-je, douze mille ? Et l'or ? Cela doit faire dans les treize mille. Combien cela représente-t-il en notre monnaie ? Environ six mille roubles, n'est-ce pas ? »

Je lui fis remarquer que cela dépassait sept et qu'au cours actuel du rouble la somme n'était pas loin des huit mille.

« Huit mille, fichtre ! Et vous restez là, les bras croisés, tas de mauviettes ! Potapytch, Marthe, avez-vous vu ?

— Notre bonne mère, *matouchka*, comment avez-vous fait ? Huit mille roubles ! s'exclama Marthe en se tortillant.

— Voilà cinq pièces d'or pour chacun de vous, prenez-les ! »

Potapytch et Marthe se précipitèrent pour lui baiser les mains.

« Que les porteurs aient chacun un frédéric. Donne-leur, Alexeï Ivanovitch ! Qu'est-ce que ce valet qui salue, et l'autre là ? Ils me félicitent ? Donne-leur aussi un frédéric à chacun.

— Madame la princesse... un pauvre expatrié... malheur continuel... les princes russes sont si généreux...[1]. » Un personnage en redingote élimée, gilet voyant, portant longue moustache, la casquette au bout de son bras écarté, se dandinait à côté du fauteuil, un sourire obséquieux aux lèvres.

« Donne-lui un frédéric, à lui aussi. Non,

1. En français dans le texte.

deux ! Et maintenant, assez, on n'en finirait plus ! En avant, poussez-moi ! Prascovie, demain je te donnerai de quoi faire une robe, et à celle-là aussi, mademoiselle... comment donc, déjà... mademoiselle Blanche, non ? Traduis-lui, Prascovie !

— Merci, Madame », dit mademoiselle Blanche, avec une révérence suave, la bouche tordue par un sourire ironique qu'elle échangea avec Des Grieux et le général. Celui-ci n'était pas très à l'aise et il fut extrêmement soulagé quand nous eûmes atteint l'allée.

« Et Fédossia, Fédossia, en voilà une qui va être surprise ! Il faudra lui donner de l'argent pour une robe à elle aussi, se souvint-elle de la *niania*, la bonne des enfants du général. Hé, Alexeï Ivanovitch, donne à ce mendiant ! »

Un loqueteux passait, le dos en équerre, les yeux fixés sur nous.

« Ce n'est peut-être pas du tout un pauvre, grand-mère, mais un chenapan quelconque.

— Donne toujours, va ! Donne-lui un florin ! »

Je m'exécutai. Le loqueteux me regarda avec une expression de complet ahurissement. Il sentait le vin.

« Toi-même, Alexeï Ivanovitch, as-tu déjà tenté la chance ?

— Non, grand-mère.

— Tes yeux lançaient des flammes, je l'ai remarqué.

— Je tenterai ma chance sans faute, grand-mère. Plus tard.

— Mise directement sur zéro ! Et tu verras ! Quel est ton capital ?

— Je n'ai que vingt frédérics, grand-mère.

— C'est peu. Si tu veux, je te prêterai cinquante frédérics. Prends ce rouleau. Mais toi, mon ami, tu n'as quand même pas besoin d'attendre, tu n'auras rien », dit-elle en se tournant brusquement vers le général.

Celui-ci eut une crispation, mais se contint. Des Grieux s'assombrit.

« Que diable, c'est une terrible vieille[1] ! dit-il au général entre ses dents.

— Un mendiant, un mendiant, en voilà encore un ! cria la grand-mère; Alexeï Ivanovitch, donne-lui un florin. »

Cette fois, c'était un vieillard à cheveux gris, avec une jambe de bois, vêtu d'une espèce de longue redingote bleue, une grande canne à la main. Il avait l'allure d'un vieux militaire. Lorsque je lui tendis le florin, il recula d'un pas et me toisa d'un air menaçant.

« *Was ist's, der Teufel*[2] ! proféra-t-il, en y ajoutant une bonne douzaine d'injures.

— Eh bien, c'est un imbécile ! s'écria la grand-mère, tant pis pour lui ! En avant, poussez-moi ! J'ai faim ! Je vais maintenant déjeuner, faire une petite sieste et puis je retournerai là-bas.

— Vous voulez recommencer à jouer, grand-mère ? m'exclamai-je.

— Et comment donc ! Ce n'est pas parce

1. En français dans le texte.
2. En allemand dans le texte.

que vous restez là, à macérer dans votre jus, que je m'en vais vous contempler !

— Mais, Madame, dit Des Grieux en s'approchant, les chances peuvent tourner, une seule mauvaise chance et vous perdrez tout... surtout avec votre jeu... c'était terrible[1] !

— Vous perdrez absolument[1], gazouilla mademoiselle Blanche.

— Qu'est-ce que ça peut bien vous faire, à tous ? C'est mon argent que je perdrai, pas le vôtre ! Et ce Mr. Astley, où est-il ? me demanda-t-elle.

— Il est resté au casino, grand-mère.

— Dommage, celui-là est un homme bien. »

Rentrée à l'hôtel, la grand-mère croisa l'*Oberkellner* dans l'escalier, lui fit signe de s'approcher et se vanta de son gain; ensuite, elle fit appeler Fédossia, la gratifia de trois frédérics et commanda son repas. Pendant qu'elle se restaurait, Fédossia et Marthe ne tarissaient pas d'éloges.

« J'étais là à vous regarder, *matouchka*, jacassait Marthe, et je dis à Potapytch « Que va-« t-elle donc faire, notre maîtresse ? » Et que d'argent sur la table, grands dieux, que d'argent ! De toute ma vie, je n'ai vu autant d'argent ! Et tout autour, rien que des gens bien. « D'où est-ce qu'ils viennent, que je dis « à Potapytch, tous ces messieurs ? » Et je prie pour que la Sainte Vierge elle-même vous protège. Je prie pour vous, et mon cœur bat à

1. En français dans le texte.

tout rompre, je suis toute tremblante. « Donne-
« lui, Seigneur, de gagner », que je pense. Et il
l'a fait. J'en tremble encore, notre bonne mère,
j'en tremble encore.

— Alexeï Ivanovitch, après déjeuner, vers les
quatre heures, prépare-toi, nous repartons. Pour
l'instant, je te dis au revoir. Et n'oublie pas de
me trouver un docteur quelconque, je dois
aussi prendre les eaux; on pourrait l'oublier. »

Je la quittai, la tête me tournait. J'essayais
de me représenter ce qu'il allait advenir des
nôtres et la tournure que prendraient les événements. Visiblement, ils n'avaient pas encore
pu reprendre leurs esprits (surtout le général),
ils ne s'étaient pas encore remis du premier
choc. L'apparition de la grand-mère en chair et
en os, au lieu du télégramme tant attendu qui
aurait annoncé sa mort (et donc l'héritage),
avait à tel point bouleversé leurs plans et leurs
décisions que ses exploits ultérieurs à la roulette les plongeaient tous dans une profonde
perplexité et une sorte de paralysie. Néanmoins,
ce deuxième fait était peut-être plus important
que le premier : la grand-mère avait beau eu
dire par deux fois qu'elle ne donnerait rien
au général, mais, qui sait ? il ne fallait pas
encore perdre tout espoir. Des Grieux ne le
perdait pas, impliqué comme il l'était dans toutes les affaires du général. J'étais sûr que mademoiselle Blanche, non moins intéressée (comment donc ! Madame la générale, et le magot),
ne désespérait pas et qu'elle déploierait toutes

ses séductions de coquette auprès de la grand-mère, contrairement à Pauline la fière, qui manquait de souplesse et qui ne connaissait pas le sens du mot cajoler. Or, maintenant que la grand-mère avait accompli de telles prouesses au jeu, maintenant que sa personnalité s'était si nettement, si typiquement manifestée (rétive, autoritaire et « tombée en enfance »), maintenant tout allait à la ruine. N'éprouvait-elle pas une joie d'enfant à se précipiter la tête la première dans cette histoire de roulette; et, comme il se doit, n'allait-elle pas perdre jusqu'au dernier sou ? « Mon Dieu ! pensais-je (et que le Seigneur me pardonne, avec un rire tout à fait sardonique), combien chaque frédéric misé tout à l'heure par la grand-mère devait retourner le fer dans la plaie du général, faire enrager Des Grieux et rendre hystérique mademoiselle de Comminges à qui la cuillère passait sous le nez. » Bien plus encore : même après avoir gagné au jeu, lorsque la grand-mère, dans sa joie, avait distribué son argent à droite et à gauche en prenant chaque passant pour un mendiant, même alors elle avait lancé au général : « Mais toi, je ne te donnerai tout de même rien ! » Autrement dit, c'était une idée fixe, elle s'y obstinait, elle se l'était juré. Dangereux ! très dangereux !

Toutes ces idées me passaient par la tête alors que je montais l'escalier pour atteindre le dernier étage où se trouvait ma petite chambre. J'étais très préoccupé. Dès avant, je pouvais certes deviner quels étaient les plus gros fils qui reliaient les acteurs sous mes yeux; et pourtant je ne connaissais pas exactement tous les procédés et les arcanes de ce jeu. Pauline ne m'avait jamais témoigné une entière confiance. Il lui arrivait bien de me faire des confidences, comme à contrecœur; mais j'avais remarqué qu'après m'avoir fait ces confidences, souvent et même presque toujours, elle les tournait en ridicule ou elle les embrouillait et leur donnait exprès un sens contradictoire. Oui, elle me cachait beaucoup de choses ! De toute façon, je pressentais que le dénouement de cette situation mystérieuse et tendue approchait. Un coup encore, et *finita la commedia,* tout apparaîtrait au grand jour. Je ne m'inquiétais à peu près pas de mon propre sort, et pourtant cette histoire me concernait aussi.

Je me trouve dans un état d'esprit étrange : je possède en tout et pour tout vingt frédérics, je suis loin de mon pays, sans travail, sans moyens d'existence, sans espoir, sans projets — et je ne m'en soucie pas. N'était la pensée de Pauline, je me serais uniquement concentré sur l'intérêt comique du dénouement imminent et j'aurais ri à gorge déployée. Mais Pauline me trouble, son sort se joue, je le sais, mais, je le confesse, ce n'est pas son sort qui m'angoisse. Je désire pénétrer ses secrets, j'ai envie qu'elle vienne vers moi et qu'elle me dise : « Mais je t'aime... » Et si elle ne le fait pas, si c'est de la démence, alors... quoi, quoi souhaiter ? Est-ce que je sais ce que je désire ? Je suis dans l'égarement, je ne veux qu'une chose : être près d'elle, vivre dans son auréole, dans son rayonnement, à jamais, éternellement, toute ma vie. Mes pensées s'arrêtent là. Est-ce que je peux la quitter ?

Au deuxième étage, en passant dans leur couloir, je ressentis un choc. Je me retournai : à une vingtaine de pas, je vis Pauline qui ouvrait une porte. Elle paraissait m'attendre, me guetter. Elle me fit aussitôt signe de la rejoindre.

« Pauline Alexandrovna...

— Plus bas ! dit-elle.

— Figurez-vous, murmurai-je, je viens de ressentir un choc comme si on m'avait poussé; je me retourne, c'est vous ! On dirait que vous dégagez une sorte de courant électrique !

— Prenez cette lettre ! dit Pauline, soucieuse, renfrognée; elle n'avait sans doute pas entendu ce que je venais de dire. Remettez-la personnellement à Mr. Astley, mais tout de suite ! Je vous prie, faites vite, n'attendez pas la réponse. Lui-même... » Elle n'acheva pas.

« A Mr. Astley ? » demandai-je, surpris.

Mais Pauline avait déjà refermé sa porte.

« Ah, ils s'écrivent donc ! » Bien entendu, je courus chercher Mr. Astley. Il n'était pas à son hôtel, il n'était pas au casino où je fis toutes les salles. Je revenais vers l'hôtel, bredouille, presque désespéré, lorsque, tout à fait par hasard, je l'aperçus : il était à cheval parmi d'autres cavaliers anglais des deux sexes. Je lui fis signe, il s'arrêta, et je lui remis la lettre. Nous n'eûmes pas le temps d'échanger un regard. Je le soupçonne d'avoir éperonné son cheval exprès.

Etais-je torturé par la jalousie ? J'étais certainement très abattu. Je ne voulais même pas connaître le sujet de leur correspondance. Ainsi, il était son confident ! Un ami, oui, c'est clair. (Et depuis quand l'était-il devenu ?) Mais y a-t-il amour ? Certes non, me soufflait la raison. Seulement, la raison seule ne suffit pas dans des circonstances pareilles. De toute façon, cela aussi devait être tiré au clair. L'affaire se compliquait, et désagréablement.

Dès mon entrée à l'hôtel, le concierge et l'*Oberkellner*, qui était sorti précipitamment de son bureau, m'annoncèrent qu'on me réclamait, qu'on me cherchait, que trois fois déjà on avait fait demander où j'étais; bref, que je devais me rendre sans tarder chez le général. J'étais de très mauvaise humeur. Dans le cabinet, il y avait, outre le général, Des Grieux et mademoiselle Blanche, sans sa mère, cette fois. Décidément, cette dernière n'était qu'une figurante qui ne servait que pour la galerie; quand il s'agissait d'une affaire sérieuse, mademoiselle Blanche manœuvrait seule. Il est même probable que cette « mère » ne connaissait rien des affaires de sa soi-disant fille. Le trio discutait ferme. La porte du cabinet était même fermée à clef, fait sans précédent. En m'approchant, je perçus des éclats de voix : Des Grieux, impertinent et venimeux; Blanche, insolente et furieuse; et la voix plaintive du général qui essayait apparemment de se justifier. A mon entrée, ils mirent un frein à leur débordement et se ressaisirent. Des Grieux se passa la main dans les cheveux pour y mettre de l'ordre; son visage, qui exprimait une violente colère, devint tout souriant. Je vis ce vilain, ce faux sourire de politesse officielle, ce sourire français que je déteste. Effondré, éperdu, le général se redressa, mais pour ainsi dire machinalement. Seule, mademoiselle Blanche ne changea à peu près pas son expression de colère fulminante, mais elle se tut en dardant sur moi un regard d'attente impatiente. Jusqu'ici, je l'avais noté, elle me traitait avec une négligence incroyable, elle ne répondait même pas à mes saluts, comme si je n'existais pas.

« Alexis Ivanovitch, commença le général, sur le ton d'un affectueux sermon, permettez-moi de vous déclarer que c'est étrange au plus haut point... bref, vos faits et gestes en ce qui me concerne, moi et ma famille... en un mot, c'est si étrange...

— Eh, ce n'est pas ça[1] ! interrompit Des Grieux avec une irritation méprisante. (Décidément, c'était lui qui menait la barque.) Mon cher Monsieur, notre cher général se trompe[1] quand il vous parle sur ce ton, il voulait simplement vous dire... c'est-à-dire vous prévenir, mieux, vous prier instamment de ne pas être la cause de sa perte, — oui, de sa perte ! Je me sers justement de cette expression...

1. En français dans le texte.

— Mais de quelle façon, comment ?

— Permettez ! Vous vous chargez de, comment dirais-je... de piloter cette vieille femme, cette pauvre et terrible vieille, s'embrouillait Des Grieux, mais elle va perdre, perdre tout, jusqu'au dernier sou ! Vous avez vu vous-même comment elle joue ! Si elle commence à perdre, aucune force de la nature ne pourra plus l'éloigner des tables de jeu, elle s'obstinera par méchanceté et jouera sans s'arrêter; quand on en arrive là, on ne rattrape jamais ses pertes, et alors... alors...

— Et alors, intervint le général, c'est vous qui aurez été la cause de la perte de toute la famille ! Moi, et ma famille, nous sommes ses héritiers, elle n'a pas de plus proches parents. Je vous avouerai franchement que mes affaires ne marchent pas du tout, mais du tout. Vous êtes un peu au courant de tout cela... Si elle perdait une forte somme ou même, qui sait, toute sa fortune, oh, mon Dieu ! qu'adviendrait-il alors de mes enfants (le général regarda Des Grieux), de moi-même ! (Il regarda mademoiselle Blanche qui s'était détournée de lui avec mépris.) Alexis Ivanovitch, sauvez-nous... sauvez-nous !

— Mais comment, dites-moi, mon général, de quelle façon... Je n'y suis pour rien !

— Refusez, refusez ! Lâchez-la !

— Il s'en trouvera toujours un autre ! m'écriai-je.

— Ce n'est pas ça, ce n'est pas ça ! interrompit Des Grieux, que diable ! Non, ne la lâchez pas, mais au moins faites appel à sa conscience, persuadez-la, dissuadez-la... En un mot, ne la laissez pas perdre trop gros, détournez son attention d'une façon ou d'une autre.

— Mais comment y parviendrais-je ? Si vous, vous vous en chargiez vous-même, monsieur Des Grieux », ajoutai-je le plus naïvement possible.

Je remarquai alors un coup d'œil ardent et interrogateur de mademoiselle Blanche à Des Grieux. Le visage de ce dernier exprima une seconde quelque chose de particulier, qu'il ne put dissimuler.

« Tout est là ! Elle ne voudra pas de moi, maintenant ! s'écria-t-il en faisant un signe négatif de la main. Si seulement !... Plus tard... »

Il lança à mademoiselle Blanche un regard entendu.

« Oh ! mon cher Monsieur Alexis, soyez si bon[1] ! » Et mademoiselle Blanche elle-même vint vers moi avec un sourire séducteur, me saisit les mains et les serra avec force dans les siennes. Le diable m'emporte ! Ce visage infernal savait se métamorphoser en un instant : il était devenu tellement suppliant, charmant, avec un sourire d'enfant, même espiègle. A la fin de sa phrase, elle m'envoya un clin d'œil coquin, à l'insu des autres. Voulait-elle m'entortiller du coup ? C'était assez réussi, d'ailleurs, mais un peu gros, trop même.

1. En français dans le texte.

Le général bondit littéralement derrière elle.

« Alexis Ivanovitch, excusez-moi de m'être mal exprimé tout à l'heure, ce n'était pas ce que j'avais voulu dire... Je vous prie instamment, je vous supplie, je m'incline bien bas devant vous, à la russe, car vous seul, oui, vous seul, pouvez nous sauver ! Moi-même et mademoiselle de Cominges, nous vous supplions... Vous comprenez, vous comprenez, n'est-ce pas ? » implorait-il en me montrant du regard mademoiselle Blanche. Il faisait pitié.

A cet instant, trois coups très discrets furent frappés à la porte; on ouvrit : c'était le garçon d'étage et, à quelques pas de lui, se tenait Potapytch : les messagers de la grand-mère. Ils avaient ordre de me trouver et de m'amener séance tenante. « Elle est très impatiente », me dit Potapytch.

« Mais il n'est que trois heures et demie !

— Madame n'a pas pu dormir, elle se tournait et se retournait dans son lit, puis, soudain, elle s'est levée, elle a réclamé son fauteuil et qu'on vous mande. Elle est déjà sur le perron...

— Quelle mégère ! » s'écria Des Grieux.

Je trouvai en effet la grand-mère sur le perron, exaspérée de mon absence. Elle n'avait pu tenir jusqu'à quatre heures.

« Allez, en avant ! » s'écria-t-elle. Et nous reprîmes le chemin du *Kursaal*.

CHAPITRE XII

LA grand-mère était d'humeur impatiente et irritée. Visiblement, elle n'avait que le jeu en tête. Elle était indifférente à tout le reste et fort distraite. Pendant le trajet, par exemple, elle ne me harcela pas de questions, contrairement à ce qu'elle avait fait le matin. Apercevant une calèche somptueuse qui nous dépassa à toute allure, elle leva la main et demanda : « Qui est-ce ? » et elle ne parut pas entendre ma réponse. Elle était plongée dans ses pensées, mais des gestes d'impatience et des secousses de tout son corps interrompaient constamment sa méditation. Lorsqu'en approchant du *Kursaal* je lui montrai de loin le baron et la baronne Wurmershelm, elle regarda machinalement dans leur direction, fit un « Ah ! » d'indifférence et, se retournant vivement vers Potapytch et Marthe qui suivaient, elle leur lança sèchement :

« Qu'avez-vous donc à me suivre partout ? Je ne veux pas vous avoir chaque fois à mes trousses ! Rentrez à l'hôtel ! Tu me suffis », ajouta-t-elle, lorsqu'ils se furent retirés après l'avoir précipitamment saluée.

La grand-mère était déjà attendue au casino. On l'installa immédiatement à la même place, à côté du croupier. Je crois que ces croupiers, toujours si dignes, qui font figure de simples fonctionnaires, à peu près indifférents au sort de la banque, sont au contraire loin de l'être lorsqu'elle perd; ils sont naturellement nantis d'un certain nombre d'instructions pour attirer les joueurs, dans l'intérêt supérieur des finances de la maison; ce pourquoi ils touchent indubitablement primes et gratifications. En tout cas, on considérait déjà la grand-mère comme une victime désignée. Ensuite, tout se passa selon les prévisions de notre trio.

Voici comment.

La grand-mère se jeta sur le zéro en m'intimant l'ordre de miser douze frédérics à chaque coup. Nous jouâmes ainsi trois fois. Le zéro ne voulut pas sortir.

« Vas-y ! Continue ! » répétait-elle en me bousculant dans son impatience. J'obéissais.

« Combien de fois avons-nous misé ? demanda-t-elle enfin en grinçant des dents.

— Déjà douze fois, grand-mère. Nous avons perdu cent quarante-quatre frédérics. Je vous l'ai déjà dit, il se pourrait que jusqu'à ce soir...

— Tais-toi ! interrompit-elle. Mise sur zéro et mets en même temps mille florins sur rouge. Tiens, voilà le billet. »

Le rouge sortit, mais le zéro rata; on nous rendit mille florins.

« Tu vois, tu vois ! balbutiait la grand-mère,

nous avons presque récupéré le montant des pertes. Continue à miser sur zéro; nous l'essaierons dix fois et puis nous cesserons. » Après le cinquième coup, la grand-mère en eut assez.

« Envoie-le donc au diable, ce zéro de malheur ! Tiens, mise ces quatre mille florins sur rouge.

— Grand-mère, c'est trop ! Et si le rouge ne sort pas... », suppliai-je. Mais elle faillit me battre. (D'ailleurs, sa façon de me pousser équivalait à des coups.) Rien à faire, je dus miser les quatre mille florins gagnés le matin sur rouge. La roue tourna. La grand-mère semblait calme et se tenait toute droite dans sa fierté, dans sa certitude de gagner.

« Zéro », annonça le croupier.

La grand-mère ne comprit pas tout d'abord, mais lorsqu'elle vit que le croupier ramassait non seulement ses quatre mille florins, mais aussi tout l'argent qui se trouvait sur le tapis, lorsqu'elle comprit que le zéro qui n'était pas sorti depuis si longtemps et qui nous avait coûté presque deux cents frédérics venait de gagne comme exprès, à peine l'avait-elle injurié abandonné, elle poussa une exclamation qu entendit dans toute la salle et frappa ses m l'une contre l'autre. Autour de nous, on

« Grands dieux ! gémissait-elle. Et maintenant qu'il sort, ce damné zéro soit maudit ! Et c'est de ta faute, ou faute, m'attaqua-t-elle férocement en culant. C'est toi qui me l'as décons

— Grand-mère, je voulais vous faire entendre raison, je ne puis quand même pas répondre de toutes les chances.

— Ose encore me parler de chances ! siffla-t-elle, menaçante. Va-t'en, je ne veux plus te voir.

— Adieu, grand-mère ! dis-je, prêt à partir.

— Alexeï Ivanovitch, Alexeï Ivanovitch, reste ! Où vas-tu ? C'est bon, c'est bon ! Le voilà qui se fâche ! Imbécile ! Allons, reste encore un peu. Ne te fâche pas; moi-même, je ne suis qu'une imbécile ! Alors, dis-moi ce qu'il faut faire maintenant.

— Grand-mère, je refuse absolument de vous donner des conseils, car vous allez vous en prendre à moi. Jouez seule et je placerai les mises suivant vos ordres.

— Bon, bon ! Alors mets encore quatre mille florins sur rouge ! Voilà mon portefeuille, prends-le. » Elle le sortit de sa poche et me le tendit. « Prends-le et plus vite que ça. Il y a là vingt mille roubles en billets.

— Grand-mère, balbutiai-je, de si grosses sommes...

— Que je meure, si je ne me refais pas ! Mise ! »

Nous misâmes, nous perdîmes.

« Continue, mise toujours, mets les huit mille !

— Mais le règlement l'interdit, on ne peut miser que quatre au maximum !

— Alors mets-en quatre ! »

Cette fois, nous gagnâmes. La grand-mère

reprit courage. « Tu vois, tu vois ! me bouscula-t-elle, mets-en quatre encore. »

Nous misâmes, nous perdîmes; puis, deux fois encore, nous perdîmes. Je lui annonçai que les douze mille avaient été nettoyés.

« Je vois bien que tout est nettoyé, dit-elle avec le calme de la fureur, pour ainsi dire. Je le vois bien, je le vois bien ! balbutiait-elle en regardant fixement devant elle et en réfléchissant. Tant pis, que la mort me saisisse, mais mise encore quatre mille florins !

— Mais, grand-mère, il n'y a plus d'argent liquide; le portefeuille ne contient plus que des obligations à 5 p. 100 et quelques chèques, mais plus d'argent.

— Et dans le porte-monnaie ?

— Un peu de menue monnaie, grand-mère.

— Y a-t-il par ici des bureaux de change ? On m'avait bien dit qu'on pouvait changer toutes nos valeurs ? demanda-t-elle, tout à fait décidée.

— Oh ! il y en a tant que vous voulez ! Mais ce que vous allez perdre au change... même un usurier juif en serait horrifié !

— Tu dis des bêtises ! Je me rattraperai ! Allons-y ! Appelle donc ces imbéciles ! »

J'écartai son fauteuil de la table, les porteurs se présentèrent et nous sortîmes du *Kursaal*.

« Plus vite, plus vite que ça ! s'impatientait la grand-mère. Montre le chemin, Alexeï Ivanovitch, allons au plus proche... C'est encore loin ?

— C'est à deux pas, grand-mère. »

Mais au tournant du square, dans l'allée, nous vîmes toute la compagnie : le général, Des Grieux, mademoiselle Blanche et sa mère; ils venaient à notre rencontre. Ni Pauline ni Mr. Astley n'étaient là.

« Allons, allons, allons ! Qu'on ne s'arrête pas, surtout ! cria la grand-mère. Que vous faut-il encore ? Je n'ai pas de temps à perdre avec vous ! »

Je marchais derrière le fauteuil, Des Grieux courut vers moi.

« Elle a perdu tout ce qu'elle avait gagné ce matin et les douze mille florins qu'elle avait avec elle, lui dis-je dans un souffle. Nous allons de ce pas changer des obligations à 5 p. 100. »

Des Grieux tapa du pied et s'élança pour annoncer la nouvelle au général. Le fauteuil de la grand-mère continuait à rouler.

« Arrêtez, arrêtez-la ! me chuchota le général, en transe.

— Essayez donc ! chuchotai-je à mon tour.

— Ma tante, dit-il en s'approchant d'elle, ma tante, nous allions... (sa voix tremblait et se cassait), nous allons louer des chevaux pour faire une excursion... Une vue saisissante... la pointe... Nous venions vous inviter...

— Laisse-moi tranquille avec ta pointe ! maugréa la grand-mère en gesticulant.

— Il y a là-bas un village... nous y prendrons le thé, persistait le général avec l'accent du désespoir.

— Nous boirons du lait sur l'herbe fraîche[1] », renchérit Des Grieux avec férocité. *Du lait, de l'herbe fraîche,* tout l'idéal idyllique d'un bourgeois de Paris. C'est là, comme on sait, toute sa conception de « la nature » et de « la vérité »[1].

« Va donc, avec ton lait ! Soûle-toi avec ! Moi, il me fait mal aux tripes. Mais pourquoi vous collez-vous à moi ? cria-t-elle. Je vous l'ai dit, je n'ai pas le temps !

— Nous y voilà, grand-mère, annonçai-je, c'est là ! »

Nous étions arrivés devant une banque. J'allai au change; la grand-mère resta à l'entrée. Des Grieux, le général et Blanche se tenaient à l'écart, ne sachant trop que faire. La grand-mère les foudroya du regard et ils s'en allèrent vers le casino.

On me proposa un taux tellement exorbitant que je ne pus me décider et je revins demander des instructions.

« Ah, les bandits ! s'exclama la grand-mère en se frappant les mains. Enfin, il n'y a rien à faire ! Change-les ! me dit-elle résolument. Attends, appelle-moi le banquier !

— Un des employés, peut-être, grand-mère ?

— Bon, un employé, ça m'est égal ! Ah, les bandits ! »

Le commis daigna sortir, lorsqu'il eut appris que la personne qui voulait le voir était une vieille comtesse invalide. La grand-mère se mit

1. En français dans le texte.

à l'accuser d'escroquerie, longuement et vertement, à très haute voix, et à marchander dans un mélange de russe, de français et d'allemand, tandis que j'aidais à la traduction. L'employé, grave, nous considérait tous les deux et secouait la tête sans rien dire. Il dévisageait même la grand-mère avec une curiosité telle qu'elle en devenait incorrecte. Enfin il se mit à sourire.

« Eh bien, fiche-moi le camp ! cria la grand-mère, que mon argent t'étouffe ! Alexeï Ivanovitch, effectue cette opération avec lui, nous n'avons pas de temps à perdre, sans cela nous aurions cherché ailleurs...

— Ce commis affirme qu'ailleurs on donnerait encore moins. »

Je ne me souviens pas exactement du taux de change, mais il était ruineux. Je touchai douze mille florins en pièces d'or et en billets, je pris le compte et je remis le tout à la grand-mère.

« Allons, allons ! Inutile de compter ! dit-elle en gesticulant. Vite, vite maintenant ! »

« Jamais plus je ne miserai sur ce sacré zéro, sur rouge non plus », affirma-t-elle lorsque nous approchâmes du casino.

Cette fois-ci, je m'employai à lui suggérer de risquer le moins possible, en l'assurant que nous aurions toujours l'occasion de jouer gros selon l'allure des chances. Hélas ! elle brûlait d'impatience; au début, elle était d'accord avec mon plan, mais, une fois qu'elle eut recommencé à jouer, impossible de la retenir !

Dès l'instant où elle avait gagné dix ou

vingt frédérics, elle me disait : « Tu vois, tu vois, nous avons gagné, mais, si au lieu de dix florins, nous en avions placé quatre mille, nous aurions reçu quatre mille florins, tandis que maintenant... Et c'est tout de ta faute, oui, de ta faute ! »

Malgré le dépit que je ressentais en la regardant jouer, je résolus finalement de me taire et de ne lui donner aucun conseil. Tout à coup apparut Des Grieux. Ils étaient là tous les trois. Je notai que mademoiselle Blanche se tenait à l'écart avec maman et minaudait avec le principicule. Le général, visiblement, n'était plus en faveur, il se trouvait presque en disgrâce; Blanche l'ignorait complètement, bien qu'il se démenât auprès d'elle. Le pauvre homme ! Il pâlissait, rougissait, palpitait au point de ne plus suivre le jeu de la grand-mère. Blanche et le petit prince sortirent enfin; le général s'élança à leur suite.

« Madame, madame, murmurait Des Grieux d'une voix mielleuse. (Il s'était frayé un chemin jusqu'à l'oreille de la grand-mère.) Madame, cette mise ne va pas, non... non, pas possible, disait-il en écorchant le russe... non !

— Comment alors ? Eh bien, montre-moi », lui dit la grand-mère.

Des Grieux se mit brusquement à parler français avec volubilité, à donner des conseils; il s'agitait, disait qu'il fallait attendre la chance, se prit à combiner des chiffres... La grand-mère n'y comprenait rien. Il se tournait sans cesse vers moi pour me faire traduire, il pointait du doigt vers le tapis, montrait quelque chose; enfin, il saisit un crayon et commença à faire des calculs sur un papier. La grand-mère perdit patience.

« Allons, va-t'en, va-t'en ! Cela ne tient pas debout, tout ce que tu racontes ! Tu ânonnes : « Madame, madame », mais tu n'y comprends rien; va-t'en !

— Mais, madame » susurra Des Grieux qui se relança dans ses démonstrations. Il était dans tous ses états.

« Bon ! mise une fois à son idée, m'ordonna la grand-mère, on verra bien, ça réussira peut-être. »

Des Grieux n'avait qu'une idée en tête; éviter que la grand-mère risquât gros. Il proposait de miser sur les numéros, séparément et par groupes. Sur ses indications, je plaçai un frédéric sur chacun des impairs de la première douzaine et cinq frédérics sur les groupes douze à dix-huit, dix-huit à vingt-quatre. En tout, seize frédérics.

La roue tourna.

« Zéro », ânonna le croupier.

Tout fut ramassé par la banque.

« Tu n'es qu'un crétin ! cria la grand-mère à Des Grieux, tu n'es qu'un vilain petit Français de rien du tout ! Avec ça, il se permet de donner des conseils, le monstre ! Va-t'en, va-t'en ! Il n'y entend goutte, et s'en mêle quand même ! »

Des Grieux, piqué au vif, haussa les épaules, lança un regard méprisant à la grand-mère et s'éloigna. Au fond, il avait honte de s'être laissé entraîner, mais cela avait été plus fort que lui.

Une heure plus tard, malgré tous nos efforts, il ne nous restait rien.

« Rentrons ! » cria la grand-mère.

Elle ne desserra pas les lèvres jusqu'à l'allée. Mais de là, jusqu'à l'hôtel, elle ne retint plus ses exclamations : « Quelle sotte ! Peut-on être aussi bête ! Oui, je ne suis qu'une vieille, vieille sotte ! »

Sitôt arrivée chez elle : « Je veux du thé ! cria-t-elle. Et qu'on se prépare immédiatement ! Nous partons !

— Où désirez-vous aller, notre bonne dame ? se hasarda à demander Marthe.

— Que t'importe ? Occupe-toi de tes affaires ! Potapytch, rassemble tout et commence à emballer. Nous rentrons à Moscou ! J'ai claqué quinze mille roubles !

— Quinze mille roubles, notre bonne dame ! Mon Dieu ! s'écria Potapytch en battant des mains avec attendrissement, croyant faire plaisir, sans doute.

— Allons, allons, imbécile ! En voilà un qui va se mettre à pleurnicher ! Tais-toi ! Qu'on se prépare ! Qu'on m'apporte la note, vite, vite !

— Le premier train ne part qu'à neuf heures et demie, grand-mère, lui dis-je pour calmer son agitation.

— Et quelle heure est-il maintenant ?

— Sept heures et demie.

— Quel dommage ! Enfin, tant pis ! Alexeï

Ivanovitch, je n'ai plus un sou. Voici encore deux obligations. Va, dépêche-toi de me les changer. Sinon, je n'ai rien pour le voyage. »

Je m'en fus. Rentré à l'hôtel une demi-heure plus tard, je trouvai toute la compagnie chez la grand-mère. Sa décision de rentrer à Moscou semblait les frapper bien plus encore que sa perte au jeu. Ce départ sauvait peut-être sa fortune, mais qu'allait-il advenir du général ? Qui paierait Des Grieux ? Il était évident que mademoiselle Blanche n'allait plus attendre la mort de la grand-mère et qu'elle était prête à filer avec le principicule ou quelque autre soupirant. Ils se tenaient devant la vieille, à la consoler, à la raisonner. Pauline n'était toujours pas là. La grand-mère les apostrophait tous furieusement.

« Fichez-moi la paix, vauriens ! De quoi vous mêlez-vous ? Que vient-il me fourrer sa barbe de bouc sous le nez ? criait-elle à Des Grieux. Et toi, espèce d'oiseau, que me veux-tu ? (A l'adresse de mademoiselle Blanche) : Tu n'as pas fini de te pavaner devant moi ?

— Diantre[1] ! » chuchota cette dernière, dont les yeux étincelèrent de rage. Soudain, elle éclata de rire et sortit, après avoir crié au général : « Elle vivra cent ans[1] !

— Alors, c'est sur ma mort que tu comptes ? hurla la grand-mère au général. Va-t'en ! Alexeï Ivanovitch, mets-les tous à la porte ! Qu'est-ce

1. En français dans le texte.

que ça peut vous faire ? C'est mon argent que j'ai perdu, pas le vôtre ! »

Le général haussa les épaules, se courba et se retira, suivi de Des Grieux.

« Qu'on appelle Prascovie ! » intima la grand-mère à Marthe.

Au bout de cinq minutes, Marthe revint avec Pauline. Celle-ci était restée dans sa chambre avec les enfants; elle avait sans doute décidé de ne pas sortir de la journée. Son visage était grave, triste, soucieux.

« Prascovie, dit la grand-mère, voudrais-tu m'apprendre si ce que je me suis laissé dire récemment est vrai, à savoir que cet imbécile, qui est ton beau-père, voudrait épouser cette toupie de Française, une actrice, sans doute, ou même pis ? Dis-moi, est-ce vrai ?

— Je ne peux pas l'affirmer, grand-mère, répondit Pauline; quoique des paroles de mademoiselle Blanche elle-même, qui ne juge pas nécessaire de le cacher, je conclue...

— Assez ! Je comprends tout. J'ai toujours cru qu'il en était capable, et je l'ai toujours considéré comme l'homme le plus vide et le plus écervelé. Il se donne des airs avec son grade de général (il a été promu à sa retraite) et il fait le paon. Je sais tout, ma petite, tout, jusqu'aux télégrammes expédiés les uns après les autres à Moscou : « Va-t-elle bientôt être dans son cercueil, la vieille ? » On attendait l'héritage : sans argent, cette sale créature, comment s'appelle-t-elle donc ? Cette Cominges n'en voudrait pas pour laquais, du général, et avec de fausses dents encore. On dit qu'elle a un tas d'argent elle-même, elle le prête avec intérêts, elle l'a honnêtement gagné ! Toi, Prascovie, je ne t'accuse pas; ce n'est pas toi qui envoyais les télégrammes. Oublions aussi le passé ! Je sais que tu as un bien vilain caractère, une vraie guêpe, quand tu piques, ça enfle ! Mais j'ai pitié de toi, parce que j'aimais bien Catherine, ta défunte mère. Eh bien, voilà ce que je te propose : laisse-les tous ici et pars avec moi. Tu n'as pas où aller, et il n'est pas convenable que tu restes avec eux maintenant. Attends ! coupa la grand-mère car Pauline faisait mine de vouloir répondre, je n'ai pas fini. Je ne te demanderai rien. Tu connais ma maison à Moscou, un vrai palais; tu pourras si tu le veux, occuper tout un étage; tu pourras rester chez toi des semaines entières sans venir me voir, si mon caractère ne te convient pas. Alors ! c'est oui, ou c'est non ?

— Permettez-moi d'abord de vous poser une question : êtes-vous vraiment décidée à partir tout de suite ?

— Crois-tu donc que je plaisante, ma petite ? J'ai dit que je partais, et je pars ! J'ai perdu aujourd'hui quinze mille billets à votre damnée roulette. Il y a cinq ans, dans ma propriété près de Moscou, j'avais fait le vœu de reconstruire en pierre notre église en bois. Au lieu de cela, je me suis fait plumer ici.

Maintenant, ma petite, je rentre chez moi pour faire construire cette église.

— Et les eaux, grand-mère ? N'êtes-vous pas venue ici pour faire une cure ?

— Laisse-moi donc tranquille avec tes eaux ! Ne m'énerve pas, Prascovie; on dirait que tu le fais exprès. Réponds-moi plutôt : c'est oui ou c'est non ?

— Grand-mère, je ne saurais assez vous remercier pour le toit que vous m'offrez, dit Pauline avec émotion. Vous avez deviné en partie dans quelle situation je me trouve. Je vous suis infiniment reconnaissante et croyez bien que j'irai vous rejoindre, peut-être même bientôt. Mais actuellement, il y a des raisons... graves... qui ne me permettent pas de prendre une décision séance tenante. Si vous restiez encore une quinzaine de jours...

— C'est donc que tu ne veux pas ?

— C'est donc que je ne peux pas. En outre, et de toute façon, je ne puis laisser mon frère et ma sœur et, comme... comme il se pourrait vraiment qu'ils soient abandonnés, alors, grand-mère, si vous voulez bien de moi avec les petits, je viendrai chez vous sûrement; et croyez bien que je ne l'oublierai pas ! ajouta-t-elle avec chaleur. Mais sans les enfants, impossible, grand-mère !

— Allons, ne pleurniche pas ! (Pauline n'y songeait aucunement; d'ailleurs, elle ne pleurait jamais.) Il y aura aussi de la place pour les poussins; le poulailler est grand. De plus, il est temps qu'ils aillent à l'école. Donc, tu ne pars pas maintenant ? Alors, Prascovie, fais bien attention ! Je te veux du bien, mais je sais pourquoi tu restes ! Je sais tout, Prascovie ! Ce Francillon de malheur ne t'apportera rien de bon. »

Pauline rougit. Je sursautai. (Tout le monde était au courant ! J'étais donc le seul à ne rien savoir !)

« Allons, ne te renfrogne pas ! Je ne vais pas en faire tout un plat. Mais fais bien attention; qu'il n'y ait pas de malheur, tu me comprends ? Tu es une fille intelligente, ça me ferait de la peine. Maintenant, assez, je vous ai assez vus, tous ! Va, adieu !

— Je vais vous accompagner à la gare, grand-mère, dit Pauline.

— Inutile, ne m'embarrasse pas; et puis vous m'embêtez tous ! »

Pauline baisa la main de grand-mère, mais celle-ci la retira et elle embrassa Pauline sur la joue. En passant près de moi, Pauline me lança un regard et détourna aussitôt les yeux.

« Allons, je te dis adieu, à toi aussi, Alexeï Ivanovitch ! Le train part dans une heure. Je suis sûre que tu dois être très fatigué à cause de moi. Tiens, prends ces cinquante pièces d'or.

— Merci infiniment, grand-mère, mais j'ai honte...

— Allons ! allons ! cria-t-elle d'un air si menaçant et si impérieux que je n'osai refuser.

— Quand tu seras à Moscou en train de battre le pavé à la recherche d'une situation, viens me voir, je te donnerai des lettres de recommandation. Maintenant, déguerpis ! »

Je rentrai dans ma chambre et m'étendis sur mon lit. Je demeurai ainsi près d'une demi-heure, les mains croisées sous la nuque. La catastrophe était déclenchée, il y avait matière à réflexion. Je résolus de parler sérieusement à Pauline le lendemain. Ah ! Ce Français ! C'était donc vrai ! Mais que s'était-il passé entre eux ? Pauline et Des Grieux ! Seigneur, quel rapprochement odieux ! C'était tout simplement invraisemblable. Je sautai brusquement à bas du lit, hors de moi, pour courir à la recherche de Mr. Astley et le faire parler coûte que coûte. Certainement, il en savait plus que moi. Mr. Astley ! Lui aussi, n'était-il pas une énigme ?

Soudain on frappa à ma porte. C'était Potapytch.

« Alexeï Ivanovitch ! Madame insiste pour que vous alliez la voir !

— Qu'y a-t-il ? Elle veut partir ? Il reste encore vingt minutes jusqu'au départ du train.

— Elle est inquiète, elle ne tient plus en place. « Vite, vite », répète-t-elle. Elle vous réclame. Pour l'amour de Dieu, ne tardez pas ! »

Je descendis en courant. La grand-mère était déjà dans le couloir. Elle tenait son portefeuille à la main.

« Alexeï Ivanovitch, marche devant, allons !

— Où cela, grand-mère ?

— Que la mort me saisisse, mais je me rattraperai ! Allez, en avant, et surtout pas de questions ! On peut jouer jusqu'à minuit, n'est-ce pas ? »

J'étais pétrifié. Mais un instant de réflexion suffit et ma décision fut prise.

« Faites ce qu'il vous plaira, Antonide Vassilievna, moi, je n'y vais pas.

— Pourquoi ? Qu'est-ce que c'est que ça encore ? Vous êtes tous fous à lier, non ?

— Faites comme vous voudrez, j'aurais trop mauvaise conscience plus tard. Je ne le veux pas ! Je ne veux être ni témoin, ni complice. N'insistez pas, Antonide Vassilievna. Je vous rends vos cinquante frédérics; adieu ! »

Je déposai le rouleau sur une petite table à côté de son fauteuil, je saluai et m'éloignai.

« Quelle idiotie ! cria la grand-mère derrière moi. Et puis n'y va pas ! Je trouverai bien le chemin toute seule ! Potapytch, tu viendras avec moi ! Allons, en route ! »

Mr. Astley resta introuvable. Je revins à l'hôtel. Tard dans la nuit, vers minuit passé, j'appris de la bouche de Potapytch comment s'était terminée la journée de grand-mère. Elle avait perdu tout ce que je lui avais changé tantôt, soit encore dix mille roubles. Le petit Polonais auquel elle avait donné le matin deux frédérics s'était attaché à sa personne et avait dirigé son jeu. Au début, avant l'intervention du Polonais, elle faisait placer ses mises par Potapytch, mais elle le renvoya bien vite; c'est alors que le Polonais entra en scène. Comme un fait exprès, il comprenait le russe et parlait, tant bien que mal, un mélange de trois langues; aussi s'entendaient-ils à peu près. La grand-mère l'accablait d'injures sans discontinuer et bien qu'il fût « étendu aux pieds de la dame », comme il le disait lui-même, il était « impossible de le comparer à vous, Alexis Ivanovitch », racontait Potapytch.

« Elle se comportait avec vous comme avec un monsieur; et l'autre, que Dieu me foudroie sur place, si je ne dis pas la vérité, je l'ai vu, de mes propres yeux vu, lui voler des pièces sur la table. Par deux fois, elle l'a attrapé en flagrant délit; alors elle l'a traité de tous les noms, de tout ce qu'on peut imaginer; elle lui a même tiré les cheveux ! Par ma foi, même que les gens se sont mis à rire. Elle a tout perdu, Alexis Ivanovitch, absolument tout ce que vous lui aviez changé tantôt ! Nous l'avons ramenée ici, notre bonne dame; elle a demandé seulement un peu d'eau à boire, puis elle s'est signée et s'est mise au lit. Elle devait être à bout de forces, car elle s'est endormie tout de suite. Que le Seigneur lui envoie des rêves angéliques. Oh, on m'en parlera, de l'étranger ! conclut Potapytch, je le disais bien qu'il n'en sortirait rien de bon. Allez ! qu'on rentre au plus vite dans notre Moscou ! Que n'avons-nous pas chez nous, à Moscou ! Un jardin, des fleurs comme on n'en voit pas ici, un air qui embaume, les jolies pommes qui mûrissent, de l'espace... Non ! Il fallait aller à l'étranger ! Oh, oh ! »

CHAPITRE XIII

Voici presque un mois que je n'ai touché à ces notes. J'avais commencé à écrire sous l'influence d'impressions fortes, quoique désordonnées. La catastrophe, que je pressentais alors, est arrivée, mais elle a été cent fois plus brutale que je ne l'imaginais. Ce fut étrange, horrible, tragique même, du moins en ce qui me concerne. Certains des événements que je subis étaient presque miraculeux. En tout cas, c'est ainsi qu'ils m'apparaissent jusqu'à présent, quoique, d'un autre point de vue, et surtout en tenant compte du maelstrom dans lequel je me débattais alors, ils sortaient quelque peu de l'ordinaire. Mais ce qui me paraît le plus miraculeux, c'est mon attitude devant tous ces événements. Jusqu'à présent, je ne me comprends pas moi-même ! Et tout cela est passé comme un rêve, même ma passion. Elle était pourtant forte et sincère... mais... où est-elle maintenant ? Vraiment, de temps à autre, une idée surgit : est-ce que je ne suis pas devenu fou, alors ? N'aurais-je pas passé tout ce temps dans quelque asile d'aliénés ? Peut-être y suis-je encore, en ce moment même ? Et ainsi, tout cela n'était qu'une illusion, et ce n'est toujours qu'une illusion...

J'ai rassemblé et relu mes pages. Qui sait, peut-être l'ai-je fait pour savoir si je les avais écrites dans une maison de fous ? Maintenant, je suis seul, tout seul. L'automne approche, les feuilles jaunissent. Je suis là, dans cette petite ville si triste (oh, combien mornes peuvent êtres les petites villes allemandes !); et au lieu de réfléchir à ce que je vais faire, je vis sous l'influence de sensations à peine dissipées, de souvenirs encore vivaces, sous l'effet du récent cyclone qui m'avait emporté, il n'y a pas longtemps, dans son tourbillon, et qui m'a de nouveau rejeté sur quelque rive. Il me semble parfois que je tourne encore dans ce même tourbillon, que cette tempête va se déchaîner à l'instant, qu'elle va me happer de son aile, au passage, et que je vais encore une fois être projeté au-delà de l'ordre et de la mesure et que je vais tournoyer, tournoyer, tournoyer...

Il se peut d'ailleurs que je m'arrête d'une façon ou d'une autre et que je cesse de tournoyer si je me rends un compte aussi exact que possible de tout ce qui est arrivé durant ce mois. J'éprouve de nouveau l'envie de prendre la plume. D'ailleurs, bien souvent, je n'ai absolument rien à faire le soir. Curieusement, pour tuer le temps, j'emprunte à la minable bibliothèque locale des romans de Paul de Kock (dans la traduction allemande !), ces romans que je déteste presque et que pourtant je lis, et je m'étonne moi-même : aurais-je peur qu'un livre intéressant ou une occupation sérieuse fissent évaporer le charme du passé si proche ? Me seraient-ils donc si chers, ce songe affreux et toutes les impressions qu'il a laissées, que j'en arrive à craindre que la moindre nouveauté n'y porte atteinte et ne les dissipe en fumée ? Est-ce que j'y tiens à ce point ? Oui, certes, j'y tiens. Dans quarante ans, peut-être m'en souviendrai-je encore...

Je reprends donc. D'ailleurs, le récit peut devenir en partie plus bref maintenant : les impressions ne sont plus du tout ce qu'elles étaient...

D'abord, pour en finir avec la grand-mère. Le lendemain, elle perdit tout, mais tout. C'était fatal : une fois engagés dans cette voie, les gens comme elle, glissent de plus en plus vite, telle une luge qui dévale une pente enneigée. Elle avait joué toute la journée, jusqu'à huit heures du soir. Je n'y étais pas, on me l'a raconté.

Potapytch resta tout le temps à ses côtés. Les Polonais qui dirigeaient son jeu se relayèrent plusieurs fois. Elle commença par chasser celui qu'elle avait tiré par les cheveux la veille et elle en choisit un autre. Il fut presque pire. Elle le renvoya et reprit le premier qui s'était maintenu dans les parages de son fauteuil durant toute sa période de proscription, se poussant la tête en avant de temps à autre. Finalement, la grand-mère fut prise d'un véritable désespoir. Le second banni ne voulut pas s'en aller non plus : l'un se posta à droite, l'autre à gauche. Ils ne cessèrent de se chamailler au sujet des mises et des combinaisons, en se traitant mutuellement de « laïdak » (canaille) et autres amabilités polonaises, puis ils faisaient la paix, jetaient l'argent au hasard et manœuvraient dans l'anarchie. Pendant leurs disputes, ils jouaient chacun pour soi; par exemple, l'un sur rouge, l'autre sur noir. Ils finirent par lui donner le vertige. En désespoir de cause, pleurant presque, la grand-mère implora un croupier chenu de la protéger et de les chasser. Ils furent effectivement expulsés sur-le-champ malgré leurs plaintes et vociférations; ils criaient à qui mieux mieux en affirmant que c'était la grand-mère qui leur devait de l'argent, qu'elle les avait roulés, qu'elle s'était montrée malhonnête envers eux. L'infortuné Potapytch m'avait raconté cela, les larmes aux yeux, le même soir, après le désastre final; les Polonais se bourraient les poches d'argent, gémissait-il, il l'avait bien vu, ils volaient effrontément et empochaient à chaque instant. Par exemple, l'un d'eux extorquait à la grand-mère cinq frédérics pour sa peine et il les plaçait immédiatement à côté de la mise de la grand-mère. Celle-ci gagnait et lui il glapissait que c'était sa mise et que la grand-mère avait perdu. Lorsqu'on les chassa, Potapytch intervint en déclarant qu'ils avaient les poches pleines d'or. La grand-mère pria le croupier d'agir en conséquence et en dépit de leurs cris (on aurait dit deux coqs attrapés par la queue), la police survint et retourna leurs poches; le contenu fut remis à la grand-mère. Avant sa perte totale, elle en avait imposé aux croupiers et à la direction du casino. Sa renommée s'était peu à peu répandue dans toute la ville. Des curistes de toutes nationalités, menu fretin ou seigneurs, affluaient au spectacle d' « une vieille comtesse russe, tombée en enfance [1] », qui avait déjà perdu « plusieurs millions ».

Mais le départ des deux Polonais ne profita guère à la grand-mère. Un troisième Polonais surgit aussitôt pour se mettre à sa disposition. Celui-ci parlait parfaitement le russe; il était vêtu comme un gentleman, mais n'en avait pas moins l'allure d'un laquais. Il avait de grandes moustaches et beaucoup de fierté. Lui aussi « baisait les pieds de la dame », et s' « étendait » là même, mais il se montrait arrogant envers les autres joueurs, se comportait en maître absolu de la situation; bref, il s'imposa immédiatement, non pas en serviteur, mais en despote de la grand-mère. A chaque coup, il lui affirmait en jurant ses grands dieux qu'il était un « homme d'honneur » et qu'il ne se permettrait jamais de prendre

1. En français dans le texte.

un sou de son argent. Il le répéta si souvent que la grand-mère finit par en éprouver une crainte réelle. Mais, comme ce Polonais, au début, semblait avoir rétabli la situation par des mises heureuses, le grand-mère n'osa plus le renvoyer.

Une heure plus tard, les deux premiers Polonais qu'on avait expulsés reparurent derrière le fauteuil de la grand-mère et offrirent derechef leurs services, ne fût-ce que pour de simples courses. Potapytch m'a juré que le Polonais « d'honneur » leur clignait de l'œil et leur faufilait même quelque chose. Comme la grand-mère n'avait rien mangé et ne s'était pour ainsi dire pas éloignée de la table, un des Polonais se rendit tout de même utile : il alla au restaurant du casino et en rapporta d'abord une tasse de bouillon, puis du thé. Ils y coururent d'ailleurs à deux. Mais vers la fin de la journée, quand on ne put plus douter qu'elle allait perdre son dernier billet, il y avait derrière son fauteuil une demi-douzaine de Polonais dont personne n'avait jamais entendu parler. Enfin, quand elle en fut à ses dernières pièces, non seulement ils ne l'écoutaient plus, mais ils ne faisaient même plus attention à elle : ils passaient leurs mains par-dessus son épaule pour rafler l'argent sur la table, misaient comme bon leur semblait, se disputaient, vociféraient et s'adressaient à l'« homme d'honneur » d'égal à égal; du reste, celui-ci avait à peu près complètement oublié l'existence de la grand-mère. Et même à huit heures du soir, lorsque l'on ramenait celle-ci, complètement déplumée, à l'hôtel, il se trouva encore trois ou quatre Polonais qui ne pouvaient pas se résoudre à la lâcher et qui couraient de chaque côté de son fauteuil en glapissant à tue-tête et en jurant à perdre haleine que la grand-mère les avait roulés et qu'elle leur était redevable d'une certaine somme. Ils arrivèrent ainsi jusqu'à l'hôtel d'où l'on finit par les chasser par la force.

D'après les calculs de Potapytch, la grand-mère avait perdu ce jour-là près de quatre-vingt-dix mille roubles, sans compter l'argent de la veille. Toutes ses valeurs, obligations, rentes sur l'Etat, toutes les actions qu'elle avait emportées avaient été converties les unes après les autres. Je fus stupéfait qu'elle eût pu rester sept à huit heures d'affilée dans son fauteuil sans s'éloigner de la table, mais Potapytch me dit que, par trois fois, elle avait recommencé à gagner de très fortes sommes : régénérée par un nouvel espoir, il n'était plus question qu'elle quittât le jeu. Les joueurs savent bien qu'on peut rester sur place pendant vingt-quatre heures sans détourner les yeux des cartes.

Entre-temps, des choses assez décisives se passaient aussi à l'hôtel. Le matin, vers onze heures, la grand-mère étant encore chez elle, le général et Des Grieux résolurent de tenter une suprême démarche. Ayant appris que, loin de partir, elle s'apprêtait à revenir au casino, notre groupe s'assembla d'abord en conclave (sans Pauline), puis descendit chez la grand-mère pour s'expliquer définitivement et même franchement. Le général, qui était agité de tics et qui avait des palpitations de cœur devant la perspective de conséquences funestes pour lui, en arriva même à des extrémités; après une demi-heure de prières et de supplications, ayant même tout avoué, ses dettes et jusqu'à son amour passionné pour mademoiselle Blanche (il avait complètement perdu la tête), il prit brusquement un ton menaçant, se mit à pousser des clameurs et à taper du pied. Il criait qu'elle déshonorait leur nom, qu'elle était le scandale de toute la ville et enfin... enfin... « Vous jetez la honte sur notre pays, Madame ! Pour ce genre de chose, il y a la police ! » La grand-mère le chassa finalement à coups de canne (une vraie).

Le général et Des Grieux tinrent conseil encore une ou deux fois pendant cette matinée; ils se demandaient s'il n'y avait pas vraiment un moyen de faire intervenir la police. Voilà une malheureuse vieille, d'ailleurs parfaitement honorable, mais qui avait perdu la raison, qui se ruinait au jeu, etc. Bref, ne pourrait-on pas obtenir une surveillance ou une interdiction ?... Mais Des Grieux haussait les épaules et riait au nez du général qui ne savait plus ce qu'il disait et qui courait de long en large dans son cabinet. Enfin, Des

Grieux, dégoûté, disparut. On apprit le même soir qu'il avait quitté l'hôtel pour de bon après une conversation décisive et mystérieuse avec mademoiselle Blanche. Quant à celle-ci, elle avait pris dès le matin des mesures précises : elle avait envoyé promener le général et lui avait même défendu de paraître devant elle. Lorsqu'il courut la retrouver au casino et l'aperçut au bras du prince, les deux femmes, Blanche et madame veuve Cominges, firent semblant de ne pas le reconnaître. Le prince ne le salua pas non plus. Durant toute cette journée, mademoiselle Blanche s'efforça auprès de celui-ci, afin qu'il se déclarât une fois pour toutes. Mais, hélas ! cruelle déconvenue. Cette catastrophe mineure survint le soir; on apprit que le prince était pauvre comme Job et qu'il comptait sur elle-même pour lui emprunter de l'argent et tâter de la roulette. Blanche le mit à la porte avec indignation et s'enferma dans sa chambre.

Le matin de ce même jour, je me rendis chez Mr. Astley ou, plus exactement, je passai la matinée à chercher Mr. Astley sans y parvenir. Il n'était pas à son hôtel, ni au casino, ni dans le parc. Il n'avait pas déjeuné à l'hôtel. Et tout à coup, vers cinq heures, je le vis sortir de la gare et se diriger vers l'*Hôtel d'Angleterre*. Il était pressé et paraissait fort préoccupé, bien qu'il ne soit pas facile de discerner un signe de trouble sur son visage. Il me tendit gaiement la main en prononçant son habituel « Ah ! » sans s'arrêter; son pas était assez rapide. Je le suivis; mais il s'ingénia à me parler de façon telle que je ne pus lui poser une seule question. De plus, je ne sais pourquoi, un sentiment de pudeur m'empêchait de lui parler de Pauline; lui-même n'en souffla mot. Je lui parlai de grand-mère; il m'écouta attentivement et gravement, puis il haussa les épaules.

« Elle va tout perdre, dis-je.

— Oh ! oui, répondit-il; elle se dirigeait vers le casino tantôt, lorsque je me préparais à partir, et je savais qu'elle allait perdre. Je passerai au casino si j'en ai le temps; ce sera intéressant...

— Où avez-vous été ? m'écriai-je, étonné moi-même de ne pas lui avoir posé la question plus tôt.

— A Francfort.

— Pour affaires ?

— Oui, pour affaires. »

A quoi bon insister ? Je continuai pourtant à marcher à côté de lui, quand il tourna brusquement vers l'*Hôtel des Quatre-Saisons* qui se trouvait sur notre chemin; il me fit un signe de tête et disparut. En rentrant chez moi, je finis par me rendre compte que, même si nous avions bavardé pendant deux heures, je n'aurais rien appris de lui, parce que... je n'avais pas de question à lui poser. Oui, c'était bien ça ! Je n'aurais pas été capable de la formuler.

Toute la journée, Pauline s'était promenée dans le parc avec les enfants et la bonne, ou elle était demeurée dans sa chambre. Depuis longtemps, je l'avais remarqué, elle évitait le général et ne lui parlait presque pas, du moins de choses sérieuses. Mais, étant donné la situation où il se trouvait aujourd'hui, je pensai qu'elle ne pourrait pas lui échapper, c'est-à-dire qu'une explication sur de graves questions de famille était entre eux inévitable. Cependant, lorsque je rentrai à l'hôtel après ma conversation avec Mr. Astley, je rencontrai Pauline avec les enfants : son visage était parfaitement serein, comme si les tempêtes de la famille l'avaient seule épargnée. Elle répondit à mon salut par un signe de tête. Je revins furieux dans ma chambre.

Certes, j'avais évité de lui parler et je ne m'étais pas une seule fois entretenu avec elle depuis l'incident des Wurmershelm. Il faut dire que je plastronnais un peu et jouais la comédie. Mais, à mesure que le temps passait, je sentais monter en moi une indignation grandissante. Même si elle n'avait aucune affection pour moi, elle n'avait pas le droit, après tout, de bafouer à ce point mes sentiments et d'opposer un tel dédain à mes aveux. Elle sait bien que je l'aime, d'un vrai amour; elle-même avait accepté, permis de lui parler comme je l'avais fait ! Il est vrai que le début avait été assez étrange. Ce n'était pas d'hier, il y avait deux mois déjà que j'avais remarqué qu'elle voulait faire de moi un ami, un confident, qu'elle s'y était même essayée jusqu'à un certain point. Mais, je ne sais pourquoi, nous n'y étions pas alors parvenus. Et ces relations bizarres s'étaient établies et maintenues. C'est la raison pour laquelle je me suis mis à lui tenir un tel langage. Mais, si mon amour lui répugne, pourquoi ne pas m'interdire simplement de lui en parler ?

Elle ne me le défend pas; elle me pousse parfois elle-même à le lui dire et... elle le fait, bien entendu, pour en rire. Je le sais pertinemment, je l'ai constaté : après m'avoir écouté et irrité jusqu'à la souffrance, elle prend plaisir à me frapper d'un grand coup de mépris et d'indifférence. Et elle sait bien que je ne peux pas vivre sans elle. Trois jours se sont écoulés depuis l'incident avec le baron, et je ne puis supporter notre « séparation ». Quand je l'ai rencontrée tout à l'heure, près du casino, mon cœur a battu si fort que j'ai pâli. Mais, au fond, elle-même ne pourra pas se passer de moi ! Elle a besoin de moi. Mais est-ce seulement, seulement comme du pitre Balakiref ?

Elle a un secret, cela est certain ! Sa conversation avec la grand-mère m'a profondément peiné ! Ne l'avais-je pas mille fois incitée à être franche avec moi ? Ne sait-elle pas que je donnerais réellement ma vie pour elle ? Or elle s'est toujours débarrassée de moi, tantôt presque par du mépris, tantôt en exigeant de moi, au lieu du sacrifice de ma vie, un coup de tête dans le genre de l'épisode avec le baron.

N'est-ce pas révoltant ? Est-il possible que

l'univers entier soit réduit pour elle à ce Français ? Et Mr. Astley ? Alors là, je n'y comprenais plus rien du tout; cependant, oh Dieu ! comme je souffrais !

Rentré chez moi je fus pris d'un accès de rage; je pris ma plume et griffonnai ce qui suit :

Pauline Alexandrovna, je vois clairement que le dénouement approche; il vous affectera sûrement, vous aussi. Pour la dernière fois je vous demande : « Oui ou non, avez-vous besoin de ma vie ? » Si c'est oui, disposez de moi, ne serait-ce que pour n'importe quoi. *Pour le moment, je reste dans ma chambre, en tout cas la plupart du temps, et je ne compte pas partir. En cas de besoin, écrivez-moi ou appelez-moi.*

Je cachetai ce billet et le confiai au garçon d'étage, en lui recommandant de le remettre en main propre. Je n'attendais pas de réponse, mais, trois minutes plus tard, le garçon revint pour m'annoncer que Mademoiselle « m'envoyait ses salutations ».

Entre six et sept, je fus convoqué chez le général.

Je le trouvai dans son cabinet, en tenue de ville, prêt à sortir, son chapeau et sa canne sur le canapé. Il me sembla qu'il se tenait debout au milieu de la pièce, les jambes écartées, tête basse, et qu'il se parlait à lui-même. A peine m'eut-il aperçu qu'il se précipita vers moi presque en criant, de sorte que mon premier mouvement fut pour reculer et prendre la fuite. Mais il me saisit les mains et m'entraîna vers le canapé, où il s'assit après m'avoir installé dans un fauteuil en face de lui. Sans relâcher son étreinte, les lèvres tremblantes, avec des larmes qui brillèrent soudain à ses cils, il me dit d'une voix suppliante :

« Alexis Ivanovitch, sauvez-moi, sauvez-moi, par pitié ! »

Je fus longtemps sans rien pouvoir comprendre. C'était un flot ininterrompu de paroles, où revenait sans cesse : « Par pitié, par pitié ! » Enfin, je discernai qu'il attendait de moi quelque chose comme un conseil; ou plutôt, abandonné de tous, il s'était souvenu, dans son angoisse et sa détresse, de ma personne, et il ne m'avait fait venir que pour pouvoir parler, parler et parler.

Il était fou, ou pour le moins tout à fait égaré. Il joignait les mains, il était prêt à se mettre à genoux devant moi, et tout cela pourquoi ? Je vous le donne en mille : pour que je me rendisse incontinent auprès de mademoiselle Blanche et que je la suppliasse et la convainquisse de revenir à lui et de l'épouser.

« De grâce, mon général, m'écriai-je, mademoiselle Blanche n'a peut-être pas encore remarqué que j'existe ? Que pourrais-je faire, moi ? »

Mais il était inutile de discuter : il ne comprenait plus ce qu'on lui disait. Il se lança aussi dans des propos incohérents sur la grand-mère, il s'accrochait encore à l'idée de faire intervenir la police.

« Chez nous, chez nous, clamait-il, en éclatant brusquement d'indignation, en un mot... chez nous, dans un pays bien ordonné... où les autorités existent, des vieilles de ce genre seraient placées immédiatement sous tutelle ! Parfaitement, mon cher Monsieur, parfaitement », continua-t-il en passant à l'admonestation véhémente. Il avait sauté sur ses pieds et il arpentait la pièce. « Vous ne le saviez pas encore, mon cher Monsieur, s'adressa-t-il à un cher monsieur imaginaire dans un coin : alors, sachez-le... parfaitement... chez nous, des vieilles de ce genre-là, on les mate, on les fait filer doux, parfaitement, filer doux !... Oh, mon Dieu ! » Et il se rejetait sur le canapé, puis, un instant plus tard, en sanglotant presque, hors d'haleine, il m'exposait en long et en large que la seule raison pour laquelle mademoiselle Blanche lui refusait sa main était l'arrivée de la grand-mère au lieu du télégramme et que, dès lors, il ne faisait plus de doute qu'il ne pouvait pas toucher l'héritage. Il croyait m'apprendre quelque chose de nouveau ! Je prononçai le nom de Des Grieux; il ne fit qu'un geste de la main.

« Il est parti ! Il a une hypothèque sur tout ce que je possède; je suis nu comme un ver ! L'argent que vous avez rapporté... cet argent... qu'en reste-t-il ?... Environ sept cents francs, je crois. Et maintenant, assez ! C'est tout... et ensuite, je ne sais pas, je ne sais pas !...

— Comment réglerez-vous la note de l'hôtel ?

m'écriai-je avec saisissement, et... comment ferez-vous après ? »

Il prit un air méditatif, je crois qu'il n'avait pas compris ma question, peut-être ne l'avait-il même pas entendue. J'essayai d'amener la conversation sur Pauline Alexandrovna, sur les enfants; il répondit précipitamment : « Oui ! oui ! » Puis il se remit à parler du prince, du fait que Blanche allait partir avec celui-ci et alors... « Et alors, que me restera-t-il à faire, Alexis Ivanovitch ? Au nom du ciel ! que me restera-t-il à faire ? Dites-moi, mais c'est de l'ingratitude ! C'est de l'ingratitude ! »

Enfin, il répandit un torrent de larmes.

Dans l'état où il se trouvait, je ne pouvais rien. Il était, d'autre part, dangereux de le laisser seul, il pouvait lui arriver quelque chose. Je parvins néanmoins à le quitter, mais j'avertis la vieille bonne d'enfants et lui recommandai de le surveiller. En outre, j'en soufflai un mot au garçon d'étage, personnage très éveillé; lui aussi me promit d'ouvrir l'œil.

A peine avais-je regagné ma chambre que Potapytch entra : la grand-mère voulait me voir. Il était huit heures du soir, elle venait de rentrer du casino après le désastre; je descendis chez elle; la vieille dame était dans son fauteuil, à bout de forces et apparemment malade. Marthe était en train de lui servir une tasse de thé qu'elle lui fit presque avaler de force. La voix, le ton de la grand-mère n'étaient plus du tout les mêmes.

« Bonjour, Alexeï Ivanovitch, mon ami ! dit-elle lentement, gravement, en inclinant la tête. Pardonnez-moi de vous avoir encore dérangé, il faut excuser ma vieillesse. Oui, mon ami, j'ai tout laissé là-bas, près de cent mille roubles. Comme tu as eu raison de ne pas m'avoir accompagnée hier. A l'heure où je te parle, je suis complètement démunie d'argent, plus un sou vaillant. Je ne veux pas tarder une minute, je vais prendre le train de neuf heures et demie. Un messager est allé de ma part chez ton Anglais, comment se nomme-t-il déjà, Astley, n'est-ce pas ? Je lui demande de me prêter trois mille francs pour une semaine. Alors tâche de le rassurer pour qu'il n'ait pas de fausses idées sur mon compte, pour qu'il ne me refuse pas ce prêt. Je suis encore assez riche, mon ami. J'ai trois propriétés à la campagne et deux maisons. De l'argent, j'en trouverai encore; je n'ai pas tout emporté avec moi. Je dis cela afin qu'il n'ait pas quelque doute... Mais le voici en personne ! On reconnaît l'honnête homme à distance. »

Mr. Astley accourait au premier appel de la grand-mère. Très simplement, sans paroles inutiles, il lui remit trois mille francs contre un billet qu'elle signa. L'affaire terminée, il salua et sortit.

« Et maintenant, laisse-moi seule, toi aussi, Alexeï Ivanovitch. Il reste un peu plus d'une heure jusqu'au départ, je voudrais m'étendre un peu, mes os me font mal. Il ne faut pas en vouloir à la vieille sotte que je suis. Je ne critiquerai plus les jeunes pour leur légèreté et, à cette heure, il serait injuste de ma part d'accuser aussi ce malheureux général. Je ne lui donnerai pas d'argent, malgré tout, pour la bonne raison qu'il n'est vraiment pas très malin, à mon sens. Mais je ne suis pas plus intelligente que lui, va ! En vérité, Dieu exigera des comptes des orgueilleux, même s'ils sont vieux, et il les punira. Allez, au revoir ! Ma petite Marthe, soulève-moi ! »

Je tenais néanmoins à accompagner la grand-mère à la gare. De plus, j'étais pour ainsi dire dans l'expectative, j'attendais d'une minute à l'autre quelque événement. Dans ma chambre, je ne tenais pas en place. Je sortais dans le couloir, j'allai même jusqu'à l'allée où j'errai quelques instants. Dans ma lettre, j'avais été précis et catégorique; d'autre part, la catastrophe était là, définitive. J'entendis parler à l'hôtel du départ de Des Grieux. Après tout, si Pauline me repousse en tant qu'ami, peut-être m'acceptera-t-elle en tant que serviteur. Elle a besoin de moi, tout compte fait, ne fût-ce que pour ses courses ! N'est-il pas vrai ?

A l'heure du départ du train, je me rendis sur le quai de la gare et j'installai la grand-mère et sa suite dans un compartiment réservé. En me faisant ses adieux, elle ajouta :

« Merci, mon ami, pour ton concours désintéressé; et ne manque pas de rappeler à Prascovie ce que je lui ai dit hier : je l'attends. »

Je rentrai à l'hôtel. En passant devant l'appartement du général, je rencontrai la *niania* et l'interrogeai.

« Ça ne va pas trop mal », répondit-elle tristement.

Je n'en poussai pas moins la porte de son appartement et m'arrêtai, stupéfait, sur le seuil : mademoiselle Blanche et le général riaient aux éclats, à qui mieux mieux. La veuve Cominges siégeait sur le canapé. Le général, fou de joie, racontait toutes sortes de bêtises et partait d'un long rire nerveux qui lui plissait le visage en une multitude de petites rides et lui escamotait les yeux.

J'appris plus tard, de la bouche même de Blanche, qu'après avoir chassé le prince elle avait été informée du désespoir du général; elle avait eu la fantaisie de venir une minute le consoler. Mais le pauvre général ne se doutait pas que son sort était dès lors décidé et que Blanche avait déjà commencé à faire ses valises pour s'envoler par le premier train du matin pour Paris.

Après être demeuré quelques instants sur le seuil du cabinet, je changeai d'idée et ressortis sans me faire remarquer. Je remontai chez moi et j'ouvris la porte. Dans la pénombre, j'aperçus une silhouette assise sur une chaise, dans le coin, près de la fenêtre. Elle ne bougea pas à mon entrée. Je m'approchai rapidement, et... j'en perdis le souffle : c'était Pauline !

CHAPITRE XIV

JE poussai un cri.

« Eh bien, qu'y a-t-il donc ? » demanda-t-elle d'une voix étrange. Elle était pâle, le regard sombre.

« Comment, qu'y a-t-il donc ? Vous, ici ? Chez moi ?

— Quand je viens, je viens *tout entière*, selon mon habitude. Vous allez voir. Allumez la bougie. »

J'allumai. Elle se leva, s'approcha de la table et plaça devant moi une lettre décachetée.

« Lisez ! ordonna-t-elle.

— C'est... mais c'est l'écriture de Des Grieux ! » m'écriai-je en saisissant la lettre. J'avais les mains tremblantes, les lignes dansaient devant mes yeux. J'ai oublié les termes exacts, mais voici le contenu, sinon mot pour mot, du moins en substance :

Mademoiselle, des circonstances fâcheuses m'obligent à partir sans tarder. Vous n'aurez certainement pas manqué de remarquer que c'est à dessein que j'évitais une explication définitive avec vous avant que toutes les circonstances n'apparussent clairement. L'arrivée de la vieille dame, votre parente, et sa conduite ridicule ont mis fin à toutes mes incertitudes. Mes propres affaires sont en désordre, elles m'interdisent désormais de nourrir les douces espérances dont je m'étais permis quelque temps de me bercer. Je déplore ce qui s'est passé, mais j'ai le ferme espoir que dans ma conduite vous ne trouverez rien qui ne soit digne d'un gentilhomme et d'un honnête homme. Ayant perdu presque toute ma fortune à régler les dettes de votre beau-père, je me trouve dans la nécessité extrême de mettre à profit ce qui me reste; j'ai déjà fait savoir à mes amis de Pétersbourg qu'ils ont à procéder immédiatement à la vente des biens dont je détiens l'hypothèque. Sachant, néanmoins, que votre beau-père, par sa légèreté, a dissipé également votre fortune personnelle, j'ai décidé de lui faire grâce de cinquante mille francs et je lui rends, pour cette somme, une partie des lettres de gage; vous aurez ainsi la possibilité de recouvrer tout ce que vous avez perdu, en réclamant votre bien par voie judiciaire. J'espère, Mademoiselle, que, dans l'état actuel des choses, mon procédé vous sera en tout point avantageux. J'espère aussi qu'en agissant ainsi j'accomplis mon devoir d'honnête et de galant homme. Soyez assurée que votre souvenir restera à jamais gravé dans mon cœur.

« Eh bien, c'est parfaitement clair, dis-je à Pauline. Vous attendiez-vous à autre chose ? ajoutai-je avec indignation.

— Je n'attendais rien, répondit-elle avec un calme apparent, mais quelque chose tremblait dans sa voix. Je suis édifiée depuis longtemps; je lisais ses pensées et j'ai appris ce qu'il croyait. Il était persuadé que je cherchais... que j'insisterais... (Elle ne finit pas sa phrase et se mordit la lèvre.) Exprès, j'ai redoublé de mépris envers lui, reprit-elle, j'attendais ce qu'il allait faire. Si le fameux télégramme annonçant l'héritage était arrivé, je lui aurais flanqué au visage la dette de mon idiot de beau-père, puis je l'aurais chassé ! Il y a longtemps, si longtemps que je le hais. Oh, avant, c'était un tout autre homme, mille fois différent, et maintenant, maintenant !... Oh, quelle joie ce serait pour moi de lui jeter ces cinquante mille francs dans sa face abjecte, de lui cracher dessus... et d'étaler ce crachat sur toute sa figure !

— Mais cette lettre de gage, cette hypothèque de cinquante mille francs, elle est chez le général ? Prenez-la et rendez-la à Des Grieux.

— Oh ! ce n'est pas du tout la même chose, du tout !

— Oui, vous avez raison, ce n'est pas la même chose ! Du reste, le général n'est plus bon à rien, maintenant. Et la grand-mère ? » m'écriai-je tout à coup. Pauline me regarda d'un air à la fois distrait et impatient.

« Quoi, la grand-mère ? dit-elle avec humeur.

Je ne pense pas aller chez elle... Et je ne veux demander pardon à personne, ajouta-t-elle avec impatience.

— Que faire, alors ? Comment, comment avez-vous pu aimer Des Grieux ! Oh ! le salaud ! Voulez-vous que je le tue en duel ? Où est-il maintenant ?

— Il est à Francfort, il y passera trois jours.

— Un mot de vous, et je pars demain par le premier train ! » m'écriai-je avec un enthousiasme ridicule.

Elle se mit à rire.

« Il pourrait bien vous dire : « Rendez-moi « les cinquante mille francs d'abord. » Et pourquoi se battrait-il avec vous ? Quelle absurdité !

— Comment faire, alors ? Où, où prendre ces cinquante mille francs ? répétai-je en grinçant des dents, comme s'il était possible de les trouver subitement sous mes pieds. — Et Mr. Astley ? » lui demandai-je.

Une idée étrange se formait dans mon esprit.

Les yeux de Pauline étincelèrent.

« Alors, c'est *toi* qui veux que je *te* quitte, pour rejoindre cet Anglais ? » proféra-t-elle en me perçant de son regard... Elle avait un sourire amer. C'était la première fois de sa vie qu'elle me tutoyait. A ce moment, la tête dut lui tourner d'émotion; elle s'assit brusquement sur le canapé, comme épuisée.

Ce fut un coup de foudre; je me tenais devant elle et je n'en croyais pas mes yeux, ni mes oreilles ! Ainsi, elle m'aimait ! Elle était venue *chez moi* et pas chez Mr. Astley ! Elle était venue toute seule dans ma chambre d'hôtel, elle, une jeune fille, elle se compromettait publiquement; et moi, je restais devant elle et je ne comprenais pas encore !

Une idée fantastique jaillit :

« Pauline ! accorde-moi seulement une heure ! Attends ici une heure et... je reviendrai ! C'est... c'est indispensable ! Tu verras ! Reste ici, ne bouge pas d'ici ! »

Je sortis de la chambre en courant sans répondre à son regard interrogateur; elle me cria quelque chose, mais je ne me retournai pas.

Oui, il arrive que l'idée la plus folle, la plus invraisemblable s'affirme dans votre esprit avec une force telle que vous en arrivez à la croire réalisable... Bien plus, si cette idée est conjuguée avec un désir violent, passionné, vous finissez parfois par la prendre pour une chose fatale, nécessaire, prédestinée; cela ne peut pas ne pas être, cela ne peut pas ne pas se produire ! Il y a peut-être là encore autre chose, certaine combinaison de pressentiments, un effort de volonté exceptionnel, une auto-intoxication de l'imagination... que sais-je encore ? Mais ce soir-là, et je ne l'oublierai jamais, j'ai vécu un prodige. L'arithmétique en rend d'ailleurs parfaitement compte. Pour moi, l'événement n'en demeure pas moins prodigieux.

Et pourquoi, pourquoi avais-je cette certitude si profonde, inébranlable, et depuis si longtemps ? C'est que j'y pensais, je vous le répète, non pas comme à un cas qui aurait pu se produire parmi d'autres (et donc qui aurait pu ne pas se produire), mais comme à un fait inéluctable !

Il était dix heures et quart. J'entrai au casino. Je n'avais jamais été sous l'empire d'un tel espoir, ni d'une telle émotion. Il y avait encore du monde, mais deux fois moins que le matin.

A cette heure, il ne reste autour des tables que les vrais joueurs, les invétérés. Pour eux, seule la roulette existe dans la ville d'eaux; ils ne sont venus que pour elle, ils remarquent à peine ce qui se passe autour d'eux, ils ne s'intéressent à rien pendant toute la saison; ils jouent du matin au soir; ils joueraient jusqu'à l'aube si c'était possible. Ils sont au désespoir quand il leur faut quitter les salles à minuit. Lorsque, peu avant l'heure de fermeture, le croupier principal annonce : « Les trois derniers coups, messieurs [1] ! », ils sont prêts à risquer tout ce qu'ils ont en poche. C'est à ce moment-là qu'ils perdent le plus.

Je me dirigeai vers la table où s'était tenue la grand-mère. Il n'y avait pas trop de monde, je pus facilement trouver une place debout. Juste devant moi, sur le tapis vert, était inscrit le mot *passe*.

Passe, c'est la série de numéros de dix-neuf

1. En français dans le texte.

à trente-six. La première série, de un à dix-huit, s'appelle *manque*. Mais qu'est-ce que cela pouvait me faire ?

Je ne calculai pas, je n'avais même pas entendu le numéro qui venait de sortir, ni ne m'en informai en commençant à jouer, contrairement à la pratique de tout joueur sensé. Je pris mes vingt frédérics, tout mon avoir et je les jetai devant moi sur *passe*.

« Vingt-deux ! » annonça le croupier.

J'avais gagné. Je replaçai le tout, ma mise initiale et mon gain, au même endroit.

« Trente et un ! »

J'avais encore gagné ! J'avais donc quatre-vingts frédérics. Je poussai le tout sur la douzaine du milieu (triple gain, mais deux chances contraires). La roue tourna, le vingt-quatre sortit. On me remit trois rouleaux de cinquante frédérics et dix pièces d'or. J'avais deux cents frédérics.

Fébrilement, j'avançai ce tas sur *rouge* et je repris soudain conscience. Ce fut la seule fois durant mon jeu de cette soirée que le froid de la peur me saisit et fit trembler mes membres. En une seconde, je sentis avec terreur et je compris ce que signifiait perdre : j'avais misé ma vie !

« Rouge ! » cria le croupier.

Je repris mon souffle. J'étais parcouru de fourmis ardentes. On me paya en billets. J'étais en possession de quatre mille florins et quatre-vingt frédérics ! (J'étais encore capable de calculer.)

Je me rappelle que je plaçai ensuite deux mille florins sur la douzaine du milieu, et je perdis. Je misai en or et quatre-vingt frédérics et je perdis. En proie à la fureur, je pris les deux mille florins qui me restaient et les plaçai sur la première douzaine, comme ça, au hasard !

Il y eut une attente instantanée, la même émotion peut-être que celle de madame Blanchard, l'aéronaute, au-dessus de Paris, quand elle tomba.

« Quatre ! » annonça le croupier.

J'avais de nouveau six mille florins.

Maintenant, j'étais le victorieux, je ne redoutais plus rien, plus rien. Je jetai quatre mille florins sur *noir*. Huit ou neuf personnes s'empressèrent de suivre mon exemple. Les croupiers échangeaient des regards, tenaient des conciliabules. Autour de moi, les conversations allaient bon train; on attendait.

Noir sortit. Depuis cet instant, je ne calculai plus; je ne me souviens pas de l'ordre de mes mises. Je crois me rappeler, comme dans un rêve, que j'avais déjà gagné près de seize mille florins. Trois mises malheureuses m'en firent perdre douze. Je mis mes derniers quatre mille sur *passe* (je ne ressentais déjà plus rien, j'attendais machinalement, sans pensée). Je gagnai; puis je gagnai quatre fois de suite. Tout ce dont je me souviens, c'est que je ne manipulais plus l'argent que par milliers; et aussi que les numéros de la douzaine du milieu sortaient le plus souvent, je m'y étais attaché. Ils le faisaient avec une sorte de régularité, trois ou quatre fois de suite, puis ils disparaissaient pour deux coups et réapparaissaient trois, quatre coups d'affilée. Cet ordre étonnant se rencontre parfois en séries. C'est cela qui déroute les joueurs méthodiques qui font des calculs, crayon en main; c'est là que le sort vous réserve des ironies terribles.

Je crois qu'il ne s'était pas écoulé plus d'une demi-heure depuis mon arrivée quand un croupier vint m'informer que j'avais gagné trente mille florins; comme la banque ne répondait pas d'une somme supérieure par séance, on allait arrêter le jeu jusqu'au lendemain. Je ramassai mes pièces d'or et les enfouis dans mes poches, saisis les billets de banque et passai à une autre table, dans une salle voisine. La foule reflua à ma suite. On me fit place aussitôt, je me remis à jouer, sans compter, à l'aveuglette. Je ne sais ce qui me sauva.

Cependant, ma tête commençait parfois à entrevoir un calcul. Je suivais certains numéros, certaines chances; puis je n'y pensais plus et me remettais à ponter presque inconsciemment. Ma distraction devait être grande, je me rappelle que les croupiers rectifièrent mon jeu à plusieurs reprises. Je faisais des fautes grossières. Mes tempes étaient humides, mes mains tremblaient. Des petits Polonais ne manquèrent pas de m'offrir leurs services, mais je n'écoutais personne. La chance ne m'abandonnait pas. Soudain, j'entendis qu'on parlait à haute voix autour de moi, qu'on riait. « Bravo, bravo ! » Il y eut même des applaudissements. Je venais d'arracher encore trente mille florins à la banque. On fermait aussi cette roulette jusqu'au lendemain !

« Partez, partez ! » chuchota quelqu'un à ma droite. C'était un Juif de Francfort qui s'était tenu tout le temps à mes côtés et qui m'avait même aidé à certains moments, autant que je m'en souvienne.

« Au nom du Ciel, partez ! » chuchota à ma gauche une autre voix. Je me retournai. C'était une femme d'une trentaine d'années, modestement mais convenablement vêtue; son visage aux traits tirés était d'une pâleur maladive, il gardait les vestiges d'une très grande beauté.

J'étais en train de bourrer mes poches de billets que je mettais en boule, j'empilais l'or resté sur la table. Je saisis le dernier rouleau de cinquante frédérics et je réussis à le glisser dans la main de cette femme blême, à l'insu de tout le monde. J'en brûlais d'envie et ses doigts frêles serrèrent bien fort ma main en signe de vive reconnaissance, je m'en souviens. Tout cela en une seconde.

Après avoir tout ramassé, je passai rapidement au trente-et-quarante. Ce jeu est fréquenté par un public aristocratique. Il ne s'agit plus de roulette, mais de cartes. La banque répond de cent mille thalers par séance. L'enjeu maximum est aussi de quatre mille florins. Je ne connaissais absolument pas les règles du jeu, ni les mises, sauf *rouge* et *noir*, qui figuraient là aussi. Je m'y appliquai. Autour, tout le casino faisait foule. Avais-je eu une seule pensée pour Pauline ? Je ne sais. J'éprouvais une volupté intense à saisir, à entasser l'argent qui s'amoncelait devant moi. Il me semble, en effet, que le sort me poussait. Comme un fait exprès, il se passa quelque chose qui n'est d'ailleurs pas rare au jeu. La veine est, par exemple, sur *rouge*; elle y reste dix, quinze fois de suite. Avant-hier encore, j'avais entendu raconter que *rouge* était sorti vingt-deux fois de suite la semaine dernière. C'est un fait sans précédent à la roulette, on en parlait comme d'un événement. Tout le monde, naturellement, abandonne *rouge* aussitôt. Après une dizaine de coups, presque plus personne ne se risque sur cette couleur. Les joueurs expérimentés ne misent pourtant rien non plus sur *noir*, opposé à *rouge*. Ils savent pertinemment ce que signifie ce « caprice du hasard ». Par exemple, il paraîtrait logique que, si le *rouge* sort seize fois de suite, le *noir* sortît la dix-septième. Les novices se jettent en masse sur *noir*, doublent, triplent leurs enjeux et perdent lourdement.

J'avais noté que *rouge* avait gagné sept fois de suite. Par une fantaisie étrange, je lui restais fidèle quand même. Il y avait là, j'en suis persuadé, en grande partie, de l'amour-propre; je voulais étonner la galerie par un risque insensé et (quelle sensation bizarre !) je me rappelle clairement que, sans aucun défi de vanité, je fus en proie à une terrible soif du risque. Il se peut qu'après tant de sensations diverses l'esprit n'en soit pas saturé, mais, au contraire, qu'il en soit exacerbé et qu'il en exige de nouvelles, de plus violentes, jusqu'à l'épuisement. Et, je n'invente rien, si les règles avaient autorisé une mise de cinquante mille florins, je l'aurais faite. Autour, on criait que c'était de la folie, que *rouge* était sorti quatorze fois de suite !

« Monsieur a gagné déjà cent mille florins[1] », dit quelqu'un à côté de moi. Brusquement, je repris mes sens. Comment ? J'avais gagné ce soir cent mille florins ? Mais cela me suffisait amplement ! Je me précipitai sur les billets, je les fourrai dans mes poches sans les compter, je ratissai tous mes rouleaux d'or et courus vers la sortie. Pendant que je traversais les salles, les gens riaient en voyant mes poches protubérantes et ma démarche embarrassée par le poids du métal. Je crois qu'il devait y en avoir plus de vingt livres.

Des mains étaient tendues, je distribuais l'argent par poignées. Deux Juifs m'arrêtèrent à la sortie.

« Vous avez de l'audace ! Beaucoup d'audace ! me dirent-ils, mais partez d'ici dès demain matin sans faute; partez le plus tôt possible, sinon, vous allez tout, tout perdre... »

Je ne les écoutais pas. L'allée était si sombre

1. En français dans le texte.

que je ne pouvais pas voir mes mains. J'avais quelque cinq cents mètres à faire jusqu'à l'hôtel. Je n'avais jamais eu peur des voleurs, ni des brigands, même quand j'étais petit. Je n'y pensais pas non plus en ce moment. Je ne me souviens pas, à vrai dire, de mes pensées pendant ce trajet; j'avais la tête vide. J'éprouvais seulement un plaisir effrayant : de la réussite, de la victoire, de la puissance... Je ne saurais dire exactement. L'image de Pauline passait devant mes yeux, j'avais conscience que j'allais vers elle, la rejoindre, que j'allais tout lui raconter, lui montrer... Mais c'est à peine si je me rappelais ses paroles de tout à l'heure et pourquoi je l'avais quittée. Toutes ces émotions, à peine une heure et demie auparavant, me semblaient maintenant appartenir à un passé lointain, corrigé, périmé; nous n'allions plus l'évoquer, tout allait recommencer.

J'étais presque au bout de l'allée quand la peur m'étreignit : « Et si l'on allait me tuer pour me voler ? » La peur redoublait à chaque pas. Je courais presque. Et tout à coup, au bout de l'allée, brillant de mille feux, apparut notre hôtel. Dieu soit loué ! J'étais rendu !

Je courus jusqu'à ma chambre; j'ouvris la porte : Pauline était toujours là, assise sur mon canapé, devant une bougie allumée, les mains jointes. Elle me regarda avec stupéfaction; il y avait de quoi, je devais avoir un air plutôt curieux. Je m'arrêtai devant elle et commençai à jeter sur la table le contenu de mes poches.

CHAPITRE XV

JE me rappelle la façon dont elle me regardait, droit dans les yeux, sans bouger, sans même changer de position.

« J'ai gagné deux cent mille francs ! » m'écriai-je en jetant mon dernier rouleau.

Un monceau de billets et de pièces d'or couvrait la table, je n'arrivais pas à en détourner les yeux; par moment, j'oubliais jusqu'à l'existence de Pauline. Tantôt je rangeais les billets en les mettant par paquets, tantôt j'empilais l'or, tantôt je lâchais le tas pour arpenter la chambre à pas rapides, m'arrêtais, perdu dans mes pensées; puis je revenais vers la table et je recommençais à compter l'argent. Une idée me frappa subitement et je me précipitai vers la porte que je fermai à double tour. Puis je m'arrêtai, indécis, devant ma valise.

« Peut-être faudrait-il le mettre dans la valise jusqu'à demain ? » demandai-je. Je m'étais tourné vers Pauline, me rappelant tout à coup sa présence. Elle était assise à la même place, sans mouvement, mais elle m'observait fixement. Son expression était assez étrange, et je ne l'aimais pas. Je ne me trompe pas en disant que j'y voyais de la haine.

Je m'approchai d'elle vivement.

« Pauline, voici vingt-cinq mille florins, cela équivaut à cinquante mille francs, davantage même. Prenez-les, demain vous pourrez les lui jeter à la figure ! »

Pas de réponse.

« Si vous le voulez, je les porterai moi-même, à la première heure. D'accord ? »

Elle se mit brusquement à rire. Elle rit longtemps.

Je la regardai avec étonnement, avec douleur. Ce rire rappelait assez exactement celui de naguère, saccadé, moqueur, dont elle accueillait mes déclarations les plus passionnées. Enfin elle cessa de rire et fronça les sourcils; elle me regarda sombrement, le front baissé :

« Je ne toucherai pas à votre argent, dit-elle avec mépris.

— Comment ? Mais pourquoi donc, Pauline ?

— Je n'accepte pas d'argent en cadeau.

— Je vous l'offre en ami; je vous offre ma vie. »

Elle posa sur moi un long regard inquisiteur, comme si elle voulait me transpercer.

« Vous payez cher, dit-elle, avec un mauvais sourire; la maîtresse de Des Grieux ne vaut pas cinquante mille francs.

— Pauline, comment pouvez-vous me dire des choses pareilles ? m'écriai-je avec reproche. Est-ce que je suis Des Grieux ?

— Je vous déteste ! Oui... oui ! Je ne vous aime pas plus que Des Grieux ! » s'écria-t-elle, et ses yeux étincelèrent.

Elle se cacha le visage dans les mains, et ce fut l'hystérie. Je m'élançai vers elle.

Je compris que quelque chose lui était arrivé en mon absence. Elle n'était pas dans son état normal.

« Achète-moi ! Tu veux ? Tu veux ? Pour cinquante mille francs, comme Des Grieux ? » s'exclamait-elle, et ses mots étaient entrecoupés de sanglots convulsifs. Je la pris dans mes bras, je baisai ses mains, ses pieds, je tombai à genoux devant elle.

La crise passait. Elle mit ses deux mains sur mes épaules et me regarda attentivement, comme pour lire quelque chose sur mon visage. Elle semblait écouter sans entendre mes paroles. Je vis apparaître dans son expression une sorte d'inquiétude pensive. J'eus peur pour elle; il me semblait décidément que sa raison se troublait. Tantôt elle m'attirait doucement, et un sourire confiant errait déjà sur son visage; et soudain elle me repoussait et me dévisageait à nouveau d'un regard voilé.

Tout à coup, elle se mit à m'étreindre.

« Mais tu m'aimes, tu m'aimes ? disait-elle. Tu étais... tu étais... prêt à te battre avec le baron, pour moi ! »

Elle éclata de rire, comme l'esprit traversé par un souvenir comique et tendre. Elle pleurait et riait ensemble. Que pouvais-je faire ?

J'éprouvais moi-même une sorte de fièvre.

Elle se mit à me parler, mais je ne pus presque rien comprendre à ce qu'elle disait. C'était du délire, un bredouillement, comme si elle avait hâte de me raconter quelque chose; interrompu parfois par le rire le plus joyeux, qui commençait à m'effrayer.

« Non, non, tu es gentil, gentil ! répétait-elle. Tu es mon fidèle... » Elle me reposait les mains sur les épaules, elle fixait sur moi un regard intense et reprenait : « Tu m'aimes... Tu m'aimes... Tu m'aimeras ? » Je ne la quittai pas des yeux; jamais je ne l'avais vue dans cet accès de tendresse et d'amour. Il est vrai que c'était du délire, mais... remarquant mon regard passionné elle se mettait soudain à sourire malicieusement et, sans transition, à parler de Mr. Astley.

D'ailleurs, elle avait fréquemment commencé à parler de lui, surtout quand elle s'était efforcée de me raconter quelque chose, mais je n'arrivais pas à saisir; je crois qu'elle se moquait même de lui; elle répétait tout le temps qu'il attendait, elle me demandait si je savais qu'en ce moment même il se trouvait là, en bas, sous ma fenêtre ? « Oui, oui, sous la fenêtre, va, ouvre-la, regarde, mais regarde donc, il est là, il est là ! » Elle me poussait vers la fenêtre, mais à peine esquissais-je un mouvement pour y aller qu'elle éclatait de rire, et je restais auprès d'elle; et elle m'étreignait, m'embrassait.

« Dis, nous partirons ? C'est demain que nous

partirons ? demandait-elle, soudain inquiète, mais... (elle devenait pensive), mais crois-tu que nous pourrons rattraper grand-mère ? Je pense que c'est à Berlin que nous la rattraperons. Que crois-tu qu'elle dira quand nous l'aurons rejointe et qu'elle nous aura vus ? Et Mr. Astley ? Oh ! celui-là ne fera pas le saut du Schlangenberg, qu'en penses-tu ? » Elle éclata de rire. « Ecoute donc : peux-tu t'imaginer où il ira, l'été prochain ? Il veut aller au pôle Nord, pour des recherches scientifiques, et il veut m'y emmener avec lui, ha, ha, ha ! Il prétend que nous, Russes, nous ne savons rien et ne sommes capables de rien sans les Européens... Mais il est gentil, lui aussi ! Figure-toi, il « comprend » le général; il dit qu'une femme comme Blanche... que la passion... enfin, je ne sais plus, je ne sais plus ! répéta-t-elle, comme si elle avait perdu le fil. Les malheureux, comme je les plains ! Et la grand-mère aussi !... Ecoute, écoute, tu n'allais quand même pas tuer Des Grieux ? Et vraiment, tu pensais vraiment que tu allais le faire ? Oh ! que tu es bête ! Pouvais-tu croire sérieusement que je te permettrais de te battre avec Des Grieux ? Mais tu ne tueras pas non plus le baron ! ajouta-t-elle avec un rire subit. Oh ! ce que tu étais drôle alors, avec le baron ! De mon banc, je vous observais tous les deux; et, lorsque je t'ai dit d'y aller, combien tu étais contrarié. Comme j'en ai ri alors, oh! comme j'en ai ri! » éclata-t-elle de rire. Et elle se remettait à m'embrasser, à m'étreindre, à presser son visage contre le mien avec tendresse et passion. Je ne pensais plus à rien, je n'entendais plus rien. La tête me tournait...

Il était peut-être sept heures du matin lorsque je repris mes sens. Le soleil éclairait ma chambre. Pauline était assise à côté de moi, le regard éperdu, comme si elle sortait des ténèbres et rassemblait ses souvenirs. Elle venait de se réveiller elle aussi, elle regardait fixement la table et l'argent. Ma tête était lourde et douloureuse. Je voulus prendre sa main, elle me repoussa brusquement et sauta du canapé. Le jour qui s'était levé s'annonçait sombre; il avait plu avant l'aube.

Pauline s'approcha de la fenêtre, l'ouvrit, se pencha au-dehors; puis elle appuya les mains sur le rebord et, les coudes posés sur la barre, elle resta immobile quelques minutes, sans se retourner et sans écouter ce que je lui disais. Une crainte se glissait dans mon esprit : qu'allait-il arriver et comment cela finirait-il ? Soudain, elle se redressa, s'approcha de la table et, me regardant avec infiniment de haine, les lèvres tremblantes de rage, elle me dit :

« Donne-moi maintenant mes cinquante mille francs !

— Pauline, ne recommence pas !

— Aurais-tu changé d'avis, par hasard ? Ha, ha, ha ! tu regrettes déjà ton argent, peut-être ? »

Les vingt-cinq mille florins dont j'avais fait une liasse la veille étaient sur la table; je les lui remis.

« Ils sont bien à moi maintenant ? N'est-ce pas, n'est-ce pas ? demanda-t-elle méchamment, l'argent à la main.

— Mais ils n'ont jamais cessé d'être à toi ! répondis-je.

— Alors, les voilà, tes cinquante mille francs ! »

Elle les brandit et me les jeta à la tête. La liasse me frappa durement au visage et s'éparpilla par terre. Pauline s'élança hors de la chambre.

A ce moment-là, je le sais, elle n'avait pas sa raison, bien que je ne comprenne pas cette folie passagère. Il est vrai qu'un mois s'est écoulé et qu'elle est encore malade. Quelle fut, au demeurant, la cause de cet état, de cette sortie surtout ? Fierté bafouée ? Désespoir d'avoir condescendu à venir me trouver ? Lui aurais-je laissé croire par mon attitude que je tirais vanité de mon bonheur et qu'à l'exemple de Des Grieux je voulais effectivement me débarrasser d'elle en lui faisant cadeau de cinquante mille francs ? Non, il n'en avait pas été ainsi, j'en suis sûr en mon âme et conscience. Je pense que sa propre vanité y est pour une grande part. Sa vanité lui suggéra de ne pas avoir confiance en moi et de m'offenser, encore que tout cela fût peut-être assez confus dans sa propre tête. Dans ce cas, j'avais naturellement payé pour Des Grieux et j'étais devenu le grand fautif, sans que ma faute fût bien grave. Il est vrai que tout cela n'était que délire. Il est non moins vrai que j'en étais pleinement conscient et... que je n'en tins pas compte. Maintenant, elle ne peut pas me le pardonner, peut-être. Oui, maintenant; mais alors, il y a un mois ? Son délire et sa maladie ne l'avaient pas ébranlée au point d'oublier ce qu'elle faisait en se rendant chez moi avec la lettre de Des Grieux ! Elle savait donc ce qu'elle faisait.

Je fourrai pêle-mêle mes billets de banque et mon tas d'or dans le lit que je recouvris et je sortis dix minutes après Pauline. J'étais certain qu'elle était rentrée chez elle et j'avais l'intention de me glisser dans leur antichambre pour demander à la bonne des nouvelles de Mademoiselle. Quelle ne fut pas ma surprise d'entendre la *niania*, rencontrée dans l'escalier, me dire que Pauline n'était pas encore rentrée et qu'elle-même venait la chercher chez moi.

« Elle vient de me quitter, lui dis-je, il y a dix minutes à peine, où est-elle donc ? »

La bonne me lança un regard de reproche.

Entre-temps, l'incident s'était ébruité, on en faisait à l'hôtel toute une histoire. Chez le portier et l'*Oberkellner*, on chuchotait que la *fraülein* était sortie en courant vers six heures du matin et qu'elle s'était enfuie sous la pluie dans la direction de l'*Hôtel d'Angleterre*. Leurs dires et leurs allusions me firent comprendre que tout le monde était déjà au courant du fait qu'elle avait passé la nuit dans ma chambre. D'ailleurs, les anecdotes couraient sur toute la famille du général : on avait appris que celui-ci était devenu fou la veille; on l'avait entendu sangloter de tous les étages. On rapportait que la grand-mère, survenue inopinément, était sa mère, qu'elle était arrivée de la lointaine Russie exprès pour empêcher son « fils » de convoler avec mademoiselle de Cominges, avec menace de le déshériter en cas de désobéissance; et, comme il avait effectivement refusé de plier, elle avait perdu tout son argent à la roulette exprès, sous ses yeux, afin qu'il ne lui en revînt absolument rien. « *Diese Russen !* » répétait l'*Oberkellner* en secouant la tête, outré. Les autres riaient. L'*Oberkellner* préparait la note. On savait aussi que j'avais gagné au casino. Karl, mon garçon d'étage, avait été le premier à m'en féliciter. Mais j'avais bien autre chose à faire. Je courus à l'*Hôtel d'Angleterre.*

Il était encore tôt, Mr. Astley ne recevait personne; mais, en apprenant que c'était moi qui voulais le voir, il sortit dans le couloir et se planta, muet, devant moi, son regard de plomb fixé sur le mien et il attendit ce que j'avais à lui dire. Je m'enquis de Pauline.

« Elle est malade, répondit-il; ses yeux ne me quittaient pas.

— Alors, c'est vrai qu'elle est chez vous ?

— Oh ! oui, chez moi.

— Alors, avez-vous... avez-vous l'intention de la garder chez vous ?

— Oh ! oui, j'ai cette intention.

— Mr. Astley, ce sera un scandale, c'est impossible ! De plus, elle est tout à fait malade; vous ne l'avez peut-être pas remarqué ?

— Oh ! oui, j'ai remarqué. D'ailleurs, je vous l'ai dit moi-même. Sinon, elle n'aurait pas passé la nuit chez vous.

— Vous savez cela aussi ?

— Je sais cela. Hier, elle se rendait ici, et je l'aurais menée chez une de mes parentes; mais, comme elle était malade, elle s'est trompée de chemin et elle est allée chez vous.

— Imaginez cela ! Eh bien, mes compliments, Mr. Astley ! Au fait, vous me donnez une idée; ne seriez-vous pas resté toute la nuit sous notre fenêtre ? Miss Pauline insistait tout le temps pour que j'ouvre la fenêtre et que je regarde pour voir si vous étiez bien là; et elle riait très fort.

— Vraiment ? Non, je n'étais pas sous la fenêtre, mais j'attendais dans le couloir et je faisais les cent pas tout autour.

— Mais, Mr. Astley, il s'agit de la soigner !

— Oh ! oui, j'ai déjà appelé un médecin et, si elle meurt, c'est vous qui m'en répondrez. »

Je fus stupéfait.

« De grâce, Mr. Astley, quelles sont donc vos intentions ?

— Est-ce vrai que vous avez gagné hier deux cent mille thalers ?

— Seulement cent mille florins.

— Vous voyez bien ! Alors, partez pour Paris dès ce matin.

— Pour quoi faire ?

— Tous les Russes qui ont de l'argent vont à Paris, dit Mr. Astley d'un ton sentencieux, comme s'il venait de le lire dans un livre.

— Qu'est-ce que je vais faire à Paris maintenant, en plein été ? Mr. Astley, je l'aime ! Vous le savez bien.

— Pas possible ? Je suis persuadé du contraire. En outre, si vous restez ici, vous perdrez sûrement tout ce que vous avez gagné et vous n'aurez plus de quoi aller à Paris. Mais je vous dis adieu, je suis sûr que vous partirez pour Paris aujourd'hui même.

— Soit, adieu ! Seulement, je ne partirai pas pour Paris. Mr. Astley, vous rendez-vous compte de ce qui va se passer chez nous ? Enfin, le général... et maintenant, ce qui vient d'arriver à Miss Pauline... toute la ville le saura.

— Oui, toute la ville. Mais je pense que le général ne s'en inquiète guère, il a autre chose en tête. D'autre part, Miss Pauline a parfaitement le droit de vivre où bon lui semble. Et en ce qui concerne cette famille, on peut dire à juste titre qu'elle n'existe plus. »

En m'en allant, je ne pus m'empêcher de sourire de la curieuse certitude de cet Anglais que j'irais à Paris. « Cependant, il voudrait m'envoyer une balle dans la tête, en duel, pensais-je, au cas où Miss Pauline mourrait; en voilà encore une histoire. » Oui, je le jure, j'avais pitié de Pauline, mais, chose étrange : dès l'instant où j'eus touché, hier, le tapis vert et commencé à entasser l'argent, mon amour était comme passé au second plan. Cela, je le dis maintenant. Alors, je ne m'en rendais pas encore bien compte. Suis-je vraiment un joueur ? Avais-je vraiment pour Pauline un amour si étrange ? Non, Dieu m'en est témoin, je l'aime toujours ! Et lorsque je revenais de chez Mr. Astley je souffrais sincèrement et je me sentais coupable. Mais... c'est alors qu'il m'arriva une aventure invraisemblable autant que stupide.

Je me hâtais pour aller chez le général, lorsque, non loin de son appartement, une porte s'ouvrit et quelqu'un me héla. C'était madame veuve Cominges, sur l'injonction de mademoiselle Blanche. J'entrai chez elle. Il y avait deux pièces. J'entendis le rire et les exclamations de mademoiselle Blanche dans la chambre à coucher. Elle se levait.

« Ah ! c'est lui ! Viens donc, bêta ! Est-ce vrai que tu as gagné une montagne d'or et d'argent ? J'aimerais mieux l'or[1].

— Oui, j'ai gagné, répondis-je en riant.

— Combien ?

— Cent mille florins.

— Bibi, comme tu es bête[1] ! Mais entre donc, je n'entends rien. Nous ferons bombance, n'est-ce pas[1] ? »

J'entrai. Elle était étendue sous une couverture de satin rose d'où émergeaient des épaules bronzées, saines, admirables, des épaules de rêve, à peine voilées d'une batiste bordée de dentelles neigeuses, ce qui allait merveilleusement avec sa peau brune.

1. En français dans le texte.

« Mon fils, as-tu du cœur[1] ? » s'écria-t-elle en me voyant, et elle éclata de rire. Son rire était toujours joyeux et parfois même sincère.

« Tout autre[1]... commençai-je en paraphrasant Corneille.

— Vois-tu[1], se mit-elle à bavarder tout à coup, d'abord, trouve-moi mes bas, aide-moi à me chausser; ensuite, si tu n'es pas trop bête, je te prends à Paris[1]. Tu sais, je pars tout de suite.

— Tout de suite ?

— Dans une demi-heure. »

Effectivement, tout était emballé. Ses bagages étaient prêts. Le café était servi depuis longtemps.

« Eh bien ! si tu veux, tu verras Paris. Dis donc, qu'est-ce que c'est qu'un *outchitel* ? Tu étais bien bête quand tu étais *outchitel*. Où donc sont mes bas ? Allons, chausse-moi ! »

Elle sortit un petit pied vraiment adorable, basané, pas du tout déformé, comme le sont trop souvent ces petits pieds qui paraissent si mignons en bottines. Je me mis à rire et commençai à lui mettre un bas de soie. Cependant, mademoiselle Blanche continuait à bavarder, assise sur son lit.

« Eh bien, que feras-tu, si je te prends avec moi[1] ? Avant toute chose, je veux cinquante mille francs[1]. Tu me les remettras à Francfort. Nous allons à Paris[1]; là, nous vivrons

1. En français dans le texte.

ensemble et je te ferai voir des étoiles en plein jour[1]. Tu verras des femmes comme tu n'en as encore jamais vu. Ecoute...

— Attends un peu ! Ainsi, je vais te donner comme ça cinquante mille francs ! Et que va-t-il me rester ?

— Et les cent cinquante mille francs que tu oublies ! De plus, je suis d'accord pour vivre chez toi un mois, deux mois, que sais-je[1] ? Bien entendu en deux mois, nous les aurons dépensés, ces cent cinquante mille. Tu vois, je suis bonne enfant et je te préviens à l'avance, mais tu verras des étoiles[1].

— Comment, on aura tout dépensé en deux mois ?

— Et alors ! On dirait que ça t'épouvante ! Ah, vil esclave[1] ! Mais comprends donc qu'un mois de cette vie vaut mieux que ton existence tout entière. Oui, un mois — et après, le déluge ! Mais tu ne peux comprendre, va[1] ! Va-t'en, va-t-'en, tu n'es pas à la hauteur ! aïe, que fais-tu[1] ? »

J'étais en train de tirer l'autre bas, je ne pus résister et j'embrassai son pied. Elle me l'arracha et m'en donna quelques petits coups au visage. Enfin, elle me mit à la porte.

« Eh bien, mon *outchitel*, je t'attends, si tu veux[1]; je pars dans un quart d'heure ! » me cria-t-elle alors que je sortais de la chambre.

J'avais le vertige quand je rentrai chez moi.

1. En français dans le texte.

Qu'y pouvais-je ? Eh bien, ce n'était pas ma faute si Pauline m'avait jeté une liasse de billets à la figure et si elle avait donné la préférence à Mr. Astley, pas plus tard qu'hier. Il y avait encore par terre quelques billets de banque éparpillés; je les ramassai. A cet instant, la porte s'ouvrit et parut l'*Oberkellner* en personne (auparavant, il ne daignait même pas me regarder) : est-ce que je désirais déménager en bas, dans le superbe appartement que le comte V. venait de quitter ?

Je restai un moment à réfléchir.

« La note ! m'écriai-je, je pars dans dix minutes ! Paris ? Va pour Paris ! me dis-je, le sort l'aura voulu ! »

Un quart d'heure plus tard, en effet, nous étions installés tous les trois, mademoiselle Blanche, madame veuve Cominges et moi-même, dans un compartiment réservé.

Mademoiselle Blanche était malade de rire en me contemplant. La veuve Cominges faisait chorus. Dire que j'étais gai serait exagéré. Ma vie était à un tournant décisif. Mais n'avais-je pas pris l'habitude depuis la veille de risquer le tout pour le tout ? Il est peut-être vrai que je n'avais pas tenu le coup et que l'argent m'avait tourné la tête. Peut-être, je ne demandais pas mieux[1]. J'avais l'impression que pour un temps, mais pour un temps seulement, le décor changeait. « Dans un mois, je serai de

1. En français dans le texte.

retour et alors... alors, à nous deux, Mr. Astley ! » Non, je me le rappelle maintenant, j'étais très triste alors, bien que nous riions à qui mieux mieux, avec cette petite sotte de Blanche.

« Mais qu'as-tu donc ? Que tu es bête ! Dieu, que tu es bête ! s'écriait-elle, cessant de rire pour me gronder sérieusement. Mais oui, oui, oui, nous les jetterons par la fenêtre, tes deux cent mille francs, mais au moins tu seras heureux comme un petit roi[1]; je te ferai moi-même ton nœud de cravate et je te présenterai à Hortense. Quand tout notre argent aura été mangé tu reviendras ici et tu feras de nouveau sauter la banque. Que t'ont dit les Juifs ? L'essentiel, c'est l'audace, et tu en as. Tu m'en rapporteras encore plus d'une fois, de l'argent, à Paris ! Quant à moi, je veux cinquante mille francs de rente et alors[1]...

— Et le général ? lui demandai-je.

— Le général, comme tu le sais, va tous les jours me chercher un bouquet de fleurs à cette heure-ci. Pour aujourd'hui, je lui ai commandé exprès des fleurs rarissimes. Le pauvre vieux reviendra à l'hôtel, mais le petit oiseau se sera envolé ! Il courra après nous, tu vas voir. Ha, ha, ha ! J'en serai enchantée. Il me sera utile, à Paris. Et ici, Mr. Astley paiera la note... »

C'est ainsi que je partis pour Paris.

1. En français dans le texte.

CHAPITRE XVI

Que dire de Paris ? Évidemment, tout cela fut du délire et de l'idiotie. Je n'y passai qu'environ trois semaines. Ce fut la fin de mes cent mille francs. Je dis bien cent mille seulement, car je remis les cent autres à mademoiselle Blanche en argent comptant; cinquante mille à Francfort et, trois jours plus tard à Paris, encore cinquante mille contre une lettre de change; elle les reprit d'ailleurs de moi en espèces une semaine plus tard. « Et les cent mille francs qui nous restent, tu les mangeras avec moi, mon *outchitel*[1] ! » « *Outchitel* », elle ne m'appelait jamais autrement. Il est difficile d'imaginer qu'il existe au monde quelque chose de plus calculateur, de plus avide et de plus ladre que la catégorie d'êtres à laquelle appartenait mademoiselle Blanche; quand il s'agit de leur argent, s'entend. Pour ce qui est de mes cent mille francs, elle finit par me déclarer ouvertement qu'ils lui étaient nécessaires

1. En français dans le texte.

pour ses frais de premier établissement à Paris. « Ainsi, je suis maintenant sur un pied convenable une fois pour toutes, et on ne m'en délogera pas de sitôt. En tout cas, j'ai pris des mesures pour cela », ajouta-t-elle. Au reste, je ne vis pour ainsi dire pas ces cent mille, c'est elle qui tenait les cordons de la bourse; et dans mon porte-monnaie, dont elle vérifiait le contenu quotidiennement, il n'y avait jamais plus de cent francs, moins même, le plus souvent.

« Pourquoi aurais-tu besoin d'argent ? » me disait-elle parfois de son air le plus ingénu; je ne discutais pas. En revanche, avec cet argent, elle n'avait pas mal, mais pas mal du tout arrangé son appartement. Quand elle m'y amena pour pendre la crémaillère, elle me dit, en me le faisant visiter : « Voilà ce que l'économie et le goût peuvent faire avec des moyens de misère. » Cette misère avait coûté exactement cinquante mille francs. Les autres cinquante mille furent utilisés pour acheter une voiture, des chevaux, et pour organiser deux bals, deux soirées plutôt, auxquelles furent conviées et Hortense et Lisette et Cléopâtre; des femmes remarquables à bien des égards et qui étaient même loin d'être vilaines. En ces deux occasions, je dus jouer le rôle stupide de maître de maison, accueillir et occuper des boutiquiers parvenus autant qu'obtus, divers lieutenants incroyablement ignares et d'un sans-gêne impossible, de piteux écrivaillons et autres folliculaires qui se présentèrent en frac dernier cri et gants beurre frais, d'une outrecuidance et d'une fatuité dont on n'a même pas idée à Pétersbourg, et ce n'est pas peu dire. Il leur prit même la fantaisie de me ridiculiser, mais je me grisai au champagne et restai affalé dans une pièce éloignée. Tout cela me dégoûtait au plus haut point.

« C'est un *outchitel,* disait Blanche en me montrant, il a gagné deux cent mille francs[1] et, sans moi, il n'aurait pas su comment les dépenser. Après, il redeviendra précepteur. Quelqu'un connaît-il une place ? Il faut le caser. »

Je me mis à recourir fréquemment au champagne car je ne cessais pas d'être fort triste et je m'ennuyais à mourir. Je vivais dans le milieu le plus bourgeois, le plus mercantile, où l'on comptait et soupesait chaque sou. Pendant les deux premières semaines, Blanche était loin d'avoir de l'affection pour moi, je le constatai. Il est vrai qu'elle m'avait commandé des vêtements très élégants et qu'elle faisait chaque jour le nœud de ma cravate; mais, au fond, elle me méprisait cordialement. Je n'y faisais pas la moindre attention. Morne et plein d'ennui, je me rendais habituellement au château des Fleurs où je me soûlais régulièrement en apprenant le cancan (que l'on y dansait très médiocrement). Par la suite, j'acquis même là une certaine célébrité. Blanche finit par y voir clair. Elle avait une idée préconçue de ma per-

1. En français dans le texte.

sonne : elle se figurait que, tant que durerait notre vie en commun, je la suivrais partout, pas à pas, crayon et papier en main, en tenant à jour le compte de ce qu'elle avait dépensé, de ce qu'elle avait volé, de ce qu'elle allait dépenser, de ce qu'elle allait voler. Elle était naturellement persuadée que nous allions nous livrer une bataille en règle pour chaque pièce de dix francs. A chacune de mes offensives supputées, elle avait mis au point, en temps utile, une riposte. Au début, ne voyant pointer aucune attaque, elle contre-attaquait quand même. Elle se lançait parfois à corps perdu mais comme je me taisais, affalé le plus souvent sur un canapé, dans une immobilité totale, les yeux au plafond, elle finit par s'en étonner. Elle crut d'abord que j'étais tout simplement idiot, « un *outchitel* »; elle interrompait alors ses arguments, elle devait penser : « Il est bête, inutile de lui donner des idées s'il est incapable de comprendre. » Alors, elle sortait, pour revenir au bout de dix minutes. Cela se passait lors de ses plus folles dépenses, tout à fait au-dessus de nos moyens : par exemple, elle changea d'équipage et acheta une paire de chevaux pour seize mille francs.

« Alors, bibi, tu n'es pas fâché ? venait-elle me dire.

— No-on !... Tu m'embêtes ! » répliquai-je en la repoussant de la main. Cela était si curieux qu'elle s'assit aussitôt à côté de moi : « Vois-tu, si je me suis décidée à débourser une telle somme, c'est que c'était une occasion. On pourra toujours les revendre vingt mille francs.

— Mais oui, mais oui ! ce sont des chevaux superbes, te voilà en possession d'un fameux équipage; cela te sera fort utile; et en voilà assez !

— Alors, tu n'es pas fâché ?

— Pourquoi cela ? C'est astucieux de ta part de te prémunir de certaines choses indispensables. Tu auras besoin de tout cela plus tard. Je comprends fort bien que tu sois obligée de te mettre sur un grand pied, sinon tu n'auras jamais ton million. Nos cent mille francs ne sont qu'un début, une goutte d'eau dans la mer. »

Blanche, qui ne s'attendait à rien moins qu'à des cris et à des remontrances, tombait des nues.

« Alors... alors, voilà le genre de type que tu es ! Mais tu as l'esprit pour comprendre ! Sais-tu, mon garçon[1], tu as beau être un *outchitel,* tu es sûrement né prince ! Vraiment, tu ne regrettes pas trop que notre argent fonde rapidement ?

— Mais non, qu'il aille plus vite !

— Mais... sais-tu... mais dis donc[1], serais-tu riche, par hasard. Mais, sais-tu, tu méprises par trop l'argent ! Qu'est-ce que tu feras après, dis donc[1] ?

— Après j'irai à Hombourg et je gagnerai encore cent mille francs.

— Oui, oui, c'est cela, c'est magnifique[1] ! Tu gagneras sûrement, je le sais, et tu m'ap-

1. En français dans le texte.

porteras ton gain. Dis donc, mais tu t'y prends si bien que je vais me mettre à t'aimer pour de bon ! Eh bien, puisque tu es comme ça, je m'en vais t'aimer pendant tout le temps qui nous reste à passer ensemble, sans te faire d'infidélités. Vois-tu, je ne t'aimais pas, tous ces temps-ci, parce que je croyais que tu n'étais qu'un *outchitel*, quelque chose comme un laquais, n'est-ce pas[1] ? Je te suis pourtant restée fidèle, parce que je suis une bonne fille[1].

— A d'autres ! Et Albert, ce petit officier noiraud ? Tu crois que je n'ai rien vu, la dernière fois ?

— Oh, oh, mais tu es...[1].

— Tu me racontes des histoires. Et tu vas croire que je me fâche, peut-être ? Je m'en balance, il faut que jeunesse se passe[1]. Tu ne vas quand même pas le chasser, puisqu'il était là avant moi et que tu l'aimes. Mais ne lui donne pas d'argent, tu entends ?

— Alors, tu n'es pas fâché pour ça non plus ? Mais tu es un vrai philosophe, sais-tu ? Un vrai philosophe[1] ! s'écria-t-elle enthousiasmée. Eh bien, je t'aimerai, je t'aimerai, tu verras, tu seras content[1] ! »

En effet, elle parut vraiment s'attacher à moi depuis lors, même d'amitié. Ainsi passèrent nos dix derniers jours. Je ne vis jamais les « étoiles » promises, mais, sous certains rapports, elle tint parole. De plus, elle me fit

1. En français dans le texte.

connaître Hortense, une personne qui avait même des dons excessivement remarquables et que, dans notre cercle, on appelait « Thérèse philosophe ».

Inutile, d'ailleurs, de s'étendre sur ce sujet; il pourrait former un récit spécial, d'un coloris particulier que je ne voudrais pas mêler à cette histoire. En fait, je voulais par-dessus tout que tout cela finît au plus vite. Nos cent mille francs purent néanmoins durer presque un mois, comme je l'ai dit. J'en fus sincèrement étonné. Blanche avait utilisé au moins quatre-vingt mille francs à diverses acquisitions et nous n'en dépensâmes pas plus de vingt mille à nous deux, et pourtant cela nous suffit. Sur la fin, elle était devenue presque franche avec moi (elle ne mentait tout de même pas tout le temps) et elle me révéla qu'au moins je n'aurais pas à payer certaines dettes qu'elle avait été forcée de contracter : « Tu n'as pas eu à signer de factures ni de traites, me disait-elle, parce que j'ai eu pitié de toi. Une autre ne se serait pas gênée de le faire et t'aurait conduit en prison. Tu vois, tu vois, comme je t'ai aimé et comme je suis bonne ! Tu imagines ce que va encore me coûter rien que ce satané mariage ! »

Nous eûmes un mariage, en effet ! Il se fit tout à la fin de notre mois; je suppose qu'il fallut racler les fonds de tiroirs pour y consacrer les derniers restes de mes cent mille francs. C'est ainsi que cela prit fin, c'est-à-dire notre mois. Après quoi, je fus mis officiellement à la retraite.

Voici comment les choses se sont passées. Huit jours après notre installation solennelle à Paris, le général arriva. Il se rendit directement chez nous et, dès la première visite, y resta presque. Il avait toutefois un pied-à-terre quelque part en ville. Blanche l'accueillit joyeusement, avec cris de gorge et rires, et se jeta même à son cou. L'affaire tourna de façon telle que ce fut elle qui ne le lâcha plus : il dut l'accompagner partout, sur le boulevard, à la promenade, en voiture, au théâtre, en visite. Le général convenait encore à cet emploi, il avait assez de prestance et de dignité, la taille avantageuse, les favoris et les moustaches (immenses, il avait servi dans les cuirassiers) teints, le visage distingué, quoique un peu flasque. Il avait d'excellentes manières et portait l'habit à merveille. A Paris, il arbora ses décorations. Avec un tel personnage, déambuler sur les boulevards était non seulement possible, mais encore recommandable.

Le général, qui manquait non pas de bonté, mais d'intelligence, était aux anges. En arrivant chez nous à Paris, il était loin de s'attendre à cette tournure des événements. Il tremblait presque de crainte, il croyait que Blanche pousserait des cris et le mettrait à la porte. Aussi fut-il ravi et passa-t-il tout ce mois dans une espèce d'exultation béate. Il était encore dans cet état quand je le quittai.

Ce n'est qu'en arrivant ici que j'eus des détails sur ce qui lui était arrivé lorsque nous partîmes précipitamment de Roulettenbourg : le matin même, il eut une sorte d'attaque. Il tomba évanoui, puis, toute la semaine, il divagua, comme fou. On le soignait, quand il laissa tout en plan pour prendre le train et débarquer à Paris. Inutile de dire que l'accueil de Blanche fut le meilleur tonique qu'on pût imaginer pour lui. Mais les symptômes de la maladie demeurèrent longtemps, malgré sa joie et son exaltation. Il ne pouvait plus du tout raisonner ni même suivre une conversation tant soit peu sérieuse; il accompagnait alors chaque mot d'un « hum ! » en hochant la tête; il s'en tirait ainsi. Souvent, il riait, mais d'un rire nerveux, maladif, saccadé. Il lui arrivait encore de rester assis des heures entières, sombre comme la nuit, fronçant ses sourcils épais. La mémoire lui faisait même défaut dans bien des cas; il était devenu distrait jusqu'à l'incohérence, il avait pris l'habitude de parler tout seul. Seule Blanche pouvait l'égayer; d'ailleurs, ses accès d'humeur morose, quand il se tenait renfermé dans un coin, signifiaient simplement qu'il n'avait pas vu Blanche depuis longtemps ou que celle-ci était sortie sans le prendre, ou qu'elle l'avait quitté sans un mot affectueux. Il n'aurait pu dire lui-même ce qu'il désirait et il ignorait qu'il était en pleine mélancolie. Si Blanche partait pour toute la journée, probablement chez Albert (je l'ai observé une fois ou deux), le général restait assis une heure entière; puis le voilà qui tourne la tête, qui s'agite, qui regarde de tous côtés, comme s'il essayait de se souvenir de quelque chose, comme s'il cherchait quelqu'un; mais, ne voyant personne et n'arrivant pas à se rappeler ce qu'il voulait demander, il retombe dans sa torpeur jusqu'à ce que Blanche rentre subitement, gaie, vive, parée, avec son rire sonore; elle courait vers lui et se mettait à le houspiller et même à l'embrasser, faveur rare, d'ailleurs. Une fois, il fut si heureux de la revoir qu'il en pleura, à mon ébahissement.

Dès qu'il fut parmi nous, Blanche se fit l'avocat de sa cause devant moi. Elle donna même dans l'éloquence. Elle me rappela que c'était pour moi qu'elle l'avait trompé, qu'elle était pour ainsi dire sa fiancée, qu'elle s'était promise à lui, qu'il avait abandonné sa famille à cause d'elle; enfin que j'avais été à son service et que je devais en tenir compte; bref, comment n'avais-je pas honte ?... Je restais muet comme une carpe, tandis qu'elle continuait sa logorrhée. Finalement, j'éclatai de rire. Nous en restâmes là, c'est-à-dire qu'elle me prit d'abord pour un imbécile, pour en arriver à la conclusion que j'étais un excellent homme et très accommodant. En un mot, vers la fin de mon séjour, j'eus l'heur de mériter les meilleures dispositions de cette digne demoiselle. (Blanche était en effet une excellente fille, dans son genre, bien entendu; je m'étais trompé d'appréciation au départ.) « Tu es un homme intelligent, tu es bon, me disait-elle dans les derniers temps et...

et... seulement, c'est bien dommage que tu sois si bête ! Tu ne feras jamais, jamais fortune ! »

« Un vrai Russe, un Kalmouk[1]. »

A plusieurs reprises, elle m'envoya promener le général à travers les rues de Paris, tel un valet, la levrette de sa patronne. Cependant, je l'emmenai aussi au théâtre, au bal Mabille, au restaurant. Blanche octroyait de l'argent pour ces occasions, bien que le général eût le sien. Il était ravi de sortir son portefeuille en public. Un jour, je dus presque employer la force pour l'empêcher d'acheter une broche de sept cents francs dont il s'était entiché au Palais-Royal et dont il voulait absolument faire cadeau à Blanche. Qu'aurait-elle fait d'une broche de sept cents francs ? Le général ne possédait pas plus de mille francs pour tout potage. Je n'ai jamais pu en découvrir l'origine. Mr. Astley, probablement; d'autant plus qu'il avait réglé leur note d'hôtel.

Quant à l'idée que le général pouvait se faire de moi pendant toute cette période, j'incline à croire qu'il ne soupçonnait même pas mes rapports avec Blanche. Bien qu'il eût vaguement entendu dire que j'étais chez elle comme une sorte de secrétaire particulier, peut-être même comme domestique. De toute façon, il continuait à me traiter du haut de sa grandeur, à la général; il lui arrivait aussi de se lancer dans l'admonestation.

1. En français dans le texte.

Un matin que nous étions en train de prendre notre petit déjeuner, il nous fit bien rire, Blanche et moi. Ce n'était pas un homme exagérément susceptible, mais là, tout à coup, il se vexa contre moi. Pourquoi ? Je n'en sais rien, jusqu'à présent. Pas plus que lui, d'ailleurs. Bref, il commença un discours sans queue ni tête, à bâtons rompus[1]; il criait que je n'étais qu'un galopin, qu'il m'apprendrait... qu'il m'en ferait voir, etc., etc. On n'y comprenait rien. Blanche riait aux larmes. Enfin, on réussit à le calmer et à l'emmener faire une promenade. Or, je n'étais pas sans remarquer souvent que, même en présence de Blanche, il devenait triste, que quelqu'un ou quelque chose lui faisait de la peine, lui manquait. A ces moments-là, il entreprit une fois ou deux de me parler, mais il ne put jamais s'expliquer clairement; il évoquait sa carrière militaire, sa défunte femme, son domaine, sa maison. Un mot quelconque retenait-il subitement son attention, il en était très content et il lui arrivait de le répéter à longueur de journée, bien qu'il n'eût aucun rapport avec ses sentiments ni avec ses idées. Je tentais de lui parler de ses enfants, mais il se dérobait en bredouillant comme par le passé et il se hâtait de changer de sujet. « Oui, oui, les enfants, vous avez raison; les enfants ! » Une fois seulement je le sentis ému (nous allions au théâtre) : « Ce sont des enfants

1. En français dans le texte.

malheureux ! dit-il tout à coup, oui, monsieur, des enfants malheureux », ajouta-t-il en accentuant ce dernier mot. Durant la soirée, il répéta : « Des enfants malheureux ! » Mais, lorsque j'abordai le sujet de Pauline, il se mit en fureur : « C'est une ingrate, s'écria-t-il, elle est méchante et ingrate ! Elle a déshonoré toute la famille ! Si seulement il y avait des lois ici, je lui aurais serré la vis, ah mais ! Parfaitement ! » Quant à Des Grieux, il ne pouvait même pas en entendre parler : « Il a causé ma perte, il m'a volé, il m'a égorgé ! Il a été mon cauchemar pendant deux années entières ! J'ai rêvé de lui pendant des mois et des mois ! C'est, c'est... c'est... Oh, ne me parlez jamais de lui ! »

Je voyais bien que quelque chose s'arrangeait entre eux, mais, comme d'habitude, je me tenais coi. Blanche me le déclara la première, exactement huit jours avant notre séparation. « Il a de la chance[1], babillait-elle; la *baboulinka* est malade pour de bon cette fois-ci, ses jours sont comptés. Mr. Astley nous a envoyé un télégramme. Avoue qu'il est tout de même son héritier. Et même s'il ne l'était pas, il ne gênera en rien. Premièrement, il a sa pension et, deuxièmement, je l'installerai dans la chambre du fond et il sera parfaitement heureux. Quant à moi, je serai madame la générale ! J'entrerai dans le milieu des gens biens. (Blanche en

1. En français dans le texte.

rêvait sans cesse) et je serai plus tard une propriétaire russe. J'aurai un château, des moujiks et puis j'aurai toujours mon million[1].

— Bon, mais s'il devient jaloux, s'il exige... Dieu sait quoi... tu comprends ?

— Ah, mais non, non, non ! Comment oserait-il ! Ne t'en fais pas, j'ai pris mes précautions. Je lui ai déjà fait signer des traites au nom d'Albert. Au moindre signe, gare ! D'ailleurs, il n'osera pas !

— Alors, épouse-le... »

Le mariage fut célébré sans grande pompe, dans l'intimité et discrètement. En fait d'invités, il n'y eut qu'Albert et quelques proches. Hortense, Cléopâtre et compagnie furent résolument tenues à l'écart. Le fiancé s'intéressait beaucoup à sa nouvelle situation.

Blanche lui noua elle-même sa cravate et le pommada. En habit et gilet blanc, il avait l'air très comme il faut[1].

« Il est pourtant très comme il faut[1] », me déclara-t-elle en sortant de la chambre du général, comme si cette idée l'avait surprise elle-même.

Je m'intéressai si peu aux détails, en ne participant à tout cela qu'en spectateur nonchalant, que bien des choses m'ont échappé de l'événement. Je me rappelle seulement que Blanche ne s'appelait pas du tout de Cominges, pas plus que sa mère n'était veuve Cominges, mais

1. En français dans le texte.

du Placet. Pourquoi elles étaient devenues de Cominges, je l'ignore jusqu'à présent. Mais le général, de cela aussi, fut très content : du Placet lui plaisait plus que de Cominges. Le matin du mariage, déjà tout équipé, il marchait de long en large dans le salon et se répétait à lui-même d'un air important : « Mademoiselle Blanche du Placet ! Blanche du Placet ! du Placet ! » Puis il le redisait en le prononçant à la russe; et une certaine suffisance se répandait sur ses traits. A l'église, à la mairie, puis au lunch donné à la maison, il était non seulement joyeux et satisfait, mais encore fier. Quelque chose s'était passé en eux. Blanche prit aussi une espèce d'attitude particulièrement digne.

« A présent, mon maintien doit devenir tout à fait différent, me dit-elle avec le plus grand sérieux. Mais, vois-tu, je n'avais pas pensé à une chose très fâcheuse : figure-toi, je n'arrive toujours pas à apprendre mon nouveau nom : Zagoriansky, Zagoriansky, madame la générale de Zago... Zago... ces diables de noms russes ! Enfin, madame la générale à quatorze consonnes ! Comme c'est agréable, n'est-ce pas[1] ? »

Enfin, nous nous séparâmes. Blanche, cette petite gourde de Blanche, versa même quelques larmes au moment des adieux. « Tu étais bon enfant[1], pleurnichait-elle. Je te croyais bête et tu en avais l'air[1], mais cela te va !... »

1. En français dans le texte.

Après m'avoir une dernière fois serré la main, elle s'écria soudain : « Attends ! » elle se précipita dans son boudoir et en revint une minute plus tard avec deux billets de mille francs. Je ne l'aurais jamais cru ! « Cela pourra te servir. Tu es peut-être un *outchitel* savant, mais tu es un homme tout à fait bête. Pour rien au monde, je ne te donnerai plus de deux mille, parce que tu les perdrais au jeu de toute façon. Eh bien, adieu ! Nous serons toujours bons amis[1]. Si par hasard tu gagnes encore, ne manque pas de venir me voir, et tu seras heureux[1] ! »

J'avais encore moi-même cinq cents francs. En outre, j'ai une superbe montre qui en vaut mille, des boutons de manchettes en diamants, de menus objets; je peux encore tenir le coup assez longtemps, sans aucun souci. C'est à dessein que je me suis installé dans cette petite ville; je me prépare et, surtout, j'attends Mr. Astley. J'ai appris de source sûre qu'il sera de passage ici, pour affaires, pendant vingt-quatre heures. Je serai informé de tout... et après, après, direction Hombourg ! Je n'irai pas à Roulettenbourg; ou alors, l'année prochaine. On prétend, en effet, qu'il est de mauvais augure de tenter la chance deux fois de suite à la même table; et puis à Hombourg, c'est le vrai jeu.

1. En français dans le texte.

CHAPITRE XVII

VOILÀ un an et huit mois que je n'ai touché à ces notes. Ce n'est que maintenant, en proie à la mélancolie et au chagrin, que je les ai relues machinalement pour me changer les idées. Ainsi, j'en étais resté à ce projet de départ pour Hombourg. Mon Dieu ! avec quelle insouciance, relative d'ailleurs, j'écrivais alors ces dernières lignes ! C'est-à-dire, pas exactement avec insouciance, mais plutôt avec quelle assurance, avec quel espoir inébranlable ! Doutais-je le moins du monde de moi ? Et voilà que plus d'un an et demi s'est écoulé, et je crois être devenu pire qu'un mendiant. Eh quoi, un mendiant ? Je m'en fiche, de la mendicité ! Mais je me suis perdu ! D'ailleurs, presque aucune comparaison n'est valable, et il est parfaitement inutile de se faire de la morale. Il n'y a rien de plus ridicule que la morale en un moment pareil. Oh, gens satisfaits ! Avec quelle fière suffisance ces bavards sont tout disposés à proclamer leur sentence ! S'ils savaient à quel point je comprends moi-même toute l'ignominie de ma situation actuelle, leur langue ne tournerait certes pas dans leur bouche pour me faire la leçon ! Hé, que pourraient-ils me dire que je ne sache déjà ? Il s'agit bien de cela ! Ce qui importe, c'est que la roue fait un tour, et tout change. Alors ces mêmes moralistes, je n'en doute pas un instant, seront les premiers à venir me féliciter avec des plaisanteries amicales, et ils ne se détourneront pas de moi comme ils le font maintenant. Mais qu'ils aillent tous au diable ! Que suis-je maintenant ? Zéro. Que puis-je être demain ? Demain, je peux ressusciter d'entre les morts et recommencer à vivre ! C'est l'homme en moi que je peux retrouver, tant qu'il n'est pas perdu encore !

Oui, je me suis alors rendu à Hombourg, mais... ensuite, je suis revenu à Roulettenbourg, je suis allé à Spa; j'ai même été à Bade, comme valet de chambre du conseiller Hinze, une canaille et mon précédent maître ici. Oui, j'ai été laquais cinq mois entiers ! Cela, aussitôt après la prison (car j'ai aussi fait de la prison, à Roulettenbourg, pour une dette contractée ici). Un inconnu m'a racheté. Qui ? Mr. Astley ? Pauline ? Je ne saurais le dire. Mais la dette fut payée, en tout deux cents thalers; et je recouvrai ma liberté. Où aller ? C'est ainsi que j'entrai au service de ce Hinze. C'est un homme jeune, versatile et qui aime paresser; moi, je parle et j'écris trois langues. J'entrai d'abord chez lui en vague qualité de secrétaire, à trente florins par mois. Je finis par être un laquais authentique. Le Hinze n'avait plus les moyens de se payer un secrétaire, il diminua mes gages. Je ne savais pas où aller, je restai et ainsi je me fis moi-même domestique. J'avais toujours faim et soif à son service, mais je réussis à mettre de côté soixante-dix florins. Un soir, à Bade, je vins lui déclarer que je désirais le quitter et je me rendis le même soir à la roulette.

Oh, comme mon cœur battait ! Non, ce n'était pas à l'argent que je tenais ! Je voulais seulement que le lendemain tous ces Hinze, tous ces *Oberkellner*, toutes ces splendides Badoises, que tous ils parlassent de moi, qu'ils se racontassent mon histoire, qu'ils fussent étonnés par moi, qu'ils me couvrissent de louanges et qu'ils admirassent mon nouveau succès. Ce n'étaient que rêves et préoccupations d'enfant, mais... sait-on jamais ? Peut-être aurais-je rencontré aussi Pauline, lui aurais-je parlé; et elle aurait constaté que j'étais au-dessus de ces absurdes poussées du sort... Oh, non ! ce n'est pas à l'argent que je tiens ! Je suis sûr que je l'aurais encore jeté par la fenêtre pour une Blanche quelconque et que j'aurais de nouveau roulé trois semaines à Paris avec un attelage de mes propres chevaux à seize mille francs. Je sais bien que je ne suis pas avare. Je crois même que je suis prodigue. Et cependant, avec quel tremblement, quelle angoisse, j'écoute les annonces du croupier : trente et un, rouge, impair et passe; ou bien : quatre, noir, pair et manque ! Avec quelle avidité je regarde le tapis où sont répandus louis d'or, frédérics et thalers; les piles d'or que le râteau du croupier éparpille en amas ardents comme de la braise; les colonnes d'argent, longues d'une toise, couchées autour de la roue. Dès que j'approche de la roulette, je puis encore en être séparé par d'autres salles, au seul tintement des pièces qui s'entrechoquent en roulant, je suis presque en transe !

Oui, ce fut aussi un soir remarquable, celui où j'apportai mes soixante-dix florins à la table de jeu. Je commençai avec dix florins et de nouveau par passe. J'ai une prédilection pour passe. Je perdis. Il me restait soixante florins d'argent; je réfléchis et me décidai pour zéro. Je misai cinq florins à chaque coup. au troisième, le zéro sortit. En recevant mes cent soixante-quinze florins, je faillis mourir de joie. Lorsque j'en avais gagné cent mille, je n'avais pas été aussi heureux. Je plaçai immédiatement cent florins sur rouge et gagnai; je laissai les deux cents sur rouge, je gagnai; je poussai les quatre cents sur noir, je gagnai; le total des huit cents sur manque, je gagnai. Avec l'argent que j'avais de mon premier gain, cela faisait mille sept cents florins en moins de cinq minutes ! En vérité, à de pareils moments, on oublie tous les échecs antérieurs. N'avais-je pas atteint cela en risquant plus que ma vie ? J'avais eu l'audace de prendre ce risque, et voilà que je comptais de nouveau parmi les hommes !

Je pris une chambre à l'hôtel, je m'y enfermai et je restai là, à compter mon argent, jusqu'à vers trois heures du matin. Quand je me réveillai, je n'étais plus un laquais. Je décidai de revenir le jour même à Hombourg : je n'y avais pas servi comme domestique ni été en prison. Une demi-heure avant le départ de mon train, je me rendis au casino pour y faire deux mises, pas plus. Je perdis mille cinq cents florins. Je partis tout de même pour Hombourg. Cela fait un mois que j'y suis.

Je vis naturellement, dans un état d'alarme continuelle, je joue le plus modestement possible et j'attends quelque chose; je suppute, je passe des journées entières près des tables et j'*observe* le jeu; je le vois même en rêve. Malgré tout, j'ai le sentiment d'être engourdi, de m'être enlisé dans une sorte de vase. Mes impressions lors de ma rencontre avec Mr. Astley m'amènent à cette conclusion. Je ne l'avais pas revu depuis ce fameux matin (à Roulettenbourg) et je le rencontrai tout à fait par hasard. Voici comment : je me promenais dans le jardin public et je calculais que je n'avais presque plus d'argent, mais qu'il me restait cinquante florins; d'autre part, j'avais réglé, l'avant-veille, ma note à l'hôtel où j'avais loué une mansarde. J'avais donc la possibilité d'aller une seule fois à la roulette; si je gagnais un tant soit peu, je pouvais continuer à jouer, si je perdais, je redevenais un domestique, au cas où je ne trouvais pas instantanément une famille russe qui eût besoin d'un précepteur. Absorbé par cette pensée, je me dirigeais vers le parc, la forêt et la principauté voisine; c'était ma promenade quotidienne. Il m'arrivait ainsi de marcher pendant trois, quatre, cinq heures et de revenir à Hombourg fatigué et affamé. Je venais de sortir du jardin public et j'entrais dans le parc, lorsque je vis tout à coup, sur un banc, Mr. Astley. Il m'avait aperçu le premier et il m'appela. Je m'assis à côté de lui. Je lus une certaine gravité sur son visage et je refrénai aussitôt ma joie, bien que j'eusse été vraiment très heureux de le revoir.

« Ainsi, vous êtes ici ! me dit-il. Je comptais bien vous rencontrer. Ne prenez pas la peine de me raconter; je sais, je sais tout. Je suis au courant de vos faits et gestes durant cette année et ces huit mois.

— Bah ! Voilà comment vous surveillez les vieux amis ! répondis-je. Vous ne les oubliez pas, cela vous fait honneur... Mais au fait, j'y pense : ne serait-ce pas vous qui m'avez fait sortir de prison à Roulettenbourg, où j'étais enfermé pour une dette de deux cents florins ? C'est un inconnu qui l'a payée.

— Non, oh ! non ! Ce n'est pas moi qui vous ai fait libérer de la prison de Roulettenbourg pour une dette de deux cents florins. Mais je savais que vous étiez en prison pour une dette de deux cents florins.

— Mais alors, vous savez qui m'a racheté ?

— Oh ! non, je ne saurais dire que je le sais.

— Bizarre ! Je ne suis connu d'aucun de nos Russes. Du reste, ce ne sont pas les Russes d'ici qui auraient payé. Il n'y a que chez nous, là-bas, en Russie, que les orthodoxes rachètent les orthodoxes. Et moi qui croyais que c'était quelque original d'Anglais, par excentricité... »

Mr. Astley m'écoutait non sans surprise. Il devait s'attendre à me trouver morne et abattu.

« Je suis tout de même heureux de constater que vous avez entièrement gardé votre indépendance d'esprit et même votre gaieté, dit-il d'un ton plutôt déplaisant.

— Autrement dit, vous enragez intérieurement de ne me voir ni anéanti, ni humilié », répondis-je en riant.

Il ne comprit pas tout de suite; il sourit quand il eut saisi.

« J'aime vos reparties. A vos paroles, je reconnais mon vieil ami d'antan, intelligent, enthousiaste en même temps que cynique. Seuls les Russes peuvent réunir en eux tant de qualités contraires. C'est vrai que l'homme aime voir son meilleur ami humilié par rapport à soi. L'amitié est fondée la plupart du temps sur l'humiliation, c'est une vérité de toujours, bien connue des gens sensés. Mais, en l'occurrence, je vous assure que je suis sincèrement heureux que vous ne perdiez pas courage. Dites-moi, vous n'auriez pas l'intention de renoncer au jeu ?

— Oh ! au diable le jeu ! J'y renoncerais séance tenante, si seulement...

— Si seulement vous aviez la possibilité de vous refaire maintenant ? C'est bien ce que je pensais, inutile de terminer votre phrase. Vous l'avez dit sans réfléchir, c'est donc que vous avez dit vrai. Dites-moi, en dehors du jeu, vous ne vous occupez de rien ?

— Non, de rien... »

Il se mit en devoir de me faire passer un examen. Je ne savais positivement rien, je ne jetais presque jamais un coup d'œil aux journaux et, durant tout ce temps, je n'avais pas ouvert un seul livre.

« Vous vous êtes encroûté, me dit-il, vous avez renoncé non seulement à la vie, à vos intérêts personnels et aux sociaux, à vos devoirs de citoyen et d'homme, à vos amis (et vous en aviez pourtant); vous avez non seulement renoncé à tout objectif, hors de gagner au jeu, vous avez même renoncé à vos souvenirs. Je vous vois encore à une époque ardente et forte de votre vie; eh bien, je suis sûr que vous avez oublié tous les meilleurs sentiments que vous aviez alors. Vos espoirs, vos désirs les plus essentiels, actuellement, ne vont pas au-delà de pair et impair, rouge, noir, la douzaine du milieu, etc. J'en suis sûr !

— Assez ! Mr. Astley, s'il vous plaît, ne me rappelez rien, s'il vous plaît ! m'écriai-je avec contrariété, animosité presque. Sachez que je n'ai absolument rien oublié ! J'ai simplement chassé tout cela de mon esprit, pour l'instant, même mes souvenirs, jusqu'au moment où j'aurai radicalement redressé ma situation. Alors... alors vous verrez, je ressusciterai d'entre les morts !

— Vous serez encore ici dans dix ans, dit-il. Parions, si vous voulez, que je vous le rappellerai ici même, sur ce même banc, si je reste en vie.

— Assez, assez ! interrompis-je avec impatience. Et pour vous prouver que je ne suis pas si oublieux du passé permettez-moi de m'enquérir : où se trouve actuellement Miss Pauline ? Si ce n'est pas vous qui avez payé ma dette, c'est sûrement elle. Depuis l'époque en question, je n'ai eu aucune nouvelle.

— Non, oh, non ! Je ne crois pas que ce soit elle qui vous ait racheté. Elle est actuellement en Suisse et vous m'obligerez beaucoup en cessant de me poser des questions sur Miss Pauline, dit-il d'un ton catégorique et même irrité.

— Ce qui veut dire qu'elle vous a porté une blessure cuisante à vous aussi ! répliquai-je en riant malgré moi.

— De toutes les personnes dignes d'estime, Miss Pauline est la plus méritoire. Mais, je vous le répète, vous m'obligeriez grandement si vous cessiez de me poser des questions sur Miss Pauline. Vous ne l'avez jamais connue et je considère comme une offense à mon sens moral d'entendre son nom dans votre bouche !

— Voyez-vous ça ! D'ailleurs, vous avez tort,

de quoi d'autre pourrais-je parler avec vous ? Jugez-en vous-même. C'est cela qui forme tous nos souvenirs. Du reste, n'ayez aucune crainte, je n'ai que faire de vos affaires intimes et secrètes... Je ne m'intéresse qu'à la position pour ainsi dire extérieure de Miss Pauline, je voudrais simplement savoir dans quel état, dans quelles circonstances elle se trouve actuellement. Vous pourriez me le dire en deux mots.

— A votre aise, à condition de nous en arrêter à ces deux mots-là. Miss Pauline a longtemps été malade; elle l'est encore. Elle est restée pendant un certain temps dans le Nord de l'Angleterre avec ma mère et ma sœur. Il y a six mois, sa grand-mère, cette vieille excentrique, vous vous en souvenez, est décédée en lui léguant, à elle personnellement, sept mille livres sterling. Miss Pauline voyage actuellement avec la famille de ma sœur, qui s'est mariée. La situation de ses jeunes frère et sœur a également été assurée par le testament, ils font leurs études à Londres. Le général, son beau-père, est mort à Paris, il y a un mois, d'une attaque d'apoplexie. Mademoiselle Blanche l'a bien traité, mais elle a réussi à faire transférer à son nom tout ce qui lui revenait du legs... Voilà, je crois que c'est tout.

— Et Des Grieux ? Ne voyage-t-il pas en Suisse, lui aussi ?

— Non. Des Grieux ne voyage pas en Suisse et j'ignore où il se trouve. Maintenant, une fois pour toutes, je vous avertis, évitez de telles allusions et de tels rapprochements indécents; ou vous aurez certainement affaire à moi.

— Est-ce possible ? Malgré nos anciens rapports amicaux ?

— Oui, malgré nos anciens rapports amicaux.

— Mille excuses, Mr. Astley ! Mais permettez-moi de vous dire qu'il n'y a là rien d'offensant, ni d'indécent : je ne blâme en rien Miss Pauline. En outre, un Français et une jeune fille russe, pour parler en général, c'est un tel rapprochement, Mr. Astley, qu'il ne nous appartient pas de le trancher ni de le comprendre définitivement.

— Si vous n'allez pas évoquer le nom de Des Grieux avec d'autres noms, je vous demanderais de m'expliquer ce que vous sous-entendez par l'expression : « Un Français et une jeune fille russe » ? De quel « rapprochement » s'agit-il ? Et pourquoi justement un Français et inévitablement une jeune fille russe ?

— Vous voyez, cela commence à vous intéresser. Mais c'est une matière qui prête à de longs développements, Mr. Astley. Il faudrait connaître bien des questions préliminaires. Il n'en reste pas moins que le sujet est important, si risible qu'il paraisse à première vue. Un Français, Mr. Astley, c'est une forme achevée, jolie. Vous n'êtes peut-être pas d'accord, en tant que Britannique. En tant que Russe, je ne suis pas d'accord non plus, ne serait-ce que, disons, par jalousie. Mais nos jeunes filles peuvent être d'un autre avis. Racine peut vous sembler maniéré, précieux, parfumé, vous n'allez même sûrement pas le lire. Moi aussi, je le trouve alambiqué, tortillé, cosmétiqué, voire ridicule, à un certain égard. Mais il est merveilleux, Mr. Astley, et surtout c'est un grand poète, que nous le voulions ou non. La forme nationale du Français, c'est-à-dire du Parisien, s'est moulée en une forme esthétique, alors que nous n'étions que des ours. La Révolution a hérité de la noblesse. Actuellement, le Françouzik le plus bas peut avoir des manières, des procédés, des tournures de phrases et même des idées d'une forme tout à fait esthétique, sans y participer ni par l'initiative ni par l'âme ni par le cœur. Tout cela, il l'a reçu en héritage. Par eux-mêmes, ils peuvent être vides comme le néant et de la pire bassesse. Eh bien ! Mr. Astley, je vous apprendrai maintenant qu'il n'y a pas un être au monde qui soit plus confiant et plus sincère qu'une bonne jeune fille russe, assez intelligente et pas trop maniérée. Un Des Grieux qui apparaît dans n'importe quel rôle, en masque, peut conquérir son cœur avec une facilité étonnante. Il possède une forme esthétique, Mr. Astley, et la jeune fille la prend pour sa propre âme à lui, pour la forme naturelle de son esprit et de son cœur, et non pour la défroque dont il a hérité. Je dois vous avouer, à votre grand déplaisir, que les Anglais sont, pour la plupart, raides et inesthétiques. Or les

Russes savent assez bien discerner la beauté et ils y sont très sensibles. Mais, pour distinguer la beauté de l'âme et la personnalité, il faut incomparablement plus d'indépendance et de liberté que n'en ont nos femmes et, *a fortiori*, nos jeunes filles; et il faut, en tout cas, beaucoup plus d'expérience.

« A Miss Pauline (pardon ! son nom m'a échappé, je ne saurais le reprendre), à Miss Pauline, il faudra un temps très, très long pour vous préférer à une canaille comme Des Grieux. Elle saura apprécier vos mérites, elle deviendra une amie, elle vous ouvrira tout son cœur, mais le maître de ce cœur sera quand même cet individu odieux, ce méchant petit usurier de Des Grieux. Et cet état de choses va même durer, par simple entêtement pour ainsi dire, et par amour-propre, parce que ce même Des Grieux lui est apparu un beau jour sous l'auréole d'un marquis élégant, d'un libéral désabusé qui s'était ruiné (soi-disant ?) en se portant au secours de sa famille et de cet écervelé de général. Tout ce manège fut révélé par la suite, en plein jour. Mais cela ne fait rien ! Donnez-lui quand même son Des Grieux d'alors, voilà ce qu'elle veut ! Et plus elle hait le Des Grieux actuel, plus elle se languit de celui d'antan, bien qu'il n'eût jamais existé que dans son imagination. Mr. Astley, vous êtes sucrier ?

— Oui, je suis actionnaire des fameuses raffineries Lowell et Cie.

— Vous voyez bien, Mr. Astley ! Un sucrier, d'une part, et l'Apollon du Belvédère, de l'autre. Cela ne va pas très bien ensemble. Et moi, je ne suis même pas un sucrier, je ne suis qu'un petit joueur de roulette; j'ai même été valet de chambre, circonstance que Miss Pauline ne doit sûrement pas ignorer, car sa police me semble très bien faite.

— Vous êtes aigri, c'est pour cela que vous me racontez toutes ces balivernes, dit froidement Mr. Astley, après un instant de réflexion. De plus, vos paroles manquent d'originalité.

— D'accord ! Mais ce qu'il y a d'affreux, mon noble ami, c'est que si démodées, si éculées, si vaudevillesques qu'elles soient, toutes ces accusations sont vraies ! Vous et moi, nous ne sommes tout de même arrivés à rien.

— Quelle absurdité infâme... parce que... parce que... sachez-le donc ! s'exclama Mr. Astley, la voix tremblante, les yeux ardents. Sachez, homme ingrat et indigne, mesquin et malheureux, sachez que je suis venu ici, à Hombourg, exprès, sur sa demande, pour vous voir, pour vous parler longuement, à cœur ouvert et pour lui transmettre tout ce qui vous concerne, vos sentiments, vos pensées, vos espoirs et... vos souvenirs !

— Est-ce possible ! Est-ce possible ? » m'écriai-je, et mes larmes coulèrent à flots. Je ne pus les retenir. C'était, je crois, la première fois de ma vie.

« Oui, malheureux, elle vous aimait ! Je

puis vous le révéler, parce que vous êtes un homme fini ! Et même si je vous disais qu'elle vous aime encore, jusqu'à présent, vous resterez ici malgré tout ! Oui, vous vous êtes perdu. Vous aviez des dons, une nature éveillée, il y avait du bon en vous, vous auriez même pu être utile à votre patrie, qui a un grand besoin d'hommes. Mais vous ne bougerez plus d'ici et votre vie est terminée. Je ne vous accuse pas. A mon avis, tous les Russes sont comme cela, ou tendent à l'être. Si ce n'est la roulette, c'est autre chose, dans le même genre. Trop rares sont les exceptions. Vous n'êtes pas le premier à ne pas comprendre ce que c'est que le travail (je ne parle pas de votre peuple). La roulette est un jeu russe par excellence... Jusqu'à présent, vous êtes resté honnête et vous avez préféré la domesticité au vol... Mais je frémis en pensant à ce qui peut arriver dans l'avenir... En voilà assez, adieu ! Vous avez naturellement besoin d'argent ! Voici dix louis, prenez-les de ma part. Je ne vous en donnerai pas plus parce que vous les perdrez de toute manière. Prenez-les, et adieu ! Mais prenez-les donc !

— Non, Mr. Astley, après tout ce qui vient d'être dit...

— Prenez ! cria-t-il. Je suis persuadé que vous avez encore de la noblesse, je vous les donne comme peut le faire un ami à un vrai ami. Si je pouvais être sûr que vous allez abandonner sur-le-champ le jeu et Hombourg, que vous allez rentrer dans votre pays, je serais prêt à vous donner tout de suite mille livres pour commencer une nouvelle carrière. Or je vous donne, non pas mille livres, mais seulement dix louis, précisément parce que mille livres ou dix louis, pour vous, à l'heure actuelle, c'est tout comme : au jeu, vous perdrez l'un comme l'autre. Prenez ces dix louis, et adieu !

— Je le ferai si vous me permettez de vous embrasser, en signe d'adieu.

— Oh, mais avec plaisir ! »

Nous nous embrassâmes cordialement. Mr. Astley s'en fut.

Non, il n'a pas raison ! Si j'ai été brutal et stupide au sujet de Pauline et de Des Grieux, il l'a été aussi et il va un peu vite en parlant des Russes. Je ne dis rien de moi-même. Du reste... du reste, il s'agit bien de cela, pour l'instant ! Tout ça, ce sont des mots, des mots et des mots, et il faut des actes ! L'essentiel, maintenant, c'est la Suisse ! Dès demain, oh, si seulement j'avais la possibilité de partir dès demain ! Renaître, ressusciter ! Il faut leur prouver... Que Pauline sache que je suis encore capable d'être un homme ! Il suffirait... mais à présent, il est trop tard, alors dès demain... Oh, je le pressens, il ne peut pas en être autrement ! J'ai maintenant quinze louis d'or, et il fut un temps où je me mettais à jouer avec quinze florins seulement ! Si je commence avec prudence... et après tout me prend-on vraiment pour un enfant ? Est-ce que je ne comprends pas moi-même que je suis un homme fini ? Mais, au fond, pourquoi ne pourrais-je pas revivre ? Oui ! Il suffit, ne serait-ce qu'une fois dans la vie, d'être prudent et patient, et... et c'est tout ! Il suffit qu'une fois seulement je tienne bon, et en une heure je peux changer toute ma destinée !

Avoir la force de caractère, voilà l'essentiel. Je n'ai qu'à me remémorer ce qui m'est arrivé, dans ce genre, à Roulettenbourg, il y a huit mois, lorsque j'eus tout perdu. Oh, ce fut un cas de décision remarquable ! J'avais tout perdu, absolument tout... Je sors du *Kursaal*, et je sens : un florin remue encore dans mon gousset. Je me dis : « Bon, j'ai encore de quoi dîner. » Mais, après une centaine de pas, je me ravise et je rebrousse chemin. Je place ce florin sur *manque* (cette fois, c'était le tour du *manque*). En vérité, c'est vraiment quelque chose d'unique que de se sentir seul, à l'étranger, loin de sa patrie, de ses amis, de ne pas savoir si l'on va manger aujourd'hui et de miser son dernier, son tout dernier florin ! Je gagnai. Je sortis du *Kursaal* vingt minutes plus tard, avec cent soixante-dix florins dans ma poche. Et c'est un fait ! Voilà ce que peut signifier parfois le dernier florin ! Et quoi ? Si j'avais alors perdu courage, si je n'avais pas osé me décider ?

Demain, demain, tout sera fini !

COMMENTAIRES

par

G. Philippenko

LES SOUFFRANCES DE L'ÉCRIVAIN

Le Joueur constitue pour ainsi dire une parenthèse dans l'œuvre de Dostoïevski, un bref épisode dont l'éditeur, cette éminence grise — trop méconnue — des écrivains besogneux, est peut-être le principal responsable.

Ce petit roman, dicté en vingt-sept jours entre la Ve et la VIe partie de *Crime et Châtiment*, est en effet le fruit d'une collaboration bien particulière entre l'illustre romancier et l'éditeur Stellovski, collaboration dont Dostoïevski se serait d'ailleurs bien volontiers passé et qui donne un aperçu des conditions dans lesquelles il dut travailler toute sa vie.

« Le 1er octobre (1866) — écrit son ami A.P. Milioukov dans ses mémoires — je passai chez Dostoïevski qui venait de rentrer de Moscou. Il marchait de long en large dans sa chambre en fumant et se trouvait dans un état d'agitation visible.

« — Pourquoi êtes-vous aussi sombre ? lui « demandai-je.

« — Il y a de quoi être sombre quand on

« est au bord de la catastrophe ! répondit-il
« sans cesser ses allées et venues.

« — Comment ? Qu'est-ce qui se passe ?

« — Eh bien, êtes-vous au courant de mon
« contrat avec Stellovski ?

« — Vous m'avez parlé de ce contrat, mais
« je ne connais pas les détails.

« — Alors voyez vous-même. »

« Il s'approcha de son bureau, prit un papier qu'il me tendit, puis se remit à arpenter la pièce.

« J'étais perplexe. Sans parler même de la somme insignifiante pour laquelle Dostoïevski cédait les droits sur ses œuvres, il y avait dans le contrat une clause selon laquelle Fédor Mikhaïlovitch s'engageait à remettre pour le 1er novembre de la même année 1866 un roman inédit d'au moins dix feuillets d'imprimerie à grand format. S'il ne le faisait pas, Stellovski recevrait un important dédit. Et au cas où le roman ne serait pas remis pour le 1er décembre (...) « libre à lui, Stellovski, d'éditer pen-
« dant neuf ans comme il le voudrait tout ce
« que j'écrirai sans avoir à me verser de grati-
« fication ».

Dostoïevski avait donc le choix : ou bien hypothéquer son œuvre pour près de dix ans et se condamner à la misère, ou bien écrire un roman en moins d'un mois. Si la première solution le plongeait dans l'amertume — on le comprend — la deuxième lui paraissait au-dessus de ses forces.

Ses amis réunis en conclave lui proposèrent alors de mettre en commun leurs forces et de répartir entre eux les chapitres d'un roman dont Dostoïevski lui-même fournirait la trame. Mais celui-ci, plaçant au-dessus de tout sa dignité d'écrivain, déclara qu'il refuserait de signer une œuvre dont il ne serait pas l'auteur.

Il ne restait donc qu'une chose à faire : tenter l'impossible et Dostoïevski dut s'y résoudre. Pour faciliter un peu son travail, un ami lui conseilla de s'assurer les services d'une sténographe, et lui indiqua l'adresse où il pourrait la trouver et, le 4 octobre, une jeune sténographe, A. G. Snitkina — la future femme de Dostoïevski — se présentait à l'appartement de l'écrivain. Le travail sur *Le Joueur* commença aussitôt.

UN GRAND ROMAN MANQUÉ

Mais ce roman, rédigé en quelques semaines sous la pression des circonstances, était-il complètement improvisé ? Pas tout à fait. Comme pour beaucoup de romans de Dostoïevski, les sources du *Joueur* remontent aux années sibériennes. Dans la solitude des années d'exil, nourri par l'expérience terrible du bagne, ainsi que par de nombreuses lectures dont ses loisirs forcés lui offraient la possibilité, Dostoïevski conçut plus d'un projet de roman, projet dont la réalisation dut attendre parfois de longues années.

La première idée d'une étude sur le jeu lui vint sans doute de la lecture d'un article publié dans la revue *La Parole russe*, intitulé *Carnets d'un Joueur*, et dans lequel étaient décrites les mœurs des villes d'eaux allemandes, ainsi que les principes de la roulette et les techniques employées par les fanatiques du jeu pour gagner. Cet article ne pouvait qu'éveiller la curiosité de Dostoïevski dont la passion pour les jeux de hasard remontait à sa première jeunesse.

Pourtant il faut attendre les premiers voyages à l'étranger et les premiers contacts avec les villes d'eaux pour que la passion du jeu éclate réellement au grand jour et surtout que de cette passion naisse un projet d'œuvre littéraire.

Alors qu'il se trouvait à Rome, en septembre 1863, Dostoïevski écrivait à son ami le critique N.N. Strakhov :

« Je n'ai rien d'achevé en ce moment. Mais j'ai conçu le plan (assez heureux à mon avis) d'un récit. La plus grande partie en est notée sur des bouts de papier... Le sujet est le suivant : un type de Russe habitant l'étranger. Remarquez qu'il a été beaucoup question de ce genre de Russes dans les revues cet été. Mon récit en portera la trace. Et, d'une façon générale, il reflétera la minute présente (dans la mesure du possible naturellement) de notre vie intérieure. Je prends une nature spontanée, un homme cependant cultivé, mais en tout inachevé, un homme *qui a perdu la foi et qui n'ose pas ne pas croire*, qui se soulève contre les autorités et qui les craint. Il se tranquillise lui-même en se disant qu'il n'a rien à faire en Russie, aussi critique-t-il violemment ceux qui rappellent au pays les Russes vivant à l'étranger. Mais le trait principal, c'est que toute sa sève vitale, toutes ses forces rebelles, tout son courage ont été consacrés à la roulette. C'est un joueur qui pourtant n'est pas un joueur ordinaire, de même que le Chevalier Avare n'est pas un avare ordinaire (je ne me compare pas à Pouchkine, je parle ainsi pour plus de clarté). C'est un poète en son genre, et pourtant il a honte de cette poésie, car il en ressent profondément la bassesse, bien que par ailleurs le goût du risque l'ennoblisse à ses propres yeux. Tout le récit consiste à raconter comment, depuis plus de deux ans, il joue à la roulette dans les maisons de jeux... Si la *Maison des Morts* a attiré l'attention du public comme description des forçats que personne n'avait dépeints *d'expérience* avant la *Maison des Morts*, ce récit attirera à coup sûr l'attention comme description vivante et détaillée de la roulette... Ce ne sera peut-être pas mal du tout. Car la *Maison des Morts* a bien intéressé les lecteurs et là ils auront aussi la description d'une sorte d'enfer, ils seront « plongés » dans le milieu étouffant d'une sorte de bagne; j'ai envie de faire cette peinture et je m'y emploierai. »

Dans ce premier projet l'élément central est la figure du joueur lui-même. Celui-ci est présenté comme une nature complexe, ambiguë, un personnage tourmenté, un intellectuel en rupture avec son époque et son pays. Si l'on rapproche cette lettre de celle où Dostoïevski, vers la même époque, présentait le héros de *Crime et Châtiment* à son éditeur Katkov, on voit que dans son esprit le Joueur aurait dû être une sorte de Raskolnikov, un peu falot peut-être, qui aurait dépensé dans le jeu — et non dans le crime — le trop-plein d'énergie et de puissance de révolte qu'il sentait en lui. Le problème de la foi et de l'athéisme aurait dû être là aussi au centre du roman.

Autre préoccupation très caractéristique de Dostoïevski (que l'on retrouve d'ailleurs dans *Crime et Châtiment*), le souci de prouver l'intérêt de son œuvre, de la justifier, en lui donnant pour thème central une question d'actualité : préoccupation de journaliste, de feuilletoniste pour lequel il est indispensable d'accrocher l'attention d'un public toujours en quête de nouveauté et de sensation.

Le Joueur s'annonçait donc comme un grand roman dostoïevskien, un de ces romans philosophiques dont *Crime et Châtiment* allait bientôt donner un brillant exemple. Pourtant l'éditeur Stellovski en décida autrement. En 1866, lorsque Dostoïevski se mit à le rédiger, le roman n'était pas encore mûr, le personnage central, en particulier, n'avait pas encore acquis l'épaisseur que semblait annoncer le projet de 1863. C'est donc un fruit encore un peu vert, une œuvre aux dimensions réduites que Dostoïevski alla porter à son éditeur le 1er novembre 1866; elle perdait en profondeur et en richesse ce qu'elle gagnait en légèreté et en concision et ces deux dernières qualités qui la distinguent tant des romans ultérieurs de Dostoïevski, contribuèrent dans une large mesure à en assurer le succès parmi les lecteurs étrangers, les lecteurs français en particulier, que la profusion légendaire des romans russes a toujours un peu effrayés.

LES VINGT-SEPT JOURS

Dostoïevski aborda le travail sur *Le Joueur* dans un état d'épuisement et de nervosité extrêmes : toute sa carrière, tout son avenir étaient en jeu ! A. G. Snitkine-Dostoïevski qui consigna dans ses mémoires les premières impressions que fit sur elle son futur mari, indique que celui-ci semblait vieux (il avait quarante-cinq ans !), que son visage était pâle et maladif. D'autre part, à l'angoisse que l'écrivain pouvait éprouver en songeant à sa situation, s'ajoutait encore l'inquiétude devant une forme de travail inconnue : c'était la première fois en effet que Dostoïevski dictait un roman au lieu de l'écrire de sa propre main. Ce changement de méthode le troublait, il ne savait pas s'il pouvait faire confiance à la sténographe : saurait-elle noter avec précision ce qu'il lui dicterait, n'allait-elle pas défigurer le texte par ses erreurs ? Tous ces soucis, ces contrariétés expliquent les mauvaises conditions dans lesquelles se déroulèrent les premières séances de travail.

Le premier jour, Dostoïevski ne peut rien dicter : il ne fit que marcher de long en large dans son bureau, visiblement irrité et incapable de concentrer ses pensées. Les jours suivants se passèrent bien plus en conversations avec la jeune collaboratrice qu'en véritable travail. Dostoïevski vivait très isolé à cette époque, croulait sous le fardeau de toutes sortes d'ennuis : la présence d'une interlocutrice disponible et admirative lui donnait un bon prétexte pour satisfaire son besoin de confidences, pour s'épancher devant un auditeur compatissant. Il évoqua le temps où il fréquentait le cercle de Petrachevski, son procès, ses impressions de condamné à mort (un souvenir obsédant qui allait revenir plus d'une fois dans son œuvre), l'immense soulagement qu'il ressentit quand on annonça que la peine de mort était commuée en travaux forcés. Il fit part également à la jeune fille de ses soucis du moment et déclara que dans la situation où il se trouvait, il ne lui restait guère que trois solutions : partir pour la Terre sainte,

fuir vers l'Allemagne et ses maisons de jeux, ou bien se remarier et commencer une vie nouvelle. Entre deux confidences on buvait du thé et, parfois, on travaillait un peu. Dostoïevski ne parvenait pas à trouver le rythme du travail; il était distrait, il avait visiblement besoin de repos. Il lui arrivait, après avoir dicté quelques lignes, d'en demander lecture et de ne plus reconnaître ce qu'il avait lui-même dit quelques instants auparavant. Il ne pouvait travailler plus d'une heure d'affilée.

Pourtant les effets bénéfiques de la nouvelle méthode de travail se firent assez vite sentir. Les feuilles commençaient à s'amonceler sur le bureau et Dostoïevski reprenait courage. Bientôt le travail fut plus régulier, plus intense. Dostoïevski travaillait de midi à quatre heures de l'après-midi. Il faisait trois dictées d'une demi-heure ou plus et dans les intervalles se reposait en bavardant avec sa sténographe. Au bout de quelques jours encore, le travail l'absorba complètement, l'ivresse de la création le saisit : il ne se contentait plus d'improviser en dictant, il écrivait la nuit et dictait d'après un brouillon déjà rédigé. Le travail avança donc encore plus vite. Dostoïevski put espérer que le pari serait gagné et bientôt cet espoir se transforma en certitude : le roman allait être achevé à temps.

En effet, le 31 octobre, Dostoïevski se présentait chez Stellovski, son roman sous le bras.

Mais le perfide éditeur préparait encore une

surprise au naïf écrivain. Il se fit déclarer absent et l'employé qui reçut Dostoïevski refusa de prendre réception du manuscrit. L'éditeur avait tout intérêt à ce que le roman ne fût pas remis dans les délais : il l'aurait eu de toute façon, avec en plus, tous les avantages que le contrat prévoyait en sa faveur au cas où l'écrivain ne remplirait pas ses engagements.

Mais le bon génie des auteurs vint au secours de Dostoïevski : celui-ci alla déposer son manuscrit au commissariat de police du quartier en faisant enregistrer le jour et l'heure du dépôt. Il était donc sauvé.

Doublement sauvé car au moment même où il parvenait à s'arracher des griffes de Stellovski, il échappait aussi à la solitude dans laquelle il vivait depuis plusieurs années : il était tombé amoureux de sa sténographe et allait l'épouser dans les plus brefs délais.

En vingt-sept jours il venait donc de donner une orientation nouvelle à sa vie, tant sur le plan matériel et professionnel que sur le plan personnel et sentimental.

UN ROMAN AUTOBIOGRAPHIQUE ?

Il est assez piquant (et bien dans le style de Dostoïevski) que les premières confidences que l'écrivain fit à sa future femme — indirectement il est vrai — aient porté sur l'aventure sentimentale qu'il venait de vivre avec Apollinaria Souslova.

L'un des deux thèmes principaux du roman — l'autre étant celui du jeu naturellement — est en effet l'histoire de la passion amoureuse que le narrateur éprouve pour la belle et orgueilleuse Pauline. Pauline — *Apollinaria*, l'auteur ne prit même pas la peine de dissimuler la relation qui liait le personnage du roman et le personnage réel. Le caractère autobiographique de l'œuvre semble donc s'imposer d'emblée. Le fait est à souligner, car, dans l'ensemble, Dostoïevski répugnait à faire des confidences, à décrire ses états d'âme.

Dans *Le Joueur* les événements, les personnages, les lieux suivent de près la biographie de l'auteur lui-même, sont directement inspirés par celle-ci. La hâte avec laquelle le roman fut rédigé, son caractère « prématuré » ne sont peut-être pas étrangers à cette particularité de l'œuvre; c'est en quelque sorte un matériau encore brut que l'auteur dut utiliser.

Rappelons brièvement les faits.

Au début des années 60, Dostoïevski se lia avec une jeune étudiante professant avec enthousiasme les idées révolutionnaires alors à la mode, séduite par le grand écrivain martyr de l'autocratie, qui venait de faire sa rentrée littéraire avec un récit bouleversant sur l'univers du bagne, les fameux *Souvenirs de la Maison des Morts* (1860-1862).

Les relations entre Dostoïevski et Apollinaria furent orageuses et assez troubles, placées sous le signe du plus profond malentendu : malentendu d'« idées », car entre la jeune femme aux opinions d'avant-garde, la fille d'un serf affranchi qui rêvait de retourner parmi les paysans « pour leur être utile », qui songeait sérieusement à assassiner le tsar, et l'écrivain chrétien, revenu des rêves utopiques de sa jeunesse, il ne pouvait guère y avoir une quelconque convergence d'opinions; malentendu affectif surtout : l'enthousiasme juvénile et naïf des sentiments d'Apollinaria, sa robuste sensualité ne purent se satisfaire longtemps des brèves et douloureuses flambées de passion d'un quadragénaire chétif.

Très rapidement un climat de mésentente s'installe, la jeune femme reproche à l'écrivain de n'avoir pas su répondre à la pureté de son sentiment, d'avoir brisé toutes ses illusions, de ne voir en elle qu'un prétexte à délassement, à satisfactions éphémères... Elle note dans son journal :

« On me parle de Fédor Mikhaïlovitch. Je le hais. Il m'a tant fait souffrir, alors qu'on aurait pu se passer de souffrance.

« Maintenant je me rends parfaitement compte que je ne peux pas aimer, que je ne peux plus trouver de satisfaction dans l'amour, que la tendresse des hommes ne me rappellera qu'outrages et souffrances. »

Apollinaria se sent avilie et veut se venger de Dostoïevski, lui rendre la monnaie de sa pièce.

Les relations prennent un caractère particulièrement malsain pendant le voyage à travers les villes d'Europe, en 1863.

Apollinaria, que Dostoïevski devait rejoindre à Paris, tombe entre-temps amoureuse d'un bel étudiant et accueille son amant abasourdi par les mots : « Tu arrives un peu tard... », sans pour autant le pousser à la rupture. Elle se livre avec complaisance à des confidences sur sa nouvelle passion, réduit Dostoïevski au rôle de spectateur, de jaloux impuissant, prolongeant à souhait cette situation ambiguë, jusqu'à ce que le beau Salvador y mette un terme en l'abandonnant...

L'écrivain ne peut s'arracher à l'envoûtement, trouve même peut-être dans cette sorte d'esclavage une jouissance morbide. Après l'étape parisienne, le voyage reprend, agrémenté d'explications douloureuses, de scènes pénibles, voire équivoques; puis la rupture arrive enfin.

Pourtant Dostoïevski ne parvient jamais à guérir complètement de sa passion pour A. Souslova. Longtemps après l'avoir quittée, comme en témoigne sa deuxième femme, il était la proie d'un trouble profond à chaque fois qu'il retrouvait le souvenir de son ancienne maîtresse (quand il recevait une lettre d'elle, par exemple).

Les principaux aspects de cette liaison orageuse furent repris dans *Le Joueur*. Comme il a été dit plus haut, le romancier utilisa un matériau presque brut, faisant passer tels quels dans la fiction les protagonistes réels.

Non sans apporter pourtant un certain nombre de modifications, de déformations et c'est là sans doute le plus intéressant; car c'est dans ces romans hâtifs, ces œuvres pas tout à fait réussies que la fonction onirique de l'œuvre d'art se fait le mieux sentir, que la personnalité profonde de l'écrivain se dévoile le plus. Les déformations que l'auteur fait subir aux faits réels ne sont pas le fait du hasard, elles correspondent à des mobiles secrets, à des désirs inassouvis dont l'accomplissement est transféré dans l'univers de la fiction. On peut saisir sur le vif le processus de la métamorphose d'une expérience vécue en expérience rêvée. Les personnages prennent une signification symbolique. Ainsi dans *Le Joueur* il y a deux figures féminines : l'héroïne Pauline et la courtisane Mlle Blanche. La première représente le désir inassouvi, la seconde l'assouvissement du désir. La première correspond à la réalité, la seconde est entièrement le produit de l'imagination de l'auteur.

Pauline, comme son modèle Apollinaria Souslova, est fière, tourmentée, inaccessible. Elle semble porter au fond d'elle-même un secret que le narrateur, follement amoureux, cherche à percer en accumulant le plus de renseignements possible sur elle et son entourage.

Mais au terme du roman le personnage emporte son secret, reste insaisissable, s'évanouit comme une vision de rêve. La question qui peut se poser à propos de Pauline pourrait être formulée à peu près ainsi : pourquoi le destin de cette femme orgueilleuse et pure est-il d'être toujours soumise à l'avilissement et à la souillure ? Pourquoi aime-t-elle le futile Français Des Grieux tout en le méprisant de toute son âme, pourquoi méprise-t-elle le narrateur en l'aimant sans le savoir ? Pourquoi va-t-elle finalement lier son destin à celui d'un homme qui lui est indifférent ? Ce drame du sentiment qui erre sans jamais pouvoir se fixer annonce déjà le drame des femmes maudites des romans ultérieurs de Dostoïevski. Derrière Pauline on voit se profiler les figures tourmentées de Nastassia Filipovna (*L'Idiot*) et de Grouchenka (*Les Frères Karamazov*). Il est frappant de constater que dans le roman le plus proche sur le plan chronologique, de l'aventure sentimentale vécue par Dostoïevski avec Apollinaria Souslova, le portrait de la femme aimée et maudite est infiniment moins développé, moins puissant que dans les œuvres plus tardives : jusqu'au soir de sa vie, Dostoïevski a porté dans son cœur le trouble de ses sentiments pour Apollinaria, et loin de chercher à l'effacer, il n'a fait que l'approfondir, lui donner une dimension de plus en plus tragique et fatale.

Pourtant dans *Le Joueur* déjà, Dostoïevski fait une description particulièrement aiguë des relations entre la femme-bourreau et l'amoureux-esclave; avec une lucidité digne de Sacher Masoch, le narrateur décrit la volupté morbide qu'il éprouve à souffrir, le plaisir d'être foulé aux pieds par la femme dont il est épris, le désir impuissant de la tuer pour se venger des tourments qu'elle lui inflige et pour porter à son comble la douleur d'aimer. C'est peut-être dans les pages où Dostoïevski décrit cette passion bizarre qu'il est le plus sincère, le plus proche de la vérité des choses, tout au moins sur le plan anecdotique. Car c'est à une autre vérité, une vérité plus dissimulée qu'il fut fidèle en n'hésitant pas à « refaire » la réalité, à faire apparaître dans l'univers magique de l'imaginaire ce que la vie lui avait refusé.

Et tout d'abord les sentiments de Pauline pour le narrateur : les révélations de Lord Astley sont inattendues et guère vraisemblables; elles surviennent au terme du roman lorsque tout est consommé, lorsqu'il est trop tard et prennent la valeur d'une sorte de dédommagement pour les souffrances endurées par le malheureux jeune homme, tout en renversant soudain les rôles : de tourmenté il devient tourmenteur, responsable par son manque de perspicacité de la détresse de Pauline. Situation bien peu conforme à la logique des sentiments qui domine dans le reste du roman; on songe aux dénouements des pièces de Molière où une situation trop tendue, insupportable est soudain désamorcée par l'intervention miraculeuse d'un *deus ex machina.* Mais n'est-elle pas avant tout le fruit du désir de Dostoïevski lui-même qui l'a poussé, au mépris de toute vraisemblance, à créer une fiction où il aurait le beau rôle ?

Dans le roman le héros reçoit également une autre compensation : l'aventure frivole mais enivrante avec Mlle Blanche qui devient — aussi de la façon la plus inattendue — sa maîtresse et qui l'aide à noyer son chagrin dans l'orgie. Là encore, à travers ce thème cher aux romantiques, Dostoïevski ne cherchait-il pas à se consoler dans le rêve des misères de la réalité ?

Autre détail à souligner : le narrateur est un homme très jeune, un homme qui n'a rien à envier à son rival Des Grieux. Or Dostoïevski, quadragénaire prématurément vieilli par le bagne et l'épilepsie, voyant Apollinaria lui préférer un jeune et fringant Parisien, n'a-t-il pas souhaité plus d'une fois avoir vingt ans de moins ?

DOSTOIEVSKI, LE JOUEUR

Que la création romanesque ait été une sorte d'exorcisme des tourments de l'amour ne semble donc point douteux. Mais le roman a servi également à conjurer un autre démon qui harcelait Dostoïevski à cette époque, le démon du jeu.

Dostoïevski était habité par la passion du jeu depuis sa jeunesse. Ses biographes notent que dans les années 40 déjà, il se passionnait pour le billard, allant même jusqu'à perdre des sommes d'argent assez considérables et n'hésitant pas à fréquenter les milieux interlopes de joueurs et de tricheurs professionnels. Son penchant le suivit en Sibérie, où, pendant les années d'exil à Semipalatinsk, il s'adonnait à tous les jeux possibles. Là encore les contemporains remarquèrent la fougue avec laquelle il jouait, oubliant tout, perdant complètement la conscience de ce qu'il faisait. Mais ce n'est qu'avec les premiers voyages hors de Russie, avec la possibilité de se rendre dans les villes d'eaux allemandes — hauts lieux du jeu — que cette passion dévastatrice prit toute sa mesure ou plutôt sa démesure.

Dès le premier voyage, au cours de l'été 1862, Dostoïevski est happé par le jeu; il écrit à son frère des lettres enflammées dans lesquelles il vante la méthode qu'il a découverte pour gagner infailliblement. Une seule condition pourtant; savoir se maîtriser, savoir contrôler son goût du risque. Mais c'est là précisément le défaut de la cuirasse; se maîtriser est impossible pour Dostoïevski et il est forcé de le reconnaître : « Le pire de tout c'est que j'ai une nature vile et trop passionnée. Partout et en tout j'arrive aux dernières extrémités, toute ma vie j'ai dépassé la mesure. » Lorsqu'il joue une fatalité implacable l'entraîne, les savants calculs qu'il avait faits pour gagner sont déjoués : il perd infailliblement.

L'année suivante, alors qu'il se rend à Paris pour rejoindre Apollinaria, il s'arrête à Wiesbaden et y passe quelques jours dans l'espoir de redresser, grâce à la roulette, sa situation financière, suscitant l'étonnement désapprobateur de son frère qui ne parvient pas à comprendre que l'on puisse « jouer alors qu'on voyage avec la femme que l'on aime ».

Mais pour Dostoïevski il n'y avait pas de contradiction entre la passion qui le portait vers la roulette et celle qui le liait à Souslova, au contraire. L'amour et le jeu étaient les deux faces d'une même aventure, d'un même risque : celui de remettre son destin aux mains du hasard, de connaître l'ivresse de l'attente fiévreuse, de l'instant où tout va se décider; la fortune ou la misère, la félicité ou le désespoir, la vie ou la mort. La thématique du *Joueur* n'est pas sans évoquer celle de *La Peau de chagrin*; même sens de la fatalité, de l'inexorabilité du destin. Comme Raphaël, Alexeï Ivanovitch gaspille ses forces, noie son désespoir et sa honte dans l'orgie. Les scènes parisiennes du *Joueur* ont un caractère balzacien incontestable. Sans aucun doute, Dostoïevski, grand admirateur de Balzac (il avait traduit *Eugénie Grandet* en 1844), dut considérer son voyage à Paris de 1863 un peu comme un pèlerinage sur les lieux où les personnages du grand romancier avaient vécu leurs aventures. Il s'en souvint en écrivant *Le Joueur*.

DOSTOIEVSKI ET L'EUROPE

Le Joueur est un roman où sans aucun doute l'élément autobiographique joue un rôle de premier plan : les aventures d'Alexeï Ivanovitch, l'intrigue amoureuse, la description du jeu, en constituent l'intérêt principal. Sur ce point il fait contraste avec les grands romans ultérieurs, pleins de réflexions philosophiques, religieuses, centrés sur ces « questions maudites » (l'athéisme, le socialisme, la liberté) qui tourmentèrent Dostoïevski toute sa vie.

Néanmoins, même dans ce petit roman quelques-uns des thèmes de la réflexion politico-sociale de l'écrivain ne sont pas absents.

C'est au début des années 60 que Dostoïevski visita pour la première fois les pays d'Europe occidentale, se rendit sur les lieux mêmes où prit naissance la civilisation moderne dont la Russie avait bien tardivement connu les effets. La possibilité de voir les choses de ses propres yeux, de se faire une opinion personnelle ne pouvait pas ne pas susciter un intérêt immense chez l'écrivain qui, comme tous les Russes cultivés de son temps, s'interrogeait sur le rôle de la civilisation occidentale dans le destin historique de la Russie. Il avait enfin l'occasion de juger sur pièces et de prendre part en toute connaissance de cause à la querelle traditionnelle qui opposait dans son pays les occidentalistes (partisans de l'assimilation par la Russie de la civilisation occidentale) et les slavophiles (partisans d'un retour aux valeurs proprement russes, oubliées depuis les réformes de Pierre le Grand). Aussi les écrits de cette période sont pleins de réflexions sur la vie, les mœurs des pays d'Europe occidentale : en 1863 il avait fait part de ses observations dans les *Remarques d'hiver sur des impressions d'été*. Il brossait un tableau très sombre de l'Occident qui était, selon lui, en pleine décomposition.

Le Joueur fait écho à ces méditations. Mais au lieu d'aborder le problème par une analyse politique, sociale, historique, comme il l'avait fait précédemment, Dostoïevski esquisse le portrait d'un certain nombre de représentants des grands pays d'Europe et se livre à quelques réflexions sur eux. Parmi les différentes nations mises sur la selette, la France, l'Allemagne, la Pologne, l'Angleterre, seule cette dernière trouve grâce à ses yeux : son représentant, Lord Astley, est honnête et droit, bien qu'incontestablement niais. Les autres, que ce soient le Français Des Grieux — un petit escroc lâche et mesquin —, les Polonais — voleurs, tricheurs, mais gonflés d'orgueil —, l'Allemand

— bourgeois insensible et borné, ils sont ridiculisés avec la dernière férocité.

Dostoïevski donne là libre cours à cette xénophobie qui ne fera qu'aller en augmentant chez lui avec les années. Derrière ces portraits brillants et injustes se dessine en filigrane la pensée historico-politique de l'auteur : l'Occident n'a plus rien à dire au monde, l'Occident n'est plus qu'un cimetière où s'agitent des fantômes grotesques. C'est à la Russie, séduite presque malgré elle par la culture d'un monde pourri (comme Pauline est séduite par Des Grieux) de prendre la relève et d'apporter une parole nouvelle à l'univers. Mais la Russie en est encore incapable, elle gaspille ses forces en vain et malgré sa supériorité ne peut qu'être l'objet du mépris des Européens (c'est le destin du joueur lui-même).

Tous ces thèmes ne sont qu'esquissés dans *Le Joueur*, et la verve avec laquelle l'auteur les traite n'est pas le moindre des charmes de ce roman. Ils trouveront dans d'autres œuvres une analyse plus complète et plus approfondie, sinon plus impartiale.

LE SUCCES DU ROMAN

Verve, alacrité, brio, telles sont donc les qualités principales du *Joueur*. A certains égards la rapidité de l'exécution a été plutôt favorable à ce roman qui est certainement le moins touffu des romans de Dostoïevski, le moins « russe », le plus proche des goûts et des habitudes littéraires des lecteurs français.

Certes on peut relever quelques petites erreurs de détail (une somme d'argent qui se modifie sans raison, un personnage annoncé au début du roman et qui n'apparaît pas par la suite), mais dans l'ensemble la composition est heureuse, les personnages bien dessinés, l'intrigue savamment organisée et les descriptions de l'ivresse du jeu sont devenues des morceaux d'anthologie.

Le succès du *Joueur* auprès du public ne s'est pas démenti dès sa parution et si ce roman n'est pas parmi les plus grands de Dostoïevski, si ce n'est pas grâce à lui que son auteur peut être rangé parmi les plus importants écrivains de son temps, il constitue un divertissement parfaitement réussi où quelques-uns des thèmes dostoïevskiens sont traités avec élégance et humour.

NOTICE BIOBIBLIOGRAPHIQUE

1821 — Naissance de Fedor Mikhaïlovitch Dostoïevski à Moscou.

1825 — Affaire des décembristes : des aristocrates libéraux qui fomentaient un coup d'Etat sont arrêtés, exécutés ou déportés. C'est la première vague du mouvement démocratique en Russie au XIXe siècle.

1833-1837 — Etudes de Dostoïevski dans diverses pensions moscovites.

1836 — Le *Revizor* de Gogol.

1837 — Mort de la mère de Dostoïevski. Départ pour Saint-Pétersbourg.
Mort de Pouchkine.

1838 — Dostoïevski entre à l'Ecole d'ingénieurs de Saint-Pétersbourg.

1839 — Mort du père de Dostoïevski, assassiné par ses serfs. Dostoïevski travaille à des drames : *Marie Stuart* et *Boris Godounov.*

1840 — Le critique Bielinski, dans ses articles pour *Le Contemporain,* expose et impose les canons du réalisme en matière littéraire.

1841 — Dostoïevski est nommé officier ingénieur du génie.

1842 — *Le Manteau, Les Ames mortes* de Gogol.

1843 — Dostoïevski traduit *Eugénie Grandet.*

1844 — Il demande sa retraite pour se consacrer à la littérature.

1845 — Il fait la connaissance de Nekrassov et de Bielinski.

1846 — *Les Pauvres Gens, Le Double, Monsieur Prokhartchine.*

1847 — *La Logeuse.* Au printemps, il commence à fréquenter les réunions de Petrachevski où il s'initie à la doctrine de Fourier et au socialisme utopique.
A qui la faute ? de Herzen.
Lettre fameuse de Bielinski à Gogol dans laquelle le critique reproche à l'auteur des *Ames mortes* ses prises de position réactionnaires.

1848 — *Les Nuits blanches.*
Les révolutions qui ont éclaté un peu partout en Europe suscitent en Russie une vague de répression policière. Mort de Bielinski.

1849 — *Netotchka Nezvanova.*
Arrestation de Dostoïevski avec les membres du cerveau Petrachevski. Condamné à mort, Dostoïevski est gracié après un simulacre d'exécution, puis envoyé aux travaux forcés en Sibérie.
Un Petit Héros, écrit en prison.
1850 — Arrivée au bagne d'Omsk.
1852 — *Enfance,* de Tolstoï.
Récits d'un Chasseur, de Tourguéniev.
1854 — Dostoïevski sort du bagne et est envoyé en exil à Semipalatinsk.
Début de la guerre de Crimée.
1855 — Mort de Nicolas Ier (le « gendarme de l'Europe »); Alexandre II (le « libérateur ») lui succède sur le trône.
1856 — Fin de la guerre de Crimée.
1857 — Mariage de Dostoïevski avec Marie Dimitrievna Issaïeva (elle servira de modèle pour Katerina Ivanovna dans *Crime et Châtiment*).
1859 — *Le Bourg de Stepantchikovo.* Autorisation de revenir à Saint-Pétersbourg. *Le Songe de l'Oncle.*
1860 — *Souvenirs de la Maison des Morts.*
1861 — Fondation de la revue *Le Temps. Les Humiliés et les Offensés.*
Début de la liaison de Dostoïevski avec A.P. Souslava.
Pères et Fils de Tourguéniev (qui lance le terme de « nihiliste »).
Libération des serfs.
1862 — Dostoïevski rencontre Tchernychevski qui est arrêté la même année.
Il se rend à l'étranger : Paris, Londres, Allemagne, Italie. Il rencontre Herzen et Bakounine.
1863 — *Notes d'Hiver sur des Impressions d'Eté.*
Interdiction du *Temps* pour un article de Strakhov sur l'affaire polonaise.
Dostoïevski voyage à l'étranger : Suisse et Italie.
1864 — Fondation de la revue *L'Epoque.*
Mort de sa femme et de son frère dont il recueille

les enfants. Terribles difficultés d'argent.
Les Ecrits du Souterrain.
1865 — Voyage à l'étranger.
Crime et Châtiment. Le Joueur.
1866 — Attentat de Karakozov contre l'empereur.
1867 — Mariage avec sa sténographe, Anne Grigorievna Snitkina.
Voyage de quatre ans à l'étranger : Dresde, Bade, Bâle, Genève. Entend le discours de Bakounine au Congrès de la Paix.
1868 — *L'Idiot.*
1870 — *L'Eternel Mari.*
1872 — *Les Possédés.*
Dostoïevski prend la tête de la revue *Le Citoyen.*
1873 — *Le Journal de l'Ecrivain.*
1874 — Séjour à l'étranger.
1875 — *L'Adolescent.*
1875-1877 — *Anna Karénine* de Tolstoï.
1876 — *Le Journal de l'Ecrivain (La Douce).*
1877 — *Le Journal de l'Ecrivain (Le Songe d'un Homme ridicule).* Dostoïevski est élu membre correspondant de l'Académie des sciences.
1878 — Véra Zassoulitch tire sur le préfet de police. Dostoïevski suit son procès de très près.
1879 — *Les Frères Karamazov.*
1880 — *Discours sur Pouchkine.*
1881 — Mort de Dostoïevski.

TABLE

IMPRIMÉ EN FRANCE PAR BRODARD ET TAUPIN
Usine de La Flèche (Sarthe).
LIBRAIRIE GÉNÉRALE FRANÇAISE - 6, rue Pierre-Sarrazin - 75006 Paris.

ISBN : 2 - 253 - 01173 - 8 30/0388/6